"VOUS EMPIÉTEZ SUR MA VIE PRIVÉE," S'ÉCRIA HELEN

"Si vous continuez à faire preuve d'une telle mauvaise foi, je vous jure que je partagerai votre chambre," menaça San Roque, "et au petit matin, elle témoignera d'un tel désordre que le personnel ne doutera pas un instant de la réussite de notre mariage!"

"Vous n'oseriez pas!" s'exclama-t-elle, livide. Mais Helen se retrouva empoignée aux épaules et pressée contre San Roque. Il l'embrassa violemment. Il la tenait clouée sur le lit et elle ne pouvait plus bouger.

"Honorez-vous tous vos contrats ainsi?" cria Helen en luttant désespérément pour se dégager. "Voilà donc le grand Luis San Roque! Celui qui n'a jamais eu besoin de prendre une femme de force!"

Laissez-vous emporter dans le monde sensuel, passionné, excitant et exotique de

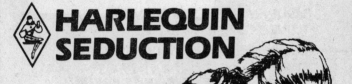

HARLEQUIN SEDUCTION

2 romans par mois aux intrigues plus développées.

Laissez-vous séduire... faites-en collection!

SED—NEW

LE SEIGNEUR DES DAUPHINS

Marian Jones

LE SEIGNEUR DES DAUPHINS

HARLEQUIN SEDUCTION

PARIS • MONTREAL • NEW YORK • TORONTO

Publié en septembre 1984

© 1984 Harlequin S.A. Traduit de Bonds of Enchantment,
© 1983 Marian Jones. Tous droits réservés. Sauf pour
des citations dans une critique, il est interdit de
reproduire ou d'utiliser cet ouvrage sous quelque forme
que ce soit, par des moyens mécaniques, électroniques
ou autres, connus présentement ou qui seraient inventés
à l'avenir, y compris la xérographie, la photocopie et
l'enregistrement, de même que les systèmes d'informatique,
sans la permission écrite de l'éditeur, Editions Harlequin,
225 Duncan Mill Road, Don Mills, Ontario, Canada M3B 3K9.

Le présent récit étant une œuvre de pure fiction, toute
ressemblance avec des personnes vivantes ou décédées
serait due au seul hasard.

La marque déposée des Editions Harlequin,
consistant des mots Harlequin et HARLEQUIN SEDUCTION,
et de l'image d'un arlequin, est protégée par les lois du
Canada et des Etats-Unis, ainsi que dans d'autres pays.

ISBN 0-373-45049-4

Dépôt légal 3e trimestre 1984
Bibliothèque nationale du Québec et Bibliothèque nationale
du Canada.

Imprimé au Québec, Canada —Printed in Canada

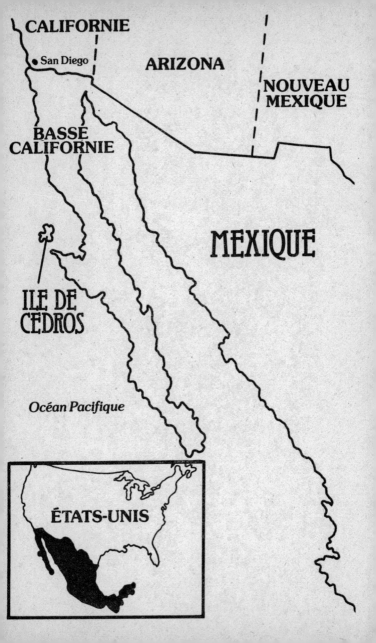

1

LES tableaux d'Helen étaient tous emballés dans sa chambre, prêts à s'envoler pour la Galerie Chamartin de San Diego. Ron les emporterait avec lui lundi matin dans l'avion de la société. Helen gagna la cuisine. Grande, mince, sa splendide chevelure cuivrée sagement tressée, elle offrit alors un singulier contraste avec la cuisinière mexicaine, petite et ronde.

— Avez-vous vu mon frère aujourd'hui ? demanda Helen.

Elle s'exprimait aussi couramment en espagnol qu'en anglais. Guadalupe la regarda, le visage imperturbable comme on en voit aux sculptures aztèques.

— Non, *señorita* Elena, répondit-elle. Il est toujours à Guerrero Negro, je pense.

Helen fit la moue. Ron finirait par s'épuiser s'il continuait à travailler à ce rythme. Il en avait été ainsi tout l'été. Voilà pourquoi il n'avait eu le temps ni d'écrire chez lui, à Garnet Beach, ni d'aller rendre visite à leur père. Quand elle rentrerait chez elle, vendredi soir, Helen rassurerait le vieil homme : non, Ron n'avait pas d'ennuis. Il n'était ni un escroc,

ni un oisif, ni un marginal, ni un vagabond. Il
occupait un poste bien rémunéré et avait enfin trouvé
l'occasion de faire ses preuves, comblant ainsi les
espérances paternelles.

— Je descends me baigner et peindre dans la
calanque, annonçat-elle à Guadalupe. J'ai mis le rôti
au four. Comme il est gros et congelé il va devoir
cuire longtemps. La salade est prête. Je serai de
retour en fin d'après-midi.

— Il fait trop chaud pour quitter la maison, la
prévint Guadalupe. Prenez un chapeau, sinon le
soleil va abîmer vos jolis yeux.

Mais Guadalupe était désormais habituée aux
extravagances de cette jeune Américaine qui travaillait comme un homme, portait les vieilles chemises
de son frère et dépassait de deux bonnes têtes la
plupart des ouvriers de la mine. Néanmoins, elle la
suivit en boitillant, un grand chapeau de paille à la
main.

— Le dimanche est un jour de repos, marmonna-
t-elle. Vous, les *gringos,* vous êtes fous de ne jamais
vous arrêter ! Jamais vous ne recevez, votre frère et
vous, jamais vous ne donnez de *fiesta.* Ah ! j'ai bien
hâte de revoir notre maître ! La maison sera un peu
plus animée avec lui.

— Je n'en doute pas, grommela Helen.

Le maître, comme tout le monde l'appelait, était,
d'après Ron, un de ces milliardaires typiques qui
exploitent et affament le monde. Il possédait un
yacht sur la Riviera, une hacienda non loin de
Mexico, un château en Espagne et un appartement à
Buenos Aires. De temps en temps, il faisait une
brève apparition, afin de s'assurer que ses *peones*
produisaient de quoi entretenir son existence dorée.

Il était attendu le dimanche suivant, pour sa visite d'inspection de la saison. Helen serait partie depuis deux jours, son travail achevé. Mieux valait qu'elle ne se trouvât pas en sa présence. Car sa franchise aurait pu compromettre l'avenir de Ron dans la société.

Aux yeux des ouvriers, le maître était peut-être une sorte de dieu, mais Helen l'apparentait plutôt à un démon. Les circulaires signées de sa main avaient inondé son bureau tout l'été. Elle revoyait encore sa griffe cinglant le papier à l'encre brun-rouge « Luis San Roque Q. » ; le Q étant l'initiale de Quintana. Cet homme exigeait des miracles mais sa succursale était dépourvue des moyens élémentaires d'effectuer un travail décent.

Elle le lui avait fait remarquer par courrier, tout en étant parvenue à accomplir sa tâche tout l'été malgré le manque de moyens. En vue de cette visite importante, elle avait préparé un dossier complet dont Ron ne voyait pas l'utilité.

— A quoi bon le lui présenter ? avait-il laissé tomber négligemment après avoir entendu les suggestions de sa sœur.

Le compte rendu comportait essentiellement un aperçu de l'équipement qui favoriserait une coordination plus efficace entre les filiales de Guerrero Negro, El Arco et Pozo Aleman et celle d'Isla de Cedros. Helen y avait joint des catalogues de matériel et des suggestions budgétaires relatifs aux achats à effectuer.

Elle lui avait déjà adressé une note de cet ordre, mais n'avait obtenu aucune réponse. Sans doute pensait-il pouvoir aisément ignorer les propositions émanant d'une femme. Une telle attitude l'emplissait d'amertume, mais Helen était bien déterminée à continuer. Autant le laisser croire à son impertinence, comme elle croyait à sa phallocratie. Il attribuerait probablement ce travail au brio de Ron...

Quelle importance, d'ailleurs ? se répéta Helen. Elle était très contente de voir Ron bénéficier de ses talents de femme d'affaires. Son but à elle n'était pas d'obtenir un avancement dont elle n'avait pas besoin. Si ses idées s'avéraient efficaces, elle serait largement récompensée. Elle venait de passer un été qui lui avait ouvert la voie. Une voie dont elle avait rêvé autrefois et qu'elle souhaitait suivre coûte que coûte dorénavant dans la mesure du possible. Les semaines qu'elle venait de vivre relevaient de la chance la plus pure, la plus inattendue, la plus folle aussi !

Tout avait commencé par sa rencontre fortuite avec le propriétaire de la galerie Chamartin, deux mois auparavant. Elle remontait de la plage, une aquarelle juste achevée sous le bras, quand les Chamartin avaient croisé son chemin. Ils avaient besoin d'eau, le réservoir de leur camping-car étant presque vide. Helen les avait invités à venir se rafraîchir à la villa et ils avaient accepté de grand cœur.

Helen revenait dans le patio avec un plateau chargé de limonade glacée quand elle aperçut M. Chamartin plongé dans la contemplation de son aquarelle.

— Est-ce de vous ? demanda-t-il sur un ton enthousiaste. C'est excellent ! En avez-vous d'autres et pourrais-je les voir ?

Helen lui montra volontiers les toiles peintes au cours de ses trois premières semaines de séjour à

Punta Temeraria, quand elle s'était grisée de mer et de soleil. Ses tableaux reflétaient l'atmosphère profonde de la portion occidentale du désert du Sonoran. Les formes géométriques des collines de sel blanc, près des hangars de la mine, conféraient à l'ensemble un dépouillement plein d'éclat. Tantôt les eaux bleues du Pacifique devenaient plus vertes quand les lames s'élevaient comme des murs de verre avant de déferler dans des flots d'écume. A d'autres moments, le ciel gris se plombait, annonciateur d'ouragan et de gros nuages menaçants se gonflaient au-dessus de l'horizon.

Helen expliqua alors aux Chamartin les raisons de sa présence en ces lieux pour un seul été.

— Mon frère, Ronald Forster, dirige la mine qui se trouve ici. Il a également des responsabilités administratives à Guerrero Negro, El Arco et Pozo Aleman. Habituellement, j'enseigne la comptabilité et la dactylographie à Garnet Beach, dans la banlieue de San Diego, près d'Ocean-side.

— Je connais Garnet Beach, répondit M. Chamartin. C'est une ville en pleine expansion, fréquentée par des gens aisés aimant les plaisirs de la plage. Un vrai paradis pour les promoteurs immobiliers.

Il cita ensuite quelques-uns de ses amis installés dans la région. Helen les connaissait de nom, bien que n'évoluant pas dans leur milieu.

— Ma famille est d'origine plus modeste, expliqua-t-elle. Mon père possédait une petite entreprise en pleine ville, jusqu'à l'accident de voiture qui l'a rendu à demi-impotent. Sa femme, ma belle-mère, était à ses côtés ce jour terrible et depuis, elle est hospitalisée.

— Pourquoi enseignez-vous dans une école alors que vous possédez un tel talent pour la peinture ?

— Il faut bien gagner sa vie, répliqua laconiquement Helen. Peindre n'est qu'un passe-temps.

Elle passa sous silence ses nuits blanches, ses week-ends de l'année scolaire consacrés à la comptabilité d'une grosse épicerie de Garnet Beach. La rémunération était modeste, mais Helen était trop heureuse de l'accepter, afin d'accroître un peu ses revenus. Les frais médicaux auxquels elle avait à faire face étaient si élevés !

— Ron m'a trouvé cet emploi, poursuivit-elle. L'employé qui occupait ce poste avant moi est mort des suites d'une piqûre de scorpion. Mon frère a pensé à moi pour mettre un peu d'ordre dans les affaires et aussi peut-être pour former mon éventuel successeur. Jusqu'à ce jour, aucun des candidats n'a toutefois paru le satisfaire.

Ce qu'elle ne dit pas, c'est que pour elle, cette place avait été idyllique. Elle l'avait plus comblée qu'un séjour aux Caraïbes. Le salaire qu'on lui avait offert était fabuleux. Si elle ne faisait pas de folies, elle pourrait, à la rentrée, cesser de tenir les comptes de l'épicier. Au lieu de s'exténuer à ces besognes arides, elle pourrait se consacrer davantage à ses toiles et à ses couleurs.

— Les mathématiques et l'art ne sont pas si éloignés qu'on le croit, remarqua pensivement Mᵐᵉ Chamartin en dégustant sa deuxième limonade. Mais vous penchez plutôt vers l'esthétisme. On note tout de suite votre goût pour ce qui est beau. Vous êtes comme une fleur qu'on a la surprise de voir pousser dans le lieu le plus inattendu. Regarde-la, Cham, ajouta-t-elle à l'intention de son mari. Elle me

rappelle ma rose de Montezuma… avec sa chevelure
de cuivre… son teint parfait… ses prunelles dorées.
Avez-vous jamais effectué votre auto-portrait ?

— Non, murmura Helen qui n'avait pas l'habitude
des compliments.

Elle était plutôt accoutumée aux taquineries de
Ron. Ses yeux brillèrent de plaisir et son visage
joliment bronzé rougit un peu sous le hâle.

— Si je pouvais écouter mon cœur, fit-elle, je
resterais peindre ici pour le reste de mes jours. Mais
mon père a besoin de moi, il me faudra donc rentrer
à Garnet Beach.

— Pourtant, vous êtes douée. Très douée.

— Vraiment ? Ma belle-mère serait ravie de vous
entendre. Elle m'a toujours encouragée.

Maman Jessie… c'était d'abord pour elle qu'Helen
avait besoin d'argent. Chaque mois, elle ajoutait,
non sans difficulté, six cents dollars à l'assurance
couvrant en principe les frais d'hospitalisation de la
malade. Et, en raison du coût incessant de la vie, sans
doute devrait-elle payer davantage un jour très
prochain.

M. Chamartin lui tendit sa carte où l'on pouvait
lire :

« Galerie Chamartin
Fifth Avenue, San Diego
Coast Highway, Laguna Beach »

— Sur le chemin du retour, nous prendrons ces
aquarelles et celles que vous aurez terminées à ce
moment-là, annonça-t-il. Peut-être puis-je vous
aider. Vous aussi, d'ailleurs, vous pourriez m'aider
car même si elles ne sont pas vouées à l'immortalité,
vos créations ont de quoi toucher le public.

Et la galerie vendit tout ce que les Chamartin

emportèrent, y compris le tableau, à l'huile, représentant le siège social de la société minière à Punta
Temeraria. Le chèque qu'elle reçut ne constituait pas
une fortune, mais elle le trouvait singulièrement
conséquent pour si peu de toiles. M. Chamartin
appréciait surtout les gouaches et les détrempes
d'Helen.

— Envoyez-moi tout ce que vous avez… dit-il.

La peinture à l'huile n'ayant jamais été son moyen
d'expression favori, Helen ne se fit pas prier. A
présent, l'été touchait à sa fin, elle avait encore
beaucoup de toiles. Même si elle ne les vendait pas,
elle avait bien gagné sa vie en deux mois et demi,
grâce à ses tableaux et à son emploi temporaire.

Helen prit deux bidons d'eau, sa boîte de couleurs,
un drap de bain, ajusta ses lunettes de soleil sur son
nez et siffla pour appeler Perro, le chien qui l'accom-
pagnait toujours en promenade.

A cette heure de l'après-midi, la chaleur était
supportable. De toute façon, Helen s'y était habituée. Elle suivit le chemin menant à la falaise. Il était
jalonné d'arbustes tropicaux et de cactus arrondis
comme des épines de hérisson. Et elle atteignit le
petit escalier taillé à même la roche, grâce auquel on
accédait à la crique.

Celui qui avait creusé ces marches ne semblait
guère s'en servir. De tout l'été, Helen n'avait rencontré âme qui vive dans cette petite anse où il faisait
pourtant si bon se baigner. Un jour, sans doute, les
véliplanchistes et autres nageurs de San Diego décou-
vriraient Punta Temeraria, en dépit de son éloignement. Ce jour-là, la plage tranquille cesserait d'être
un havre de paix. Heureusement, un sursis lui était
accordé et elle allait encore en profiter aujourd'hui.

Helen disposa son matériel sur un rocher abrité, ôta sa vieille chemise informe et trop grande, puis la ceinture qu'elle avait confectionnée avec les coquillages récoltés ici même et enfin son pantalon de toile délavée, dont les taches avaient résisté aux vigoureuses lessives de Guadalupe. Décidément, se dit-elle, son maillot avait perdu sa fraîcheur. Il allait bientôt tomber en poussière à force d'avoir été porté ! Elle lui demandait seulement de tenir jusqu'à son retour chez elle. Le soleil avait donné à son corps souple et mince une belle teinte dorée ; le hâle de son visage faisait ressortir l'éclat de ses yeux frangés de longs cils incroyablement noirs. Mais, la plupart du temps, des verres masquaient leur beauté.

Pour aller se baigner, Helen ôta ses lunettes. Elle en avait surtout besoin pour peindre, aligner des colonnes de chiffres ou conduire. Cela lui permettait de ne pas fatiguer sa vue.

Elle plongea dans les vagues et virevolta dans l'eau comme une créature marine. Elle adorait se sentir portée, stimulée par cet élément liquide qui savait si bien la tonifier.

Quand enfin elle sortit, comme à regret, pour remonter vers les rochers, elle dénoua sa tresse trempée et secoua sa chevelure afin de lui permettre de sécher. Sous les rayons ardents du soleil, la masse soyeuse passa peu à peu des nuances vieux cuivre à la flamboyance de l'or roux. La brise de l'après-midi soulevait des mèches sur ses épaules, prodiguant à sa nuque une fraîcheur bienfaisante.

Helen ouvrit sa boîte de couleurs, remit sa monture et entreprit de mélanger quelques teintes. Sur un fond léger de ciel et d'océan, elle représenta des petites hirondelles de mer en train de parcourir le

rivage. Elles se mouillaient rarement les pattes, mais
quand une vaguelette venait mourir sous elles, leur
surprise était visible. Peut-être s'étonnaient-elles
d'avoir mal évalué la vitesse du flux.

Aujourd'hui, étrangement, il semblait à Helen que
la plage ne lui appartenait pas entièrement. Pourquoi
cette impression absurde ? Comme toujours, elle
était seule et, pour mieux s'en assurer, elle scruta les
environs. Elle regarda même derrière elle. Non,
personne. Pourtant elle percevait une présence toute
proche.

— Perro ? appela-t-elle.

Le chien, au bord de l'eau, reniflait inlassablement
puis aboyait en direction de l'horizon. Elle ne
l'entendait pas, à cause du rugissement des vagues,
mais elle le voyait s'agiter inconsidérément. Soudain,
elle aperçut ce qui avait réveillé avec autant d'ardeur
l'énergie de Perro : des dauphins !

Il était fréquent d'en avoir dans cette région. Ils
longeaient généralement la côte lors de leurs allées et
venues vers le lagon de Scammon où ils abritaient
leurs amours. Aujourd'hui ils voyageaient en nombre
imposant. Helen évalua leur banc à cinquante, cent
peut-être, individus bien rangés derrière leur chef.
Toutefois, elle les trouva inhabituellement proches
du rivage. Essuyant de nouveau ses verres embués
par les embruns, elle suivit des yeux les ébats
aquatiques de ces animaux si gracieux en dépit de
leur taille.

Dans le mouvement des vagues, la mer n'était que
cristal vert scintillant où chatoyaient des éclairs d'or
et d'argent. Sous la crête d'écume mousseuse, les
mammifères s'élançaient joyeusement, semblant
goûter la fraîcheur de l'eau tout comme Helen,

quelques minutes plus tôt. Ils semblaient marquer une pause, une récréation, avant de poursuivre leur route vers le sud.

Jamais Helen n'en avait vu de si près. Ils lui paraissaient encore plus gros, étincelants sous le soleil, bondissant, pirouettant, plongeant, réapparaissant avec une précision étonnante.

Elle assistait à une scène incroyable, à un phénomène inattendu, pourtant, une vision plus stupéfiante encore la figea sur place. Au milieu de la troupe, elle reconnut tout à coup la silhouette d'un homme. Il nageait dans les rouleaux en même temps que ses compagnons.

D'abord, Helen n'en crut pas ses yeux. Puis, elle pensa à un pêcheur tombé de son bateau et qui se noyait. Mais elle se rendit aussitôt compte qu'il n'était nullement en difficulté. Il évoluait, sans crainte, sans inquiétude parmi les géants marins et jouait même avec eux. Les cétacés, de leur côté, se montraient tout à fait coopératifs et amicaux.

Helen se leva, presque tremblante, frappée par la scène. Elle se souvint alors de tous les récits qu'elle avait lus où il était question de dauphins venant au secours des marins en détresse. Ce nageur là-bas s'amusait à une lutte au corps à corps avec un adversaire aussi fougueux et enthousiaste que lui.

Et brusquement, tous les dauphins disparurent au détour d'une falaise. Ils continuaient leur route. Le baigneur semblait s'être évanoui dans les vagues. Helen demeura debout, scrutant la mer. Agacée par ses verres une fois de plus couverts d'embruns, elle ôta ses lunettes et, retenant d'une main ses cheveux ébouriffés par le vent, elle fixa le rivage, dans l'attente d'une répétition de ce spectacle de légende.

Un jour viendrait, elle le sentit, où elle croirait avoir imaginé une telle scène. Cette pensée l'attrista.

Soudain, alors qu'elle ne l'espérait plus, elle vit le nageur émerger de l'eau. Perro qui à l'ordinaire témoignait son amitié aux seules personnes qu'il connaissait, dévala la plage pour aller faire des fêtes à l'inconnu.

Même de loin, cet homme paraissait très grand, beaucoup plus que la plupart des employés de la mine. De plus, il n'avait pas l'air d'un mineur.

Il remonta la plage sans se presser. Il était mince, mais très musclé et son corps avait la couleur du bronze chaud. Une teinte, songea Helen, qu'aucun mélange de peinture ne saurait capturer. Il la dépassait sûrement d'un bon nombre de centimètres. Pour la première fois de sa vie, Helen eut la sensation d'avoir la taille qui convenait. Telle qu'elle était en cet instant précis, c'est-à-dire pieds nus, si elle se trouvait près de lui, sa tête pourrait se poser dans le creux protecteur de son épaule. Il avait le front haut, les sourcils noirs et épais et des cheveux de jais, ondulés, que la brise gonflait.

Etrangement, dans ce pays où les hommes portaient la moustache, il avait le visage totalement glabre. Comme il s'approchait, Helen lui donna une trentaine d'années. Il était très séduisant, avec des traits marqués, incontestablement virils. Il émanait de sa personne une sorte de mystère primitif.

Une expression locale revint à la mémoire d'Helen : *fuerte y formal,* ainsi définissait-on le véritable homme au Mexique. Fort et plein de dignité. Comme cela lui allait bien ! Il dégageait, au prime abord, une puissance à donner le vertige. Helen eut l'impression d'être hypnotisée par cet inconnu surgi, tel un habitant des profondeurs sous-marines, dans une scène quasi mystique. Elle n'aurait pas dû le fixer ainsi... on ne devait jamais dévisager aussi ouvertement un Mexicain, elle ne l'ignorait pas ! Mais c'était plus fort qu'elle, elle ne parvenait pas à détacher son regard de cette apparition. Leurs yeux se croisèrent et demeurèrent soudés quelques instants avec une intensité qui l'effraya.

Immobile, elle le vit passer près d'elle. Elle serrait ses lunettes si fort qu'elle craignit d'en briser la monture. Il avait les prunelles d'un gris orageux, comme un ciel d'ouragan.

Il paraissait sur le point de continuer sa route, Perro gambadant et jappant autour de lui, mais il s'arrêta en face d'Helen. Elle aurait dû se ressaisir, se détourner, cesser de se montrer si indiscrète, mais elle ne bougea pas. Il la dominait avec une fière arrogance qui convenait merveilleusement à son allure générale. Le cœur battant à tout rompre, Helen respirait à peine ; elle entrouvrit les lèvres comme si elle allait parler. Enfin, elle retrouva son bon sens, recula et mit un terme à ce moment d'embarras.

Quand il reprit sa route, il était si près qu'elle sentit son souffle effleurer sa joue ; elle respira un parfum fugitif de soleil et de mer qu'il dégagea au passage. Elle en éprouva un tel émoi qu'elle en resta tremblante et hors d'haleine un long moment après qu'il eût disparu en haut de la falaise.

Alors seulement, en exhalant un long soupir, elle comprit qu'en vingt-cinq années d'existence elle n'avait jamais été aussi ébranlée physiquement et émotivement. Rien ni personne ne l'avait encore troublée à ce point. Helen venait de vivre une demi-heure inoubliable, hors du temps, hors de toute réalité, comme un rêve. Cet inconnu avec son halo de mystère laissait sur elle une marque indélébile. Son souvenir l'enveloppait avec une telle vigueur que son départ ne l'affligeait pas.

Elle revint peu à peu sur terre, pour comprendre ce qui lui arrivait d'incroyable : cet homme, elle l'aurait presque sûrement aimé, spontanément, elle l'aurait suivi dans les mines de sel, dans les montagnes ou encore dans ces cabanes où des familles entières habitaient, génération après génération... Quelle découverte émouvante pour une personne qui n'avait jamais été amoureuse et qui connaissait peu la passion ! S'il l'avait attirée à lui, elle ne se serait pas dérobée et aurait répondu avec fougue à son appel.

Qui était donc cet homme ? Un touriste en route pour Cabo San Lucas ou une autre station de la péninsule ? Nul Mexicain d'origine indienne travaillant à la mine n'avait ce port royal. Oh, et puis que ne cessait-elle donc de l'évoquer ! Elle se réprimanda intérieurement, mais ne put que constater combien l'idée de ne pas le revoir l'emplissait de tristesse.

Helen reprit en hâte son aquarelle interrompue ; elle avait déjà esquissé le fond idéal pour la scène qu'elle avait envie de transcrire en couleurs. Les dauphins lui avaient laissé un souvenir si vif qu'ils apparurent sur le vert argenté des vagues à grands coups de pinceaux légers. Le nageur semblait bondir au milieu d'eux au fur et à mesure que sa silhouette prenait vie sur le papier. Helen croyait vivre un rêve et saisissait la magie du spectacle dont la plage l'avait gratifiée. L'impression unique qu'elle avait ressentie au cours de cette expérience, elle la transposait sur son aquarelle, dont elle connaissait déjà le titre. Elle l'appellerait *Le seigneur des dauphins.*

Quand enfin, elle reposa son pinceau, il faisait trop sombre pour apposer sa signature à sa nouvelle création. Elle ramassa son matériel et remonta la plage. Elle fut très étonnée de voir que Perro ne l'avait pas abandonnée, il l'attendait au pied de la falaise.

— Brave chien ! s'écria-t-elle en espagnol, en lui caressant la tête.

Perro lui lécha la main et s'élança devant Helen vers les marches creusées dans le rocher.

Peut-être venait-elle d'exécuter sa dernière aquarelle à Punta Temeraria, songea Helen. Dans une semaine, elle serait de retour à Garnet Beach, en pleins préparatifs de rentrée scolaire. Le mardi suivant, en effet, elle devait reprendre ses cours au lycée de la ville.

Elle se réjouissait de ne pas avoir besoin désormais des revenus supplémentaires procurés par les comptes de l'épicerie. Tout son salaire de l'été consistait en une somme rondelette, scrupuleusement déposée sur son compte en banque. Ron avait fini par mettre en pratique ses dons d'homme d'affaires et elle voyait en lui le frère dont elle avait toujours rêvé et qu'elle croyait bien ne jamais découvrir. Comme leur père allait être fier de sa réussite ! Ron avait toujours été son préféré et à présent, il s'avérait être un être responsable, ne craignant pas de travailler dur. Tant de fois, il avait déçu M. Forster, tant de fois il l'avait peiné ! Durant tout l'été, elle avait raconté à sa famille dans ses lettres la réussite de Ron. Ces nouvelles, elle n'en doutait pas, avaient certainement été plus bénéfiques à son père que tous les soins des meilleurs médecins de la ville.

Ce dernier saurait aussi qu'à maintes reprises, elle avait offert de travailler davantage pour justifier son salaire mirifique. Mais à chaque fois, Ron l'avait encouragée à s'en tenir à la routine administrative du bureau et à se contenter de remettre de l'ordre dans les dossiers de son infortuné prédécesseur. Ce qui était déjà un défi, insistait-il, tant était grand le désordre et rien que pour cela elle méritait bien sa paie. Sans compter qu'elle était deux fois plus efficace et plus rapide que l'employé défunt.

Les frais d'hôpital, la rémunération de la femme de ménage qui s'occupait de son père pendant les heures de cours, ne poseraient plus de problèmes désormais. Qui sait, si elle continuait à vendre ses tableaux avec le même succès, peut-être pourrait-elle se consacrer entièrement à la peinture un jour prochain ? Elle osait l'espérer, même si son père persistait à penser que l'art ne permettait pas de vivre...

Mais Helen se rappela à la raison. Non, jamais elle ne pourrait donner tout son temps à sa vocation. Ce n'était qu'un rêve. Elle ne pourrait jamais, à l'instar de Gauguin, aller peindre dans les îles. Sa famille avait tant besoin d'elle ! L'accident qui avait paralysé M. Forster et condamné Jessie à passer le reste de ses jours dans une clinique, était survenu six ans plus tôt, alors qu'Helen s'apprêtait à passer sa licence. Il lui restait encore une année d'université à accomplir et son père avait fait en sorte qu'elle pût obtenir son dernier diplôme et devenir le soutien de la famille. Sans cela, leur situation à tous aurait été bien pire.

Et cet été, enfin, Ron avait participé aux frais. Il semblait avoir accepté sa responsabilité financière

vis-à-vis de leurs parents. En juin, lorsque Helen
était arrivée à Punta Temeraria, il avait donné six
cents dollars pour Jessie ; ensuite, il avait envoyé la
même somme à la clinique, en juillet et cette
semaine, sans qu'il eût été nécessaire de le lui
demander. Et pourtant, Ron avait toujours refusé
d'appeler Jessie « maman ».

Helen comprenait les réticences de Ron à propos
de leur belle-mère. A la mort de leur mère adoptive,
survenue brutalement, il était déjà grand. Elle, il
l'avait acceptée tout de suite, comme sa mère naturelle. Mais il avait toujours refusé que Jessie pût la
remplacer. A l'époque, Helen, beaucoup plus jeune
que son frère, avait accueilli avec une profonde
reconnaissance cette nouvelle tendresse. Elle aussi
avait cruellement ressenti le vide laissé par la disparition de leur mère, mais elle avait répondu avec élan à
l'amour de Jessie.

Tout en regardant la maison, Helen se promettait
de parler à Ron le soir même. Il devait absolument
persévérer car une belle carrière s'ouvrait à lui, elle
n'en doutait pas.

Oui, ils devaient avoir une conversation tous les
deux. Elle souhaitait mettre l'accent sur un ou deux
détails. Par exemple, Ron devait se départir de sa
fâcheuse attitude vis-à-vis de tous ceux qui représentaient l'autorité. Sans doute avaient-ils été, l'un
comme l'autre, trop imprégnés de cet individualisme
que prônait leur père. Ce dernier avait en effet
constamment détesté travailler pour les autres. Il
avait toujours préféré être son propre maître. Néanmoins, Ron finirait par s'attirer des ennuis s'il
persistait à dénigrer son employeur devant les
ouvriers mexicains.

— Crois-moi, répétait-il à sa sœur, ce richissime propriétaire de mines fait partie de l'élite et parcourt le monde grâce au labeur de ses ouvriers ! Il ne fait rien, lui ! Il se contente de compter les *pesos* et de boire du champagne à Rio, Mexico, Paris, Londres ou Tokyo !

— Chut... ne cessait de murmurer Helen prudemment. Ron, tu sais très bien que Guadalupe comprend l'anglais...

— Quelle importance ?

— Les mines n'auraient pas pu être organisées comme elles le sont, elles n'auraient pas pris autant d'expansion, sans un homme très compétent en haut de l'échelle, faisait-elle remarquer.

Ron se butait dans ces cas-là, l'air narquois.

S'il continuait ainsi, songea Helen, il risquait de perdre sa situation. S'il se sentait exploité par son patron, il devait remettre sa démission. Si, au contraire, il pensait pouvoir apprendre en collaborant pour San Roque, alors il devait s'instruire et travailler. Malgré ses défauts, le propriétaire des mines était parvenu à inspirer à tous les habitants de Punta Temeraria une loyauté quasi fanatique. Cela, Helen avait bien l'intention de le faire remarquer à Ron.

De toute évidence, le maître avait l'habitude d'être écouté et approuvé. La moindre résistance le mettait hors de lui. Comme Helen avait pu en juger en lisant les circulaires très sèches qu'il lui avait adressées.

Elle s'était efforcée tout ce temps de garder son calme, de ne pas s'irriter exagérément des manières despotiques de cet employeur qu'on ne voyait jamais. Surtout pour ne pas enflammer davantage Ron. Heureusement, tout ceci ne serait plus qu'un souvenir très bientôt, puisqu'elle s'en allait dans quelques jours.

Helen entra dans la maison, traversa la petite cour intérieure ombragée qui formait une sorte de barrière fleurie entre la chaleur du dehors et la fraîcheur des pièces, puis elle s'immobilisa sur le seuil de la salle de séjour.

Ils avaient des visiteurs.

Face à la porte, un verre à la main, Ron portait son plus élégant costume. Avec un petit sourire nerveux, il annonça avec un enthousiasme excessif, après avoir avalé une gorgée d'alcool :

— Voici Helen !

Les trois autres hommes se levèrent aussitôt et saluèrent poliment la nouvelle venue. L'étiquette mexicaine exigeait qu'une femme, entrant dans un salon, fût l'objet de toutes les attentions.

Helen dominait le plus âgé des trois d'une bonne tête et pourtant, elle portait des talons plats. Il ne devait pas mesurer plus d'un mètre soixante-cinq. Le plus jeune arborait une petite moustache noire, dans le style de celle de Ron, comme c'était la mode parmi les hommes de la péninsule. Avec des talons hauts, elle serait sans doute de sa taille. Le troisième visiteur était appuyé à la cheminée.

Quand leurs regards se croisèrent, Helen faillit s'évanouir. Le seigneur des dauphins ! Le baigneur de la crique. S'il la reconnaissait il n'en laissait rien deviner. Toutefois, sa seule présence dans cette pièce accéléra les battements du cœur d'Helen.

— Nous commencions à nous inquiéter de ton absence, fit Ron gaiement. Mais, comme je disais, ma sœur est trop grande et trop intimidante pour qu'un quelconque bandit se risque à l'agresser. Et

puis, ses cheveux roux la font passer pour une
sorcière aux yeux des *peones*...

Helen ne put s'empêcher de regarder en direction
du seigneur des dauphins. Partageait-il l'avis de
Ron ?

L'inconnu se tourna vers Ron et esquissa un geste
qui signifiait clairement :

— Comment osez-vous ?

Ron se tut instantanément.

— Guadalupe ne t'a-t-elle pas dit où je me trouvais ? s'enquit Helen en posant son matériel, d'un air
plutôt gêné.

Mon Dieu, quelle impression devait-elle faire sur
leurs hôtes ? Elle était maculée de peinture et portait
des vêtements informes et usés. Vraiment, elle
n'était pas du tout élégante...

Elle attendit les présentations, tout en devinant
déjà l'identité de l'inconnu de la plage. Il ne pouvait
être que Luis San Roque Q., celui dont la signature
autoritaire avait marqué tout le courrier de l'été, le
grand président de *San Roque Entreprises*. Le Maître,
c'était lui, elle aurait dû le savoir.

Mais le paraphe avait révélé une partie seulement
de cet homme. Il n'avait pas dévoilé combien il était
séduisant et... imprévisible. Il arrivait à Punta Temeraria, sans prévenir, une semaine avant la date
prévue. Cet après-midi, il était bien la dernière
personne qu'elle s'était attendue à voir surgir de
l'océan...

Ses joues s'empourprèrent quand elle se rappela
ces instants sur la plage, la façon dont il l'avait
dévisagée sans vergogne. Puis elle pâlit, en se souve-
nant comme elle l'avait regardé en retour. Tremblante, en alerte, elle n'avait pas caché alors qu'il

l'attirait, pas plus qu'elle ne pouvait le dissimuler à cette seconde précise.

Quelle situation embarrassante, se dit-elle, en rassemblant son courage pour la suite...

2

— S EÑORITA Yolanda Bétancourt-Ibanez,
déclara Ron dans un espagnol impeccable,
je vous présente ma sœur, Helen Forster.
Ce fut seulement à cet instant qu'Helen aperçut
une jeune femme assise sur le canapé. Sans doute ne
l'avait-elle pas vue plus tôt car elle était entrée dans
la pièce par derrière. Et puis, la *señorita* Bétancourt
était petite et menue, disparaissant littéralement sous
les gros coussins.

Elle était également extraordinairement belle ; se
tenant avec une grâce que les femmes de haute taille
ne pouvaient jamais avoir. Ses jambes fines étaient
gainées de soie et elle portait des sandales à hauts
talons, fort élégantes mais totalement inappropriées
pour cette région désertique. Elle avait dû exposer
son visage au soleil juste le temps d'acquérir un léger
hâle qui mettait son teint en valeur. Ses yeux de
velours noir s'accordaient admirablement avec ses
longs cheveux sombres et bouclés.

Un peintre spécialiste du portrait souhaiterait à
coup sûr la prendre pour modèle, songea Helen, qui
se trouva franchement à son désavantage près d'une

telle perfection. Yolanda Bétancourt était faite pour
les salons, les réceptions fastueuses et les endroits à
la mode ; c'était une créature irréelle dans la dure
réalité du Mexique. Evidemment, en sa présence,
Helen avait l'impression d'être en guenilles et ce
n'était pas étonnant. Aussi laissa-t-elle son sens de
l'humour prendre le pas sur le découragement.
Auprès de cette créature de rêve, il était inutile
d'essayer de soutenir la comparaison...

Yolanda, pour tout salut, battit rapidement des
paupières ombrées de violet. Puis, de sa main
délicate aux longs ongles carminés, elle porta une
cigarette à ses lèvres.

— Voici le père de la *señorita,* continua Ron,
Paolo Bétancourt, l'avocat de notre société...

Helen inclina courtoisement la tête, comme Ron
poursuivait :

— Et Felipe Estrada, le directeur commercial de
San Roque Entreprises...

— Nous avons échangé une abondante correspondance, cet été, n'est-ce pas, *Don* Felipe ? fit Helen
avec un sourire chaleureux.

— Je te présente enfin notre employeur, *señor*
Luis San Roque Quintana...

Reconnut-il en cette femme inélégante la prome-
neuse de la plage ? Il n'en laissa rien paraître et
hocha civilement la tête en la scrutant de son regard
pénétrant. Helen ne cilla pas malgré le tumulte de
son cœur. Dévisagée ainsi pour la seconde fois en une
seule journée, elle se sentait déconcertée.

Ron eut soudain un rôle de second plan, comme
San Roque remplissait ses devoirs de maître de
maison.

— Prendrez-vous un verre, Miss Forster ? demanda-t-il dans un parfait anglais.

— Volontiers, accepta Helen, un bourbon à l'eau.

Elle pressa un peu de citron vert dans le liquide ambré, tandis que San Roque ajoutait :

— Vous regagnez la Californie vendredi prochain, me dit votre frère.

— Oui. Et je le regrette. J'ai passé ici un merveilleux moment, répondit-elle dans la langue de son hôte.

— Ici ? s'esclaffa Yolanda Bétancourt.

— Je suis plutôt solitaire, *señorita,* fit Helen. Le soleil et le ciel, les rochers et la mer me conviennent tout à fait. J'ai eu ici le plaisir d'accomplir un travail intéressant et bien rémunéré, tout en ayant l'occasion de peindre.

— Qu'y a-t-il à peindre ? s'étonna Yolanda. La végétation est plutôt maigre, tout est si dur, si laid dans cette région...

— Je trouve qu'elle ne manque pas de beauté avec toutes ses plantes désertiques... il suffit de les chercher, notamment les cactus qui sont nombreux et dont, hélas, je ne connais pas les noms espagnols.

— Moi je parlais des arbres et des fleurs, rétorqua Yolanda. Même les cactus... c'est dans cette partie du Mexique qu'on en rencontre le moins.

— C'est ce qui les rend si précieux, déclara calmement Helen, en reposant son verre. Ron possède tout un répertoire d'histoires drôles, je vous laisse en profiter pendant que je vais aider Guadalupe à préparer le dîner ; ensuite j'irai mettre une tenue plus convenable.

En disant cela, elle jeta un regard admiratif à la toilette de Yolanda en soie ivoire.

— Il est inutile de vous changer pour nous, ma chère, l'assura Yolanda.

— Je le ferai pour moi-même. Je suis pleine de sable et je me sens hirsute. Je serai plus à l'aise correctement vêtue pour faire honneur à mon employeur et à ses invités.

San Roque haussa les sourcils d'un air interrogateur.

— Qu'avez-vous besoin d'aider Guadalupe ? fit-il. Elle est cuisinière ici depuis plus de dix ans.

Ron eut un petit rire embarrassé.

— Eh bien... euh... Helen n'est guère favorable à la cuisine mexicaine, dit-il. Son passe-temps préféré consiste à préparer des plats américains. Je lui ai pourtant affirmé que cela n'était pas nécessaire.

Ce fut au tour d'Helen d'arborer un sourire gêné. Ron n'avait-il pas insisté pour manger une nourriture « correcte » le week-end, quand elle avait du temps libre ? Personnellement, elle préférait les merveilleuses inspirations culinaires de Guadalupe dont elle avait appris de nombreuses recettes au cours des dernières semaines.

Ron avait toujours été difficile à table. Lorsqu'il était petit, il donnait bien du souci à Jessie en exigeant des mets que sa mère adoptive avait su préparer pour lui. Helen se souvenait comment alors leur père excusait l'enfant en rappelant à Jessie tout ce que Ron avait pu endurer avant son adoption.

— Ce n'était plus un bambin quand il est arrivé chez nous, disait-il. Nous ne voulions pas prendre un garçon déjà si âgé, nous désirions un nourrisson, mais Ronnie semblait si malheureux... Trois ans plus tard, à travers le même organisme, nous avons adopté notre petite Helen, encore bébé. Mais bien

qu'ils soient frère et sœur... ils sont aussi différents
que le jour et la nuit. Si Ronnie est un peu délicat
parfois, il a de bonnes raisons pour cela. Il a
seulement besoin de tout notre amour...

Jessie avait donc toujours dû se montrer indul-
gente avec Ron. Cet été, Helen avait à son tour
cuisiné pour lui et elle en avait été heureuse.

— Peut-être *señor* San Roque et ses invités préfè-
reraient-ils les plats de Guadalupe, fit-elle remarquer
posément.

— Absolument pas, répondit San Roque. Ne
bouleversez pas vos plans pour nous. Nous sommes
arrivés avec une semaine d'avance, nous le savons
bien. Yolanda désirait se rendre à Ensenada, aussi
avons-nous modifié notre itinéraire. Mais il sera
intéressant pour Yolanda d'avoir un aperçu de la
cuisine d'Amérique du Nord.

Avec une grâce dont elle n'était pas consciente,
Helen rassembla son matériel et ses affaires de plage
puis gagna sa chambre. Gentiment, Guadalupe lui fit
couler un bain pour lui permettre de se débarrasser
du sable et du sel qui collaient à sa peau. Elle mit
ensuite un corsage de lin blanc et une jupe à plis
en lin elle aussi. Une tenue qui ne pourrait en aucune
façon rivaliser avec la splendeur de Yolanda, mais
c'était ce qu'elle avait de mieux dans sa garde-robe.
En tout cas, cet ensemble mettait son corps souple et
harmonieux particulièrement en valeur. Elle brossa
soigneusement ses cheveux, puis les noua en un
chignon, avant d'enfiler des sandales à talons hauts.
Tout en nouant les lanières, elle se dit que, ne
pouvant être aussi menue que Yolanda, elle mettrait
sa haute taille en évidence et en tirerait avantage.

Guadalupe l'accueillit dans la cuisine avec un

sourire épanoui. Elle aussi avait bénéficié des petits
secrets de cordon-bleu d'Helen. Le rôti de bœuf
sentait délicieusement bon ; les broccolis étaient
prêts et n'attendaient plus que la sauce à la crème,
une recette de famille chère à Jessie. Helen démoula
les œufs en gelée qu'elle avait confectionnés le matin
et les disposa sur un plat de service en argent.
Guadalupe avait cuit du riz, rond et léger à souhait.

— J'ai fait une tarte pour le maître, annonça-
t-elle.

— Et des beignets pour moi ! plaisanta Helen
qu'une sorte d'ivresse avait envahie.

— Pour le maître, rectifia Guadalupe.

— Un homme qui aime la tarte et les beignets ne
peut pas être si mauvais que cela... observa Helen.

— Pardon ?

Guadalupe paraissait scandalisée.

— C'est une façon américaine de parler, je suppose que la traduction la dénature, s'excusa Helen.
Je voulais dire que j'approuve son goût pour les
douceurs. Comprenez-vous à présent ?

— Ah ! Si !... Le maître est un excellent maître !

Ce mot, dans la langue du pays, était empreint
d'une profonde dévotion.

— Je vous laisse mettre la dernière main aux
détails du dîner, Guadalupe, déclara Helen en quit-
tant la cuisine pour aller rejoindre les invités.

La table, superbement dressée, était présidée par
San Roque. Là était sa place, de toute évidence. A
l'autre bout, Ron occupait un rang inférieur à celui
qui avait été le sien tout l'été. Il n'en perdait pas pour
autant sa belle prestance dont Helen était si fière.
Malgré une certaine nervosité tout à fait compréhen-

sible, il participa activement à la conversation tout au long du repas.

Ron avait toujours adoré parler. Elle entendait encore leur père raconter à Jessie comment Ron avait commencé à bavarder six mois après son adoption, pour ne plus s'arrêter. Et pourtant, à son arrivée dans sa nouvelle famille, il avait observé le mutisme le plus complet, tant il avait été marqué par sa petite enfance. En prenant de l'assurance, il était devenu loquace. Aujourd'hui, songea sa sœur, il devait être très sûr de lui.

Elle, en revanche, s'exprima fort peu. La présence de San Roque n'y était pas étrangère. En outre, la très élégante Yolanda Bétancourt la mettait mal à l'aise. En face d'elle, elle se retrouvait en proie à la même timidité absurde que le jour où son père l'avait présentée à sa vedette de cinéma préférée. Elle avait douze ans alors.

A chaque fois que son regard se posait sur San Roque, elle ne pouvait s'empêcher d'évoquer son corps admirable se découpant dans la lumière d'émeraude des vagues, au milieu des dauphins. Il dégageait un tel magnétisme qu'elle ne cessait d'en être troublée d'une façon alarmante.

Elle était vulnérable, elle le savait, et, quand il était question d'hommes, sa naïveté était déplorable. Et il était hors de propos de le laisser voir.

Son désir de bien faire, sa volonté de susciter la fierté de M. Forster l'avaient poussée à se concentrer essentiellement sur ses études, en négligeant le reste. De toute manière, quelle chance avait-elle de plaire ? Au lycée, une adolescente trop grande qui dépasse même ses camarades masculins ne peut que rencon-

trer des problèmes. Et Ron, avec ses taquineries,
l'avait empêchée de l'oublier.

Après son baccalauréat, elle avait obtenu une
bourse pour l'université. Dès cet instant, son seul
objectif avait été le diplôme qui flatterait l'amour-
propre de sa famille. Et puis, ses études supérieures
s'étaient doublées d'un emploi à mi-temps. Comment
alors avoir le loisir de sortir, d'entretenir des relations amicales ? Elle se sentait si coupable lorsqu'elle
se détendait un court moment. Son air studieux ne
décourageait pas les étudiants frivoles, mais les
garçons sérieux lui témoignaient une sorte de crainte
respectueuse. Et pourtant, comme elle avait rêvé !
De celui qui ressemblerait à un prince et qui saurait
découvrir sa tendresse derrière son masque de timidité.

San Roque était très beau, très attirant. Mais, bien
sûr, ils évoluaient dans des cercles nettement différents. Il régnait véritablement sur cette table, l'œil
dominateur. Nul doute qu'il appartenait déjà — si
toutefois ce terme s'appliquait à un tel homme — à
Yolanda Bétancourt, majestueuse comme une reine.

Helen croisa une seule fois le regard de San Roque
et en éprouva une violente émotion.

— Jouez-vous aux échecs ? demanda-t-il soudain à
Ron. J'ai vu une partie commencée dans le salon. Et
si nous nous mesurions après dîner ?

— Entendu ! acquiesça Ron, tandis qu'Helen retenait son souffle.

— Vous utilisez la défense indienne du Roi, me
semble-t-il, continua San Roque.

Ron parut déconcerté, mais avant que sa sœur
n'eût le temps de voler à son secours, il reprit avec
son aisance habituelle :

— Je pensais que vous faisiez allusion aux pièces en onyx sur la table de bridge. Je vois que vous songez au petit échiquier en plastique d'Helen près de la fenêtre... Elle s'en sert pour jouer avec un correspondant... Où habite ce monsieur paralytique, la Hulotte ? A Sausalito, n'est-ce pas ?

Il émiettait nerveusement son dessert tout en s'adressant à Helen.

Comme San Roque la considérait attentivement, elle déclara sans se troubler :

— C'est une excellente défense.

Si seulement Ron se tenait tranquille et se contentait de déguster sa tarte !

— Je n'ai guère le temps de jouer avec elle, voilà pourquoi elle s'est engagée dans ces parties par correspondance, expliqua Ron avec condescendance. Elle désirerait trouver un autre partenaire. Afin de se perfectionner, dit-elle.

Helen se tut. C'était en effet ce qu'elle avait annoncé à son frère. Leur père leur avait enseigné les échecs quand ils étaient petits. Ron, au fil des années, avait refusé de jouer avec elle, car elle le battait. Seul M. Forster était un partenaire à son goût puisqu'il lui permettait de gagner, attitude dont n'avait jamais bénéficié Helen. Peut-être ne possédait-elle pas la maîtrise d'un champion, mais Ron était un piètre joueur. Certes, elle ne voulait ni le proclamer ni même se l'avouer secrètement, de peur de passer pour déloyale. Ron avait toujours plus ou moins jalousé son intelligence, ses connaissances et sa stabilité. M. Forster, qui le chérissait tant, ne l'encourageait-il pas sans cesse à se hisser au niveau de sa cadette ?

— Elle a énormément à t'apprendre, tu sais, répétait-il au grand regret d'Helen.

Comme Ron lui en avait voulu...

— Peut-être devrais-je me mesurer à vous, Miss Forster ? proposa subitement San Roque.

La remarque parut contrarier Ron qui décocha à sa sœur un coup d'œil lourd d'avertissement. Son habileté, craignait-il sans doute, risquait de froisser leur employeur. Il imaginait déjà le tort qui en découlerait pour lui. Avec un sourire rassurant à Ron, elle refusa l'offre de San Roque.

— Fais une partie avec notre hôte, Ron, suggéra-t-elle. J'ai encore quelques tableaux à emballer avant ton départ demain matin.

— Tu vas surcharger l'avion ! s'insurgea Ron, visiblement soulagé toutefois.

— Juste deux aquarelles supplémentaires, c'est tout, le tranquillisa-t-elle.

— Pourquoi ne montrerais-tu pas tes œuvres à nos amis ? Tu te défends bien pour un amateur.

Et Ron entreprit d'expliquer la réussite artistique toute récente de sa sœur.

— Elle était ici depuis deux semaines quand un touriste lui a affirmé qu'elle avait du talent. Il l'a invitée à lui envoyer ses réalisations à San Diego en lui promettant d'essayer de la lancer. Et il a tout vendu...

— Elle est donc sortie du rang des amateurs, remarqua San Roque. J'aimerais voir votre peinture, ajouta-t-il en contemplant Helen avec intensité.

— Je regrette, fit-elle, mais tout est empaqueté, prêt à partir...

— Et le tableau que vous avez exécuté cet après-midi ? insista-t-il.

— Il n'est pas terminé, répliqua-t-elle fermement.

Pour rien au monde elle ne dévoilerait devant eux la passion qui l'avait animée. Il lui restait quelques petites retouches et sa signature à apporter, ensuite sa création irait rejoindre les autres. Demain matin, Ron emporterait le tout, loin du regard trop perspicace de San Roque.

— Où envoyez-vous vos travaux ? s'enquit Yolanda.

— A la galerie Chamartin.

— Chamartin ? s'étonna Yolanda. Eh bien... Votre comptable doit effectivement posséder du talent, Luis...

— La connaissez-vous ? s'enquit Ron, surpris.

— Bien sûr ! Les meilleurs artistes nord-américains y exposent. L'un d'eux a eu droit à une rétrospective à Mexico, dernièrement et tout le monde s'y est précipité. C'est d'ailleurs au vernissage que j'ai rencontré M. Chamartin.

— Je ne fais que débuter, murmura modestement Helen. Je peins seulement le dimanche...

— C'est exact ! approuva Ron en riant. Toute la semaine elle travaille d'arrache-pied dans les bureaux de la compagnie. Je n'ai jamais vu personne mettre aussi vite de l'ordre là où régnait le chaos. Croyez-moi, elle a bien mérité son salaire.

— Nous pourrions peut-être persuader Miss Forster de conserver son emploi ici, suggéra San Roque. S'il lui convient, évidemment.

— Helen s'en va, répondit Ron. Elle doit s'occuper de mon père et reprendre son poste d'enseignante. D'ailleurs, Helen, pourquoi ne pas boucler tes valises ce soir et partir avec moi demain matin ? Tu pourrais voir Chamartin toi-même et prendre

quelques jours de vacances avant de retrouver tes
élèves.

— C'est impossible, tu le sais bien, répliqua
Helen. J'ai les feuilles de paie à établir et des dossiers
à compléter. Ma semaine est entièrement organisée
jusqu'à vendredi et je ne veux rien laisser d'inachevé
pour la personne qui me succédera.

— A mon avis, tu devrais t'octroyer au moins huit
jours de congé, insista Ron.

— Mais qu'ai-je fait tout l'été sinon me détendre ?
riposta-t-elle. Changer de cadre de vie, accomplir un
travail différent, tout y a contribué. J'ai eu beaucoup
de temps libre. Je suis contente de rentrer à la maison
mais pas avant d'avoir rempli totalement mon
contrat.

— *Señor* San Roque va peut-être avoir besoin de
cette villa pour ses invités, alors si tu libérais ta
chambre…. s'obstina Ron.

L'intervention de San Roque mit un terme à la
discussion.

— Miss Forster est payée jusqu'à vendredi, dit-il.
Je tiens à ce qu'elle achève sa besogne avant de s'en
aller, même si elle doit rester samedi et dimanche
pour cela. Si tel était le cas, je veillerais à ce qu'elle
soit dédommagée généreusement. A votre retour,
Ronald, nous reparlerons d'un changement éventuel
quant à sa date de départ. Car vous avez bien
l'intention de rentrer mercredi, n'est-ce pas ?

— Mercredi midi, si les contrats de Chula Vista
sont signés, acquiesça Ron d'un air soudain maus-
sade.

— Ah oui… fit San Roque pensivement. Je les
avais presque oubliés. Bien, nous nous passerons
donc de vous pendant deux jours et nous reprendrons

nos discussions mercredi après-midi. En attendant,
Felipe, Paolo et moi, nous allons travailler à Cedros.
Et maintenant, Miss Forster, parlons échecs ! J'ai très
envie de vous voir utiliser la défense indienne du Roi
contre un autre adversaire que votre frère ou votre
correspondant de Sausalito...

— Mais, je...

Ron bavardait à présent avec Yolanda et Paolo
Bétancourt. Il paraissait avoir oublié que sa sœur pût
battre San Roque et compromettre ainsi sa situation.
Qu'importait la nervosité de Ron, après tout ? Elle
brûlait d'envie d'affronter leur employeur devant un
échiquier...

Elle se dirigeait déjà vers la table où était disposé
les pièces en onyx, quand San Roque lui prit le bras
et la conduisit près de la fenêtre, là où se trouvait son
jeu personnel. Helen frémit sous ce contact, ses joues
se colorèrent et elle craignit un instant de se trahir. Il
devait sûrement s'apercevoir de son trouble, digne
d'une collégienne ! Seulement, elle avait passé l'âge
de réagir ainsi, se réprimanda-t-elle en plein
désarroi.

— Je préfère continuer cette partie, déclara San
Roque de sa voix chaude. Au point où vous êtes
arrivés, vous allez devoir vous servir d'une tactique
que j'ai hâte d'observer.

Helen leva sur lui un regard surpris. Il devait être
un joueur averti. Elle était fort bien entraînée, elle
aussi, ayant consacré une grande partie de ses loisirs
à se mesurer à son père. D'ailleurs, elle l'avait
accompagné chaque vendredi soir à son club pendant
des années, et son enthousiasme était allé croissant.

Ils jouèrent plus longtemps que prévu. San Roque
se montra un adversaire redoutable.

— Vous auriez dû déplacer votre Reine, lui repro-
cha-t-il. Il ne vous reste plus aucune défense maintenant. Ma Tour monte en dernière ligne et met votre
Roi en échec. Peu importe le mouvement que vous
entreprendrez, je prends le Roi et un Pion.

Helen examina tranquillement les cases noires et
blanches et répondit sur un ton aimable :

— Vous avez gagné. En finesse. Je ne peux que
m'incliner.

— Je vois avec plaisir que vous reconnaissez votre
maître, fit-il, comme ils se levaient.

Helen se figea et rectifia :

— Un joueur chevronné, oui, *señor*, mais rien
d'autre ! Vous avez plus d'expérience que moi aux
échecs, c'est très clair. Mais les circonstances peuvent
changer et je ne reconnais personne, ni vous ni aucun
autre homme, pour mon maître.

Dans ses yeux fixés sur elle, elle lut bien plus
qu'elle n'en voulait entendre. Il n'eut pas le temps de
lui décocher un trait accablant et irrécusable. Ron
s'approchait d'eux en riant, toujours aussi nerveux.

— Ma sœur joue sans cesse à la maîtresse d'école
qui nous remet à notre place. Ne voulais-tu pas finir
de préparer tes tableaux, Helen ?

— Si, en effet. Vous voudrez bien m'excuser,
tous… Je vais au bureau à l'aube, afin de profiter de
la fraîcheur avant les heures ouvrables. Par conséquent, je me couche très tôt.

Ron la suivit jusqu'à sa chambre.

— Je souhaite te parler avant mon départ, dit-il.

— Entre, l'invita-t-elle.

— C'est idiot de rester ici seule pendant quelques
jours à agacer San Roque, la prévint-il.

— Je suis désolée. J'aurais dû modérer mes propos, mais je ne l'ai pas fait exprès.

— Tu connais les Mexicains... Fais attention, il règne en souverain ici. Garde tes réflexions pour toi et tout ira bien. Je n'ai pas cessé de chanter tes louanges.

— Tu aurais pu t'épargner cette peine. Mon travail parle de lui-même.

— Oui, je sais, mais sois vigilante. Tu as très justement gagné ton salaire.

— Evidemment ! Qu'as-tu donc en tête ? Essaies-tu de m'effrayer, de me faire envisager un licenciement ma dernière semaine ?

— Non, non... Mais tiens-toi sur tes gardes.

— Allons, cesse de t'agiter ! Tu as été très efficace, toi aussi et tu n'as pas à t'inquiéter. Il n'a rien à te reprocher. Il aurait plutôt dû te donner des adjoints pour te seconder.

— Oh ! ne t'inquiète pas pour cela, fit Ron avec un haussement d'épaules.

— C'est plus fort que moi... Quand on pense à tous les hommes qu'il emploie ailleurs ! Tu as passé ton temps à courir entre Guerrero Negro, El Arco et Pozo Aleman. Après trois mois, les employés de Pozo Aleman et El Arco ne sont-ils toujours pas capables d'accomplir leur tâche tout seuls ? Tu ne devrais plus avoir besoin d'effectuer les opérations à leur place maintenant...

— N'y pense plus.

— J'aurais pu t'aider davantage si tu m'y avais autorisée, remarqua-t-elle avec un peu de colère.

— Ici les femmes ne peuvent pas se déplacer sans être accompagnées, tu le sais bien... Mais enfin, ce

n'est pas de cela que je veux t'entretenir ce soir. Je...
eh bien... tiens...

Il lui tendit une grosse enveloppe cachetée.

— Qu'est-ce donc ? s'étonna Helen en la soupe-
sant.

— Les avions ne sont pas toujours très sûrs...
certains même s'écrasent, alors... Je désire seulement que tu gardes ce document, sans l'ouvrir, à
moins d'un accident. Mets-le en sécurité, avec ton
passeport. En cas d'urgence, ouvre-le.

— Pour l'amour du Ciel ! s'écria-t-elle avec reproche. As-tu un pressentiment quelconque à propos de
ce voyage ?

— Non, pas exactement. Disons plutôt une sorte
de... d'assurance pour ma conscience...

Il paraissait très mal à l'aise et son inquiétude à son
égard la toucha. C'était un aspect de son frère qu'elle
ne connaissait pas.

— En ce qui concerne Papa, je n'ai jamais été très
utile. Quant à Jess... elle était assurée.

— Ron, ce qu'elle a touché après l'accident était
dérisoire et n'a pas suffi à ses besoins toutes ces
années, tu ne l'ignores pas !

— Bon... mais il y a des lois pour ce genre de
situation, des lois sociales. Il ne s'agit même pas d'un
membre de la famille, il est donc inutile de se tuer à
la tâche pour elle !

Il comprit qu'Helen allait laisser éclater sa fureur,
alors il marqua une pause, puis continua avec
douceur :

— De toute façon... tu as peu d'argent liquide, je
sais, puisque tu as tout déposé sur ton compte en
banque. Aussi, si tu te trouvais dans la nécessité
d'agir très vite, cette enveloppe t'aidera. Ne prends

pas cet air affolé ! A mon retour, mercredi... ou un autre jour... tu me rendras ce petit paquet sans l'avoir décacheté. Ensuite, j'en doublerai le contenu quand tu repartiras à la maison. Ce sera ma propre contribution. Je réclame uniquement le privilège de déchirer le petit mot que j'y ai glissé, et que tu n'auras pas lu, si je ne suis ni mort ni mêlé à une catastrophe.

— Entendu, acquiesça Helen après une seconde d'hésitation. Mon Dieu, quel air grave !

— La vérité, c'est que je déteste être suspendu entre ciel et terre à plus de trente centimètres du sol ! C'est aussi bête que cela. N'en parlons plus.

Pauvre Ron ! Il paraissait en proie à tant de frayeurs ! Jamais ils n'avaient discuté entre eux de sa toute petite enfance, songea Helen. Elle savait qu'il voulait l'oublier. Pourtant, ces premières années difficiles semblaient affecter sa vie d'adulte en maintes occasions. Elle aurait bien aimé le réconforter, le rassurer. Mais comment ? Dès qu'on essayait de réveiller ses souvenirs, la panique s'emparait de lui.

— Promets de ne pas ouvrir ce paquet à moins de circonstances exceptionnelles ! insista-t-il.

— C'est promis, répondit-elle en riant. Et toi, tâche de livrer mes tableaux, que l'avion s'écrase ou non !

— D'accord... marché conclu !

— Je vais juste glisser cette aquarelle avec les autres et puis tout sera prêt.

— Dépose-les à ta porte, le chauffeur viendra les prendre et les mettra dans l'avion dès ce soir. Moi je dois retourner au bureau. Bonne nuit, petite sœur...

Après son départ, un sentiment étrange envahit Helen, comme si un malheur se préparait. Elle considéra pensivement l'enveloppe. Ron n'avait pas révélé la véritable raison qui l'avait conduit chez sa sœur, elle en avait la certitude...

3

À l'aube, le lendemain, lorsqu'Helen gagna le bureau de la mine, Ron était déjà parti. L'avion de la compagnie l'emportait, en compagnie de la superbe Yolanda. Comment Chamartin allait-il trouver ses dernières œuvres ? se demanda-t-elle. Samedi, elle le saurait. S'il parvenait à les vendre, ses efforts n'auraient pas été vains.

Elle regrettait déjà d'avoir mis *Le seigneur des dauphins* dans le lot. Sans doute avait-elle agi trop vite. Et si Chamartin avait un client ? Il était impératif de lui envoyer un mot ce matin même en le priant de le garder pour elle. De toute manière, elle l'estimait difficilement négociable. Les tableaux ne trouvaient pas aussi aisément acquéreur, elle pourrait donc le récupérer le week-end prochain. Mais, pour plus de sécurité, elle préférait écrire dès maintenant au propriétaire de la galerie.

Les émotions que lui avait procurées la réalisation de cette aquarelle demeuraient très vives dans sa mémoire. Elles la troublaient bien davantage aujourd'hui qu'alors. Des sentiments contradictoires se bousculaient en elle : d'un côté elle aurait aimé

conserver cette peinture en souvenir d'une expérience émouvante, de l'autre elle était soulagée de la
savoir hors de portée d'un certain regard, curieux et
trop pénétrant. Mais dès qu'elle reviendrait en sa
possession, elle ne s'en séparerait plus jamais ; ce
serait l'inoubliable évocation de l'été qu'elle venait
de vivre. Comment pourrait-elle se débarrasser d'une
image qui recelait un tel potentiel émotif ? Sa valeur,
Helen seule pouvait l'apprécier. La passion innocente qui éclatait dans la scène révélait un émoi trop
intime pour être étalé aux yeux de tous. Il y avait là
un flot d'imagination et de ravissement qu'elle souhaitait savourer sans témoins. Elle craignait aussi de
se couvrir de ridicule pour avoir été bouleversée de la
sorte. Non, pour rien au monde, elle ne se déferait de
cette création.

En se rappelant l'insistance avec laquelle Ron
l'avait exhortée à la vigilance, Helen éclata de rire.
Dire qu'il lui conseillait de ne pas « agacer » San
Roque ! Mais c'étaient plutôt ses nerfs à elle qui
étaient mis à rude épreuve en présence du président.
Quand elle se tenait dans la même pièce que San
Roque, elle avait du mal à garder la tête froide. Elle
était si inexpérimentée que la séduction de cet
homme l'effrayait. C'était pourquoi, elle pouvait
paraître sèche et acerbe dans ses propos. Comment
prouver autrement que le charme viril de son
employeur ne produisait aucun effet sur elle ?

Certes, Ron croyait bien faire. Enfin, il avait aussi
ses propres motivations, se dit-elle, amusée. Sa
carrière personnelle le concernait, évidemment. Elle
arrivait au terme de son contrat d'intérimaire, tandis
que celui de Ron continuait et le conduirait peut-être
à un très haut niveau de responsabilité. Si toutefois

elle ne s'était pas trompée en évaluant l'importance sur le marché international de *San Roque Entreprises*. Ron ne voulait pas compromettre ses chances et c'était compréhensible.

Tout en établissant les fiches de paie hebdomadaires, Helen se surprenait à rêver. Elle travaillait depuis une heure environ quand San Roque fit son apparition, avec ses deux amis et collaborateurs, Bétancourt et Estrada.

— Nous sommes venus moins tôt que vous, Miss Forster, car nous avons accompagné Yolanda à l'aérodrome de Guerrero Negro, déclara San Roque.

Helen lui jeta un coup d'œil furtif. Etait-il fiancé, ou sur le point de l'être, à Yolanda Bétancourt ? Elle était si belle que tous les hommes devaient en être amoureux. Comment *Don* Luis ne succomberait-il pas à son tour ? La gorge soudain serrée, Helen se concentra sur sa tâche, refusant de regarder San Roque de nouveau. Elle craignait de le voir découvrir dans ses yeux un rêve impossible.

— Nous allons essayer de ne pas trop vous déranger, promit Estrada. Nous effectuons seulement une tournée d'inspection. Ici, mais aussi à Pozo Aleman, Guerrero Negro, El Arco et Isla de Cedros.

Prenant d'épais registres, il poursuivit :

— Nous avons besoin de ces livres pour des questions de personnel. Vous vous occuperez de ceux de Cedros.

— C'est Eugenio Ochoa qui les a, *Don* Felipe, répliqua Helen.

— Eh bien, nous les verrons mercredi. En attendant, vous avez sûrement de quoi vous occuper avec les salaires de Punta Temeraria.

— En effet, comme vous voudrez. Il vous faut aussi les écritures de Ron. Je vais les chercher.

Quel désordre ! Ron semblait avoir tout jeté dans les tiroirs au hasard. La tendresse et l'irritation se partagèrent le cœur d'Helen. Il n'était pas raisonnable de faire montre d'un tel manque d'organisation. Par bonheur, elle était entrée dans ce bureau avant les trois autres.

Elle essayait de remettre un peu d'ordre dans ce fouillis, quand elle s'aperçut que l'heure de la sieste était arrivée. La chaleur était torride et chacun rentrait se reposer entre midi et deux heures.

Une fois chez elle, Helen eut la surprise de découvrir les trois hommes dans le séjour. Ils avaient ouvert des dossiers et les papiers étaient étalés partout.

Ils paraissaient totalement absorbés, pourtant San Roque aperçut Helen. Il était en train de faire les cent pas dans la pièce, une liasse de feuillets à la main. Soudain, il s'immobilisa et son regard d'orage croisa celui d'Helen. Elle chancela presque, puis, se ressaisissant très vite, adressa à son employeur une interrogation muette. Que signifiaient cette froideur, cet air préoccupé ? Elle était prête à accepter ses ordres, à lui obéir. Mais il ne prononça pas un seul mot. De toute évidence, ils étaient plongés dans un travail qui reléguait au second rang les politesses. De plus, il était clair qu'ils n'avaient pas besoin de ses services. Elle inclina donc légèrement la tête et se rendit dans la cuisine.

— A quelle heure désirent-ils déjeuner, Guadalupe ? demanda-t-elle.

— Ils ne vont pas rester, *señorita*. Ils m'ont dit

qu'ils prendraient leur repas à El Arco. Mais pour vous, c'est prêt.

Helen s'assit à la grande table de la salle à manger. Tout en mangeant, elle contemplait la côte qui s'étendait vers le sud, ponctuée de pyramides de sel. Reverrait-elle cette partie du monde un jour ou bien son départ, vendredi, serait-il définitif ? Elle aimait ce désert aride et solitaire. Jamais elle ne s'était sentie seule ici ; jusqu'à aujourd'hui et en dépit de la présence toute proche de Guadalupe et des trois hommes dans le séjour.

San Roque et Bétancourt parurent soudain sur le seuil. Ils ne souriaient pas.

— Nous nous envolons pour El Arco, déclara sèchement Bétancourt.

Helen mit l'hostilité de San Roque et de ses amis sur le compte de la chaleur. Mais peut-être aussi l'avait-elle réellement froissé la veille ?

L'air conditionné des palaces leur manquait sans doute, songea-t-elle. Ils avaient l'habitude de traiter leurs affaires dans les luxueux bureaux feutrés des gratte-ciel, dans un confort absolu. Et cette péninsule désertique au bout du monde devait leur paraître bien austère.

— Voici les livres de paie de Guerrero Negro, ajouta Bétancourt. Avec la liste du personnel à renvoyer.

Helen s'empara du papier qu'il lui tendait et l'examina avec étonnement. Aguilar, Aleman, Almanza, Adargas, Aquito, Andreas... L'énumération était interminable.

— Doivent-ils tous être licenciés ? Avec quel préavis, *señor* Bétancourt ?

— Sans préavis. Ils n'émargeront pas cette

semaine, un point c'est tout, répondit-il en coulant un regard oblique à San Roque qui demeura muet. Ils ont touché leur dernier salaire vendredi.

— Pas même un avis de résiliation de contrat ? Mais...

— Mettez simplement les registres à jour en fonction des renvois.

Helen était stupéfaite et ne comprenait pas. Elle allait poser une question, lorsqu'il la devança.

— Inutile de vous préoccuper à ce sujet, fit-il. Contentez-vous de rayer ces hommes de la liste du personnel de *San Roque Entreprises.*

Elle prit le document d'une main tremblante et regarda Bétancourt quitter la pièce sans un mot, suivi de San Roque.

Baca, Bacuita, Baiez, Banos, Barbosa... Dieu merci, elle ne pouvait mettre aucun visage sur ces noms ! Mais quelle piètre consolation... Dans cette région, les gens étaient très pauvres. Seule la mine les empêchait de mourir de faim ou de retourner dans les montagnes mener l'existence primitive et misérable des générations précédentes. Ron n'était probablement au courant de rien, sinon il aurait signalé leur licenciement aux ouvriers avant la dernière paie. Sans doute avaient-ils appris la nouvelle ce matin même en venant travailler. Elle imaginait aisément leur désespoir, leur incompréhension. Auprès du choc qu'ils avaient dû subir, sa propre confusion semblait bien dérisoire.

Renvoyer tant de gens n'avait aucun sens. Les mines nécessitaient toujours plus d'hommes. Mais puisqu'elle n'avait personne à qui poser des questions, elle ne pouvait qu'exécuter les ordres...

Helen était déjà couchée ce soir-là, quand les trois

hommes revinrent d'El Arco. Le mardi matin, très tôt, Bétancourt confia à Helen la liste des licenciés d'El Arco. Elle frissonna d'horreur, sachant ce que ces mesures allaient signifier pour la population. Comment ces hommes avaient-ils pu venir semer le désespoir et la dévastation ?

Quand Helen découvrit sur son bureau les feuillets de licenciement de Pozo Aleman, elle fronça les sourcils, écœurée. Plus d'une centaine de familles désormais connaîtrait la misère.

Cette fois, San Roque en personne vint donner ses ordres.

— Tenez-vous prête demain matin à vous envoler pour Isla de Cedros, annonça-t-il, l'œil sévère.

— Je n'y suis jamais allée. Cette localité n'a jamais été placée sous ma responsabilité directe et je m'en vais vendredi.

— Je ne l'ignore pas. Vous prendrez l'avion de la ligne régulière quotidienne. Il quitte Guerrero Negro à sept heures du matin. N'oubliez pas qu'à Cedros, les femmes ne portent pas de pantalon.

Helen s'empourpra. C'était précisément ce qu'elle avait mis ce jour-là. Il était en toile légère blanche ; elle l'avait assorti d'une chemisette et de sandales à hauts talons.

— Je connais les coutumes de cette île, *señor,* répondit-elle d'une voix posée. Là-bas, je serai en jupe.

Il y avait une réelle tension dans l'air ce soir-là et la chaleur paraissait encore plus lourde que dans la journée. San Roque et ses collaborateurs témoignaient d'une hostilité ouverte, sans doute pour avoir rayé sans merci une infinité de noms sur les feuilles de salaire.

La sagesse lui conseillait de se taire, Helen en était convaincue. Toutefois, elle était bien décidée à interroger San Roque, profitant de l'occasion que le voyage à Cedros lui fournirait. Il lui fallait absolument comprendre pourquoi et comment il pouvait se montrer aussi arbitraire et cruel. L'image qu'elle avait de lui à présent était si différente de celle de la plage ! Le lien invisible et muet qui les unissait était toujours aussi fort, mais il avait cessé d'être agréable. Il s'était passé quelque chose. Elle ne savait pas quoi. Mais San Roque n'était plus le même homme.

Le chauffeur la conduisit à Guerrero Negro où elle prit l'avion pour Cedros. Toute seule. L'appareil décolla à l'heure prévue et s'éleva dans un ciel couvert de nuages gris. Ils survolèrent le lagon de Scammon et Helen baissa les yeux vers les dunes de Sarafan et la petite ville de Guerrero Negro... le Guerrier Noir... à la pointe extrême sud-ouest de la péninsule.

Moins d'une heure plus tard, Helen aperçut l'île. Elle ne lui donnait pas plus de trente kilomètres de long sur une quinzaine de large. On lui avait parlé des forêts de cèdres, des sources, des cerfs, des pumas, des chèvres sauvages que l'on trouvait à Cedros. Mais elle ne s'attendait pas à y voir plusieurs villages et une véritable ville. Elle avait imaginé rencontrer ici des monticules de sel le long de la côte et quelques hangars.

Comme ils entamaient la descente, une multitude de petits taxis rouges prit le chemin du terrain d'atterrissage.

Helen comprenait pourquoi San Roque avait choisi Cedros. Le lagon de Scammon n'était pas assez profond pour permettre aux gros bateaux de

venir charger le sel. Celui-ci était donc transporté à
Cedros, puis entassé sur les quais en attendant les
cargos, notamment japonais.

Une aciérie avait été également implantée pour
traiter les autres minerais de *San Roque Entreprises.*
Décidément, Cedros ne cessait de la surprendre, se
dit Helen en apercevant toute une flotte de pêche et
de nombreux yachts ancrés dans le port. Elle avait
cru arriver dans un lieu tout à fait isolé du monde et
elle découvrait une vie organisée.

Une voiture de la société l'attendait, toute ruti-
lante, en parfait contraste avec les vieux taxis rouges.
Helen reconnut le chauffeur à son nom, entrevu sur
les registres : Vergel Diaz.

— Il me semble que nous ne prenons pas la route
des bureaux en ville, Vergel, fit-elle remarquer.

— Non, *señorita* Forster, répondit-il. Nous allons
à la maison San Roque.

Que la compagnie possédât une habitation de
fonction sur l'île ne la surprenait pas. Mais elle
s'étonna toutefois de la trouver si grande. Elle
dominait la montagne, largement au-dessus de l'agglomération et elle était entourée de cèdres. De plus,
il s'agissait incontestablement d'une demeure de
famille, construite dans la pierre du pays.

— Etes-vous sûr que je doive me présenter ici et
pas dans les bureaux ? insista Helen.

— Tout à fait sûr, *señorita* Forster. C'est le Maître
lui-même qui m'a ordonné de vous amener ici.

— Je ne pensais pas trouver un logement de
fonction aussi superbe !

Vergel Diaz la considéra d'un œil amusé, puis
répliqua :

— Mais c'est la résidence du Maître, *señorita…*

Il lui ouvrit sa portière et l'invita à gravir l'escalier de pierre. Helen s'arrêta devant une énorme porte en bois sculpté ornée de cuivres qu'on avait dû astiquer récemment. La femme qui vint accueillir Helen était une parfaite réplique de Guadalupe. A croire qu'il s'agissait de sa sœur jumelle.

— Le Maître vous prie de vous installer comme si vous étiez chez vous, déclara-t-elle.

— Je croyais être attendue au bureau, répéta Helen pour la troisième fois.

— Le Maître a été très clair : la maison devait être à votre disposition. Avez-vous pris votre collation ?

Helen n'obéissait pas à la coutume de l'*almuerzo,* ce deuxième petit déjeuner que les Mexicains dégustaient au milieu de la matinée. Mais ce matin, elle avait juste bu un chocolat chaud avant de quitter Punta Temeraria.

— J'ai faim et j'accepterai avec plaisir quelque chose à manger, merci, répondit-elle poliment.

Tout en attendant, elle regarda autour d'elle. Helen se trouvait dans la bibliothèque, une pièce très vaste. Plusieurs milliers de livres occupaient les étagères, ils étaient magnifiquement reliés en cuir ouvragé. La plupart des titres étaient anglais ou espagnols, mais il y en avait aussi beaucoup en Français et quelques-uns en Allemand. Les œuvres en langue anglaise auraient suffi à elles seules à ravir un lecteur assidu pendant des années ! La grande table cirée était recouverte de magazines internationaux récents dont elle n'aurait pas soupçonné la présence sur cette île perdue.

A l'autre bout, elle vit aussi un jeu d'échecs qui, comme le sien, semblait avoir énormément servi. Un livre posé près de l'échiquier apprit à Helen que le

joueur étudiait les grands maîtres de cet art : Alekhine, Petroff et Caro-Kann. Il pratiquait leurs
célèbres attaques et défenses. Pensivement, elle prit
un pion et l'examina. Comment Ron et elle-même en
étaient-ils arrivés à faire figure de pions dans cet
empire ? se demanda-t-elle.

Quand elle se rendit dans la pièce voisine, elle se
sentit immédiatement à l'aise. De la fenêtre, elle
voyait l'aérodrome. Un vieux jardinier vaquait à ses
occupations dans la roseraie juste devant la maison.
Devant la cheminée, un tapis en peau de chèvre
donnait un air intime et accueillant au petit salon. Le
feu de l'âtre était le bienvenu, car l'air était frais sur
ces hauteurs.

La gouvernante plaça un plateau sur un guéridon
près de la baie.

Mise en appétit, Helen savoura la succulente
cuisine mexicaine tout en parcourant un roman de
Pablo Neruda. Un marque-page attira son attention.
Le propriétaire de l'ouvrage avait vraisemblablement
été impressionné par les sentiments qu'exprimait là le
poète chilien. Helen finissait un café à l'arôme
délicieusement corsé, lorsqu'elle lut :

« Ma foi en la destinée humaine ne sera jamais
ébranlée... je crois que nous nous comprendrons l'un
l'autre... je crois que nous irons de l'avant ensemble... Telle est mon impérissable espérance... »

Un flot de colère la submergea soudain. Comment
l'homme qui avait souligné ce passage pouvait-il se
montrer si impitoyable et détruire tant de ses compatriotes en les privant de leurs moyens d'existence ?

— Le Maître vous attend dans la bibliothèque, si
vous avez terminé, *señorita*, vint annoncer la gouvernante.

Comment ? Il se tenait dans la pièce voisine et elle ne le savait pas ! Elle n'avait même pas vu son avion atterrir.

Helen suivit la domestique qui s'éclipsa discrètement quand elles parvinrent sur le seuil.

Assis derrière un grand bureau, San Roque observait pensivement Helen tout en jouant avec son stylo en or.

— Asseyez-vous, Helen, dit-il dans un parfait anglais qui la surprit.

Le premier soir, il avait prononcé quelques mots dans cette langue, mais le reste du temps les conversations s'étaient déroulées en espagnol.

Helen obéit, se demandant si elle devait sortir son bloc de sténo de son sac. Oui, c'était préférable, décida-t-elle. Elle appuya son carnet sur ses genoux et attendit ce que San Roque allait lui dicter.

— Vous avez posé des questions à propos du personnel, commença-t-il sans préambule. C'est la vérification des feuilles de paie qui nous a incités, Paolo Bétancourt, Felipe Estrada et moi-même à nous rendre à Punta Temeraria plus tôt que prévu. Nous avions mis à jour une vaste corruption. Et la piste nous a conduits directement là-bas.

— Je ne comprends pas ce que je peux faire...

— Au cours de l'été, reprit-il sans la quitter des yeux, vous et votre frère semblez avoir falsifié les fiches de salaire de quatre cent-vingt employés fantômes de mes installations minières à Guerrero Negro, Pozo Aleman et El Arco. Il manque deux cent soixante-trois mille dollars américains dans les caisses de la société.

Helen se félicitait d'être assise, car ce choc terrible l'aurait très certainement fait s'effondrer sur le sol.

Cette accusation sans détour lui était assénée sur le ton de la conversation courtoise, ce qui rendait la chose encore plus incroyable.

— Mon frère et moi... ? articula-t-elle avec difficulté.

Peu à peu, Helen se rendit compte. Elle se sentit devenir livide et un son rauque s'échappa de sa gorge. Hébétée, elle ne put que balbutier :

— Des fiches de salaire falsifiées ?

La voix calme de San Roque aggrava encore l'état de stupeur dans lequel se trouvait Helen.

— Croyez-moi, Helen, dit-il, jamais je ne laisserai mes employés me voler !

— Vous vous trompez ! Jamais Ron ne... ne...

Il se leva de son fauteuil pivotant et se pencha sur elle d'un air menaçant.

— Ronald avait toute ma confiance, gronda-t-il. Il en a profité pour engager des ouvriers qui n'existaient pas ! Vous avez sous les yeux l'évidence qu'il a touché leurs salaires en liquide, puis changé les *pesos* en dollars. Et, ces dollars en poche, il a franchi la frontière des Etats-Unis dans un de mes avions !

— Je... je n'y crois pas, bégaya Helen.

— Me traitez-vous de menteur ?

Un éclat dangereusement métallique traversa ses yeux gris.

— Peut-être croyez-vous connaître les faits, mais ce n'est pas la vérité ! riposta Helen qui retrouvait un peu d'assurance.

Elle se leva, la tête haute et poursuivit d'une voix redevenue ferme :

— Je n'ai pas l'intention de contester l'éventualité d'une fraude, mais en aucun cas Ron ne peut en être l'auteur. En aucun cas !

— J'ai la preuve du contraire. Votre frère a délibérément falsifié les registres, en commençant peu après votre arrivée à Punta Temeraria. Personne d'autre n'aurait pu perpétrer un tel méfait. Lui seul manipulait les fiches de paie, lui seul transportait les fonds et distribuait les salaires. Partout, sauf ici, à Cedros. Il échelonnait les jours de rémunération afin d'effectuer des tournées. Pendant tout l'été vous avez couvert ses transactions dans vos livres.

Helen crut qu'elle allait suffoquer de nouveau, mais elle parvint à reprendre assez de souffle pour rétorquer :

— Ron doit être de retour à Punta Temeraria à présent. Ayez au moins la courtoisie de lui parler. Il vous fera comprendre, lui, combien vos accusations sont injurieuses !

— Votre frère ne s'est jamais présenté à la *Western Salt Company* de Chula Vista, lundi dernier. Après avoir déposé vos peintures à la galerie, il a pris un vol pour Los Angeles et, de là, il est parti pour une destination inconnue, semble-t-il. Il n'envisage absolument pas de revenir à Punta Temeraria. Les mesures prises contre vous seront moins rigoureuses si vous me dites où il se trouve.

— Comment le saurais-je ? Oh, mon Dieu, je...

— Il n'a pas pu échafauder ce plan sans votre aide, sans que vous soyez au courant. En vous laissant sur place, il prenait un risque calculé, mais le mécanisme s'est enrayé... Je compte bien récupérer mon argent de l'un de vous !

Un terrible pressentiment gagna Helen comme elle feuilletait fébrilement le dossier que San Roque venait de déposer devant elle.

Etait-ce la catastrophe dont Ron avait voulu lui

parler dimanche soir ? Avait-il cherché à lui faire comprendre qu'il la laissait l'affronter toute seule ?

D'une main tremblante, elle sortit de son sac la grosse enveloppe que Ron lui avait confiée et qu'elle avait promis d'ouvrir seulement en cas d'urgence ou s'il ne revenait pas. Elle la considéra avec une vive appréhension, comme si elle contenait une autre source de calamité. Mais il était inutile d'attendre davantage. Elle la décacheta et en tira une feuille de papier pliée en quatre entourant une liasse de billets de banque.

— « Pardon, petite sœur, écrivait Ron. Je ne me proposais pas de te laisser seule ici sans argent liquide, pas plus que je ne pensais voir surgir le patron plus tôt et prêt à nous surprendre. Sers-toi de ton bon sens et tu parviendras à le convaincre de ta non participation à tout ceci. Tu n'es pas fautive, donc tout se passera bien pour toi. Courage ! Ces billets t'aideront peut-être à rentrer à la maison et à oublier tes ennuis. »

— Oh, mon Dieu ! gémit Helen en laissant tomber la note et l'argent sur la table, comme s'ils lui brûlaient les doigts.

Elle fit rapidement le compte des grosses coupures. Trois mille dollars.

Ainsi, tout l'été, elle avait été sans le savoir un instrument ! Elle avait consigné sur les registres des noms d'ouvriers qu'elle n'avait jamais vus, dont les listes lui avaient été fournies par Ron. Combien d'entre eux possédaient-ils une véritable identité ? Combien de fantômes avait-elle enregistrés dans les écritures ? La tête lui tournait tout à coup. Avec quelle facilité Ron avait commis ses larcins en puisant dans la caisse des salaires !

Administrateur à El Arco, sous-directeur à Guerrero Negro et trésorier-payeur à Pozo Aleman, telles étaient ses fonctions, lui avait-il dit. Et il avait empoché les émoluments des employés qui n'existaient pas ! Etait-ce pour cela qu'il n'avait pas cessé ses allées et venues entre les trois mines, travaillant jour et nuit, voyant à peine sa sœur ? Jamais elle n'avait songé à poser de questions sur les croix dont se servaient les ouvriers analphabètes pour signer les reçus de leur paie. Ron leur avait versé leur dû et ils l'avaient reconnu par écrit devant lui, en avait-elle déduit à chaque fois.

— Quoi qu'il ait pu faire, c'est mon frère ! affirmat-elle en refoulant des larmes d'affront et de déception. Vous vous trompez, j'en suis sûre. Ron ne m'aurait pas laissée en sachant que je n'avais rien à voir avec un détournement de fonds... en sachant que vous découvririez la supercherie. Attendez un peu et donnez-lui une chance de s'expliquer ! implora-t-elle. Il ne... il ne m'aurait pas abandonnée !

Elle se rappelait comme il avait insisté pour qu'elle parte avec lui lundi matin. Elle était aussi consciente que ses prières se heurtaient à un mur.

— De toute manière, répliqua San Roque avec raideur, vous resterez à Cedros tant que je n'aurai pas été remboursé.

— Vous... vous ne pouvez pas me garder ici ! Je ne suis pour rien dans ces événements fâcheux qui frappent votre société !

— Fâcheux, comme vous dites, répéta-t-il en la scrutant durement. Je refuse tout simplement d'être dépouillé par mon personnel.

— A quoi servirait-il de m'obliger à demeurer ici ?

Vous ne retrouveriez pas votre argent plus vite, quel qu'en soit le voleur !

— Je me plais à croire que vous constituerez une bonne monnaie d'échange si les deux cent soixante-trois mille dollars ne me sont pas restitués.

— Mais vous êtes fou ! protesta Helen.

Les mains sur les tempes, elle essayait vainement de remettre de l'ordre dans sa tête. Elle parvenait seulement à se rappeler comment Ron l'avait engagée à ne pas « agacer » leur employeur.

— Il y a là trois mille dollars, fit-elle en montrant la liasse étalée sur la table. Mon salaire de l'été a été déposé sur un compte en banque de Garnet Beach, mais je peux vous le verser par chèque immédiatement. Naturellement, quand vous découvrirez l'innocence de mon frère... et je suis sûre que cela arrivera... vous me rendrez mon bien, j'espère. Car cet argent, je l'ai gagné honnêtement.

— La somme que vous m'offrez est à peine une goutte d'eau dans l'océan, riposta dédaigneusement San Roque.

— *Señor,* fit-elle gravement, vous êtes un homme d'affaires moderne. Vous ne pouvez pas mettre en œuvre un système primitif de vengeance. Me garder ici ne servirait strictement à rien. De plus, votre colère va pénaliser des gens qui ne sont pas coupables ! Si vous me retenez ici, c'est mon père qui va souffrir le plus, ainsi que son épouse dont la maladie a déjà atteint sa phase terminale.

Elle avait de nouveau les idées moins embrouillées et sa respiration reprenait un rythme normal.

— Si vous avez raison à propos de Ron... mais j'avoue avoir du mal à croire à sa culpabilité... vous vous rendez sûrement compte que la solution n'est pas de vous acharner contre moi. N'y a-t-il pas d'alternative plus raisonnable ?

Helen se savait en fort mauvaise posture, pourtant elle décocha à San Roque un regard étincelant de farouche détermination.

— Que proposez-vous de raisonnable ? s'enquit-il d'un air de défi.

Il y avait de la tension dans l'air, se dit Helen dont les nerfs étaient tendus à l'extrême.

— Je ne suis pas sotte, j'ai de l'instruction et du savoir-faire. Voilà ce que je peux vous offrir en dédommagement, grâce à mon travail.

Comme San Roque allait l'interrompre, elle leva sa main et poursuivit :

— J'ai beau être convaincue de l'innocence de mon frère dans cette histoire abominable, je continuerai à travailler pour vous, *señor* San Roque, et je vous rembourserai moi-même !

Il sourit à ces mots pleins de courage, comme si elle venait de lancer une plaisanterie. Il l'examina attentivement, à la façon d'un acheteur jaugeant sa nouvelle acquisition. Malgré sa fureur d'être ainsi dévisagée, Helen demeura calme et garda la tête haute.

— En d'autres termes, fit-il légèrement amusé, vous m'offrez vos services en espérant que je vais vous faire confiance, alors même que votre frère et vous étiez mes employés quand cette fraude a eu lieu.

— Oui, j'espère que vous me ferez confiance, car j'en suis tout à fait digne ! Vos investigations n'auront pas manqué de vous montrer mon intégrité à Punta Temeraria. Grâce à mes efforts, le bureau est sorti du chaos dans lequel il était plongé avant mon arrivée.

— C'est exact, observa-t-il simplement. Continuez.

— Je puis être utile à votre société à bien des niveaux. Je suis tout à fait à même d'occuper un poste de responsabilité, avec autant de compétence qu'un homme.

Helen était en alerte, prête à se battre pour obtenir une situation aussi avantageuse que possible.

— Vous vous proposez comme gage, en quelque sorte, remarqua-t-il avec un sourire moqueur.

Helen le considéra droit dans les yeux et ne cilla pas.

— *Señor* San Roque, je peux vous fournir des références qui vous permettront de prendre mes déclarations au sérieux. L'accident qui a immobilisé mon père pour le reste de ses jours et placé ma belle-mère en permanence dans une clinique a interrompu ma carrière, qui s'annonçait brillante. Quand j'ai obtenu mon diplôme, voici cinq ans, j'ai reçu plusieurs offres de contrat de sociétés désireuses de former des femmes pour leurs postes d'autorité. Afin de m'occuper de mes parents, je n'ai pas quitté ma ville natale, mais deux écoles locales m'ont confié des fonctions de responsabilité. J'ai mis au point des programmes pilotes sur la pratique des affaires pour nos élèves mexicains qui ne sont pas encore bilingues. L'Etat de Californie envisage sérieusement d'incorporer mon projet le plus récent dans le système éducatif global. Je peux vous citer certaines de mes aptitudes dont votre société ne pourrait que tirer avantage.

San Roque la fixa quelques instants en silence.

— Si... mais, attention, ce n'est qu'une supposition... si j'envisageais d'accepter votre proposition,

tout votre salaire me reviendrait jusqu'à épuisement
de la dette.

— Du moins, jusqu'à ce qu'on puisse prouver
l'innocence de mon frère, rectifia-t-elle. Avec, aussi,
une restriction... ajouta-t-elle d'une voix plus hési-
tante.

— Mon instinct ne m'aura pas trompé... vous allez
trouver un moyen de tirer un bénéfice personnel de
notre négociation, constata-t-il sur un ton sarcas-
tique.

Helen continua, nullement ébranlée :

— Vous devrez déduire de mon salaire les hono-
raires mensuels de la clinique Green Oaks et la
rétribution de la gouvernante de mon père. Sa
pension couvre à peine ses besoins courants, mais
une aide ménagère est indispensable : il est dans un
fauteuil roulant.

— Lorsque vous étiez dans l'enseignement, vous
n'avez pas dû avoir grand-chose pour vous-même,
remarqua-t-il doucement.

— Je ne comptais pas sur mes seuls émoluments.
J'avais un second emploi. Je tenais la comptabilité
d'une petite entreprise de Garnet Beach. C'est
pourquoi cet été à Punta Temeraria fut une aubaine.
J'espérais pouvoir enfin me reposer un peu à partir
de la prochaine rentrée, grâce à ce que j'avais gagné
ici. Voilà un projet sans suite... Dans l'immédiat,
quel accord pouvons-nous passer qui vous agrée et
me rende la vie possible ici ?

Elle sentit de nouveau ses joues se colorer, en
même temps qu'elle reprenait confiance.

— Demandez à Felipe Estrada ou Paolo Bétancourt d'examiner le travail accompli à Punta Temeraria. Etant donné le peu de temps que j'ai passé dans

ce bureau et, compte tenu que l'espagnol n'est pas ma langue maternelle, je me suis montrée à la hauteur d'une tâche qui dépassait largement celle de comptable.

Luis San Roque se tourna vers la grande baie vitrée surplombant la ville et contempla le port, au loin. Les pouces dans sa ceinture, il paraissait réfléchir aux observations d'Helen. Quand enfin il fit volte-face, il ramena l'espoir dans le cœur d'Helen, par ces mots :

— Il se peut que je retienne une de vos suggestions. J'ai pensé confier davantage de responsabilités à Eugenio Ochoa, un de mes collaborateurs à Cedros.

— Oui ?

— Il est hors de question que vous, une femme, occupiez le poste actuel d'Ochoa ; la coutume et la culture locales excluent une telle éventualité. D'ailleurs, je m'y opposerais moi-même. Mais si vous assumiez certaines de ses tâches, sous sa direction, disons à cinquante pour cent, afin de le libérer pour d'autres activités...

— A soixante-quinze pour cent ou plus !

— ... à cinquante pour cent donc... nous pourrions parvenir à un accord qui ne serait pas pour vous déplaire complètement.

— J'accepte toute offre raisonnable, s'empressa de répondre Helen.

— Vous êtes plutôt mal placée pour exiger mon impartialité.

— Mais vous êtes bien placé, vous, pour offrir quelque chose de bien en échange d'une solution équitable, osa-t-elle lancer.

— Peut-être, fit-il en fronçant les sourcils. Mais

vous allez devoir rester sur cette île. Je ne veux pas
courir le risque de vous voir franchir la frontière,
comme votre frère et partir le rejoindre sans vous
soucier de me rembourser !

— Vous avez ma parole ! s'indigna-t-elle. Quand
je la donne, je ne la reprends jamais ! Je… je suis
prête à demeurer sur cette île, si nécessaire.

Il s'éloigna de quelques pas afin de ne pas lui
montrer sa réaction. Lorsqu'il se retourna enfin, il
arborait un rictus cruel. Il s'approcha et se campa
devant elle. Helen le fixa, comme hypnotisée, ignorant ses intentions. Elle s'efforça de ne pas broncher
quand la main de San Roque effleura ses cheveux de
cuivre. Il semblait seulement remarquer leur éclat
flamboyant. Lentement, il enroula une mèche autour
de son doigt et s'enquit :

— Quel autre répondant avez-vous à accorder ?

Sa voix était soudain de velours, ses yeux s'étaient
assombris de façon très suggestive.

— Peut-être existe-t-il d'autres moyens de payer la
dette de votre frère… des moyens moins terre à
terre… mais beaucoup plus agréables.

De son autre main, il caressa la joue, puis les lèvres
d'Helen, avec la douceur d'un papillon frôlant une
rose. Elle avait beau s'exhorter au calme, Helen ne
put réprimer un léger tremblement. Essayant d'oublier ce contact envoûtant, elle rétorqua avec le peu
de fermeté dont sa voix était encore capable :

— Je ne vous croyais pas homme à adopter des
méthodes aussi basses pour séduire une femme !

— Vous êtes une *gringa,* fit-il d'un ton rêveur. La
situation ne manque pas de piquant.

— Vous n'y gagneriez rien, riposta-t-elle, déconcertée par une telle attitude chez lui. L'expérience n'aurait aucun intérêt... ni pour vous, ni pour moi.

— Je me demande, dit-il simplement en lui prenant le menton entre le pouce et l'index.

Il effleura ses lèvres des siennes, sans se presser, tandis qu'elle fermait les yeux en frissonnant, luttant pour ne pas se laisser aller aux délices des sensations qu'il éveillait en elle.

Quand il le décida, il la lâcha et déclara :

— Pour vous votre parole est une caution, mais moi je suis un homme de contrats dans un monde qui reconnaît les contrats.

— Rédigez-en un et, s'il est acceptable, je le signerai.

— L'absence de moralité de votre frère me dispense de me montrer juste. Mais nous envisagerons un document plus tard.

— Allez-vous me garder prisonnière sur cette île ?

— Vous voyez bien, vous vous mettez en colère rien qu'à l'idée de rester ici sur un simple engagement verbal.

— Excusez-moi. Je m'irrite surtout de risquer de perdre mon poste de professeur en Californie, pendant que vous vous demandez si oui ou non vous allez me donner une chance de rembourser la dette de mon frère.

Il réfléchit quelques instants avant de répondre :

— La semaine prochaine, avec l'aide de mes collaborateurs, je vais tenter de retrouver votre frère, afin de m'expliquer directement avec lui. Pendant ce temps, vous pourrez faire connaissance avec les bureaux de la compagnie à Cedros. Je reviendrai le vendredi, avec ma décision.

— Dois-je annoncer à la direction de mon école

que j'arriverai avec un peu de retard ? s'enquit
Helen. Vous trouverez Ron très vite, j'en suis sûre.
Permettez-moi de sauvegarder mon emploi !

— Je ne suis pas un monstre. Ecrivez à qui vous
voudrez.

— Ne craignez-vous pas que je puisse demander
de l'aide à mon consulat ?

A peine eut-elle posé la question, qu'elle la
regretta.

— J'entends exercer une censure personnellement
sur votre courrier, au départ et à l'arrivée. Soyez
donc prudente, si vous désirez que vos lettres parviennent à leurs destinataires.

— Vous n'oseriez pas ! s'offusqua-t-elle.

— Mais si ! fit-il tranquillement. Vous trouverez
de quoi écrire dans les tiroirs de ce bureau.

Sur ces mots, il ramassa le dossier et s'en alla à
l'autre bout de la pièce.

Helen s'assit et rédigea facilement une petite note
à son école. Certes, le résultat de cette requête
dépendait des autorités compétentes. Elle eut plus de
mal avec la missive adressée à son père. Elle la
recommença plusieurs fois et finit par annoncer
laconiquement à M. Forster qu'elle ne rentrerait pas
vendredi et qu'il pouvait, en cas de besoin, l'appeler
chez Luis San Roque. Avant de noter l'adresse, elle
leva la tête et questionna son employeur :

— Si ma correspondance doit passer entre vos
mains, quelle indication dois-je donner pour recevoir
une réponse ?

— Le siège de ma société à Mexico, répliqua San
Roque.

Helen fit ensuite savoir à M. Forster que toutes les
factures étaient payées, qu'elles continueraient de

l'être et qu'elle lui enverrait des nouvelles une fois
par semaine si elle n'était pas de retour avant fin
septembre. Elle insistait sur un point : qu'il prie Ron,
s'il le voyait, de se mettre immédiatement en rapport
avec Luis San Roque. Il y allait de son avenir à elle.

Quand ses enveloppes furent prêtes, Helen se leva
pour les remettre à San Roque. Toutefois, elle les
garda un instant, afin d'essayer de ramener son
employeur à de meilleurs sentiments.

— Etes-vous toujours décidé à me garder ici...
prisonnière ? Ne pourrions-nous agir en personnes
plus... civilisées ?

Il parut hésiter. Helen osait à peine respirer,
attendant de le voir faiblir un peu. Mais il déclara
posément :

— J'estime vous avoir concédé une proposition
pleine de civilité.

Elle soupira et lui tendit les lettres. San Roque les
parcourut, à sa grande consternation. Quand il eut
terminé, il demanda :

— Qui est cette tante Edna mentionnée dans le
petit mot à votre père ?

— Vous me flattez ! Je n'ai pas, hélas, l'étoffe d'un
agent secret pour inventer aussi rapidement un code
destiné à alerter ma famille d'un danger !

— Je veux simplement savoir si vous avez d'autres
charges susceptibles de retarder le remboursement
de ce qui m'est dû.

— Ma tante Edna n'est pas à ma charge financièrement. C'est la sœur aînée de ma belle-mère ;
malgré son âge, elle jouit d'une bonne santé et est
totalement indépendante. Elle vit à Oakland, en
Californie, dans une petite villa. Je lui écris régulière-

ment, mon père aussi lui donne des nouvelles de
sa sœur. Ces renseignements vous satisfont-ils ?

— Tout à fait, répondit-il en glissant les deux
enveloppes dans sa poche de veston.

Helen prit une profonde inspiration et serra les
lèvres pour s'empêcher de hurler de colère et de
désappointement. Cette situation était nettement
sans espoir.

— Aucune larme ? s'enquit-il.

— Je ne vous procurerais pas ce plaisir ! De toute
manière, cela ne changerait pas votre décision.

— Vous n'êtes pas de celles qui pleurent. Vous
êtes une lutteuse, Helen. Vous n'allez pas me sup-
plier, non plus, mais vous vous délecteriez à me
bourrer de coups de poing !

Il saisit vivement ses poignets et considéra ses
mains crispées, les ongles enfoncés dans les paumes
dans un geste farouche. Helen se débattit pour se
dégager, en vain. Ses yeux dorés lançaient des éclairs
tant elle était humiliée.

D'un autre côté, elle se sentait étourdie de désir.
Elle mourait d'envie de laisser cet homme la dominer
de la façon qui lui plaisait. Rien que de se tenir à côté
de lui, elle éprouvait un sentiment d'attente presque
douloureux. A Punta Temeraria, elle avait souhaité
l'étreindre et se trouver dans ses bras. Ici, à Cedros,
elle aurait aimé le frapper tout en sachant très bien
qu'il la troublait démesurément.

Mais il lui fallait conserver son calme. Si jamais
elle perdait son sang-froid, elle courait à la catastrophe.

— Ne vous leurrez pas, parvint-elle à murmurer
entre ses dents serrées. Je ne me contenterais pas de
vous assener des coups de poing... je me servirais

avec plaisir d'une arme mortelle si j'en avais une sous la main !

— Le premier tiroir du bureau contient un pistolet chargé, répliqua-t-il en riant, sans la lâcher.

— Si je savais pouvoir quitter l'île aussitôt après, je n'hésiterais pas à m'en servir, je vous assure ! Je suis bien déterminée à vous prouver que mon frère ne vous a rien dérobé du tout !

Il libéra ses poignets qu'elle massa doucement. Mais il ne la quitta pas des yeux.

— Votre sagesse me ravit, fit-il en se tournant vers la table pour y prendre quelques papiers. Je dois m'en aller à présent. Soledad, ma gouvernante, va vous conduire à votre chambre où je me suis permis de faire transporter vos effets personnels. Si la visite de l'île vous tente en mon absence, Vergel vous accompagnera. Surtout, ne vous promenez pas toute seule. Faites ici comme chez vous, ajouta-t-il en s'inclinant courtoisement.

Puis il sortit de la bibliothèque, laissant Helen dans sa prison dorée, seule. Quelques minutes plus tard, elle vit l'hélicoptère de San Roque s'élever vers le ciel et mettre le cap à l'est, sur la péninsule...

4

Sous la conduite de Soledad, Helen pénétra dans sa nouvelle chambre, dont les dimensions l'impressionnèrent. Ses affaires avaient dû quitter Punta Temeraria juste après elle ce matin et arriver ici par avion.

Elle regarda autour d'elle. Comment imaginer cachot plus luxueux ? La moquette gris-vert, épaisse et feutrée, laissait entrevoir le long des murs un sol dallé de faïence peinte à la main. La pièce tout entière dégageait une atmosphère d'élégance cossue et de tranquillité.

Habituellement, elle ne prisait guère le mobilier mexicain richement sculpté, mais dans cette maison, sur cette île, ce style assez sévère trouvait sa raison d'être. Chaque élément convenait parfaitement à ce cadre idéal.

Helen avait sous les yeux les créations d'un artisan de génie, délicatement ornées de fleurs peintes à la main avec un goût exquis. Elle fut surprise par la taille du lit et des sièges. Ils paraissaient, comme le reste des meubles d'ailleurs, avoir été fabriqués pour des gens de haute stature. En s'asseyant dans une bergère, elle se rendit compte pour la première fois, à quel point elle avait été mal à l'aise jusqu'alors dans les fauteuils ordinaires, conçus pour des individus plus petits.

Décidément, cette échelle des objets la fascinait et elle en fit la remarque à la gouvernante.

— Tout ici évoque des géants ! s'écria-t-elle.

— L'ancien maître et *Doña* Isabella habitaient ici. Ils étaient aussi grands que vous. Ne vous en doutiez-vous pas à la vue de leur fils, *Don* Luis ?

Helen ne répondit pas. Elle avait tout de suite noté à quel point la haute taille de San Roque s'accordait à la sienne.

Elle poursuivit la visite de son appartement et découvrit deux pièces plus petites. L'une d'elles était un salon, l'autre constituait une sorte de vestiaire-débarras. Après avoir jeté un coup d'œil à sa salle de bains, Helen demanda en apercevant une double porte fermée :

— Qu'y a-t-il par là ?

— Autrefois, le cœur de la maison battait ici, *señorita* Forster, expliqua Soledad. Le salon était le lieu de prédilection de *Doña* Isabella et le Maître a ordonné de le mettre à votre disposition, comme il vous plaira. Au-delà de cette porte se trouve le cabinet de lecture de *Don* Adelberto, le père de *Don* Luis. Mais le Maître a pensé que vous n'en auriez pas l'usage. Beaucoup de pièces ont été fermées après le décès des anciens maîtres. *Doña* Isabella s'en est allée la première. Puis, ne pouvant vivre sans elle, son époux l'a suivie.

Soledad hocha tristement la tête.

— C'est beaucoup trop vaste pour moi, observa

Helen comme la gouvernante disposait sa maigre garde-robe dans la penderie et un tiroir de commode.

Helen rangea son matériel de peinture dans l'espace qui servait de remise et revint dans la chambre avec un plaisir encore accru. Une magnifique fenêtre en ogive, semblable à celle de la bibliothèque, s'ouvrait sur un balcon en fer forgé surplombant la ville et la baie.

Elle ôta ses sandales à hauts talons et enfila ses *huaraches,* plates et confortables.

— Cette demeure est vraiment superbe, confia-t-elle à Soledad.

— Oui, *señorita,* elle est splendide. Voulez-vous l'explorer ? Je peux ouvrir toutes les portes... car la plupart sont closes désormais.

Tout au long des trois étages, Helen apprit des anecdotes ou des événements marquants de l'histoire de la famille San Roque.

— Voici la nursery où *Don* Luis a passé sa petite enfance... Ici, notre vieux maître se retira après la mort de sa femme... Elle a péri au cours d'un cyclone, en se portant au secours de la famille du jardinier. Elle courait les inviter à se réfugier dans la grande demeure quand la tempête s'est déchaînée. Elle a été tuée par un arbre déraciné. Quand *Don* Adelberto l'a trouvée, il est devenu fou de chagrin. Après ce malheur, tout a changé. Pour nous tous...

La gouvernante l'entraînait dans son sillage au gré de sa fantaisie et Helen se sentait déroutée par cet étrange circuit qui les conduisit d'un étage à l'autre, sans ordre aucun. Elle essayait d'imaginer cette maison au temps de sa splendeur.

— La galeria contient des chefs-d'œuvre des plus

grands artistes mexicains contemporains, constata-
t-elle avec une nuance de respect dans la voix.

— Le Maître a hérité du goût très sûr de sa mère
pour les arts et du sens des affaires de son père, mais
il ne vit plus ici à présent. La plupart des objets de
valeur et des tableaux sont à l'abri dans un coffre.

Soledad ouvrit enfin une porte, sur le palier du
deuxième étage.

— C'est ici que loge *Don* Luis quand il vient à
Cedros, expliqua-t-elle.

La pièce était dépouillée à l'extrême, d'une simplicité quasi monacale. Elle comportait un lit étroit, un
bureau, une petite bibliothèque remplie de livres et
une grande table qui occupait presque tout l'espace à
elle seule. Helen y aperçut un vase avec des orchi-
dées, deux cartables, une machine à écrire portative
et une paire de palmes pour la plongée sous-marine.

Ensuite, Soledad fit à Helen les honneurs de la
cuisine. Le confort moderne y voisinait avec une
ancienne cuisinière à bois et un four à pain mexicain.

— J'aimerais bien me rendre aux bureaux de la
compagnie, annonça Helen. Est-ce possible ?

Elle préférait se mettre au travail sans attendre,
étant donné la somme qu'elle devait rembourser.

— Vergel va vous y conduire, si tel est votre désir,
répondit Soledad. Mais c'est l'heure de la sieste en ce
moment et il n'y aura personne là-bas. Je vais vous
préparer à déjeuner et quand les employés auront
regagné leur poste, Vergel vous emmènera.

— Mais je n'ai pas faim ! Vous m'avez servi un tel
repas ce matin ! protesta Helen en riant.

Soledad lui plaisait déjà énormément.

— Vous avez à peine touché à votre assiette,

s'insurgea la gouvernante. Pas étonnant que vous soyez si mince !

— Telle a été la lamentation de Guadalupe tout au long de l'été. Et pourtant elle a réussi à me faire prendre quelques kilos avec sa merveilleuse cuisine.

— Guadalupe est ma cousine ; elle est plus jeune que moi, mais je suis plus fin cordon-bleu qu'elle.

— Eh bien, gémit Helen, je ne pourrai bientôt plus entrer dans mes jupes...

Après le repos de la mi-journée, Vergel accompagna donc Helen au siège local de la société. C'était un ensemble de bâtiments bas, tout en longueur, situé au milieu des quais. Sa position géographique en faisait une des filiales les plus importantes de *San Roque Entreprises.*

Eugenio Ochoa accueillit aimablement la nouvelle venue, avec dans son regard marron et franc une interrogation muette. Il était jeune, avait le visage bronzé et rond sous des cheveux noirs et portait un costume blanc impeccable, à la mode tropicale.

— J'ai dit au Maître l'excellente coopération que La Punta nous a apportée cet été, fit-il. Vous venez des Etats-Unis, sans doute nous trouverez-vous bien provinciaux.

— Il doit être fort agréable de vivre et travailler dans cette île, dit Helen, qui, en d'autres circonstances, aurait été vivement enthousiasmée par Cedros. L'équipement ultra-moderne de la grande ville ne me manque pas.

Eugenio lui fit faire le tour des bureaux et lui expliqua le fonctionnement de leurs installations. Elle le soupçonna de tout ignorer des raisons de sa présence ici. Pas plus qu'il ne connaissait les agissements dont Ron était accusé. Il se contenta d'exprimer quelques regrets quant à la difficulté de joindre ce dernier. Mais il savait... ou il en déduisait, ainsi qu'Helen en avait conclu... que Ron passait son temps sur le terrain.

Tout était en ordre à Cedros. Il était évident que des lenteurs existaient. Mais elles étaient imputables à des méthodes surannées.

— Il est très difficile de trouver et de former les employés dont nous avons besoin, s'excusa Eugenio. Nous en recrutons fort peu, en dépit des bons salaires offerts par *Don* Luis. Les insulaires se replient sur eux-mêmes et ne sont guère ouverts aux idées venues d'ailleurs.

— Je l'ai déjà remarqué, constata Helen en considérant le matériel de bureau tout à fait démodé.

— Personne ne veut aller dans le nord suivre une formation, pas même à Mexico.

— Pourquoi ne pas le réaliser sur place ?

— Ici ? s'exclama Eugenio qui n'y avait jamais pensé. Eh bien, mais... nous n'avons ni professeurs ni aménagements, *señorita* Forster.

Il réfléchit quelques instants, puis reprit :

— Les jeunes hommes souhaitent découvrir le monde et devenir importants. Les plus habiles s'en vont mais ne reviennent pas. Ceux qui restent n'ont aucune ambition. De plus, personne ici ne parle une autre langue que l'espagnol et le dialecte local.

Son sourire était chaleureux mais encore un peu timide.

— Je comprends pourquoi *Don* Luis a engagé une Américaine bilingue.

Il était trop poli pour ajouter son étonnement de

voir San Roque employer une femme, contrairement
aux traditions de l'île.

Quand San Roque reviendrait, avec ou sans nouvelles de Ron, elle aurait probablement perdu son
poste de professeur à Garnet Beach. La liste d'attente des postulants était longue et elle serait vite
remplacée. San Roque devrait alors la dédommager
et Eugenio Ochoa serait certainement un allié précieux.

Deux Japonais de la marine marchande vinrent
s'entretenir avec Eugenio, alors Helen s'éclipsa et
sortit se promener sur le quai.

Un trois-mâts attira son attention. Ce n'était pas le
plus gros yacht du port, mais il était très beau. Elle
entendit des hommes d'équipage s'exprimer en
anglais. De toute évidence elle reconnut des compatriotes.

Elle avait là sa seule chance peut-être de parler à
des gens de l'extérieur, ce fut ce qui l'incita à
s'approcher, sans plus réfléchir.

— Allez-vous mettre le cap sur un port de Californie, par hasard ? s'enquit-elle.

— Non. Nous allons du côté de cabo San Lucas
dans le golfe du Mexique et ensuite à Mazatlan pour
embarquer un groupe de Sud-Américains, répondit
un des officiers du bord.

— Je m'appelle Helen Forster et j'ai de graves
ennuis ici. Pourriez-vous transmettre un message de
ma part au consul des Etats-Unis à Mazatlan ?

— Bien sûr ! accepta d'emblée l'officier.

— J'ai été enlevée en quelque sorte... il est
important que le consul connaisse ma présence ici...
qu'il sache que Luis San Roque Quintana, de *San
Roque Entreprises,* me retient prisonnière à Cedros.

Il estime que mon frère est... est un voleur et il me garde comme une sorte de rançon. Inutile de faire appel aux Marines, mais je veux m'assurer que le consulat se mettra directement en rapport avec moi. Je ne veux pas me retrouver sur la liste des personnes portées disparues. Me promettez-vous d'avertir notre consulat ?

En l'écoutant, les deux hommes échangèrent un regard surpris. Sur leurs conseils, elle griffonna hâtivement les coordonnées de son lieu de détention. A ce moment, Eugenio Ochoa sortit du bâtiment à sa rencontre. Helen abrégea donc son entretien avec les marins et prit rapidement congé d'eux.

Soulagée, elle se dirigea vers Eugenio qui lui déclara :

— Demandez à Vergel de vous emmener visiter la ville, afin que vous puissiez vous orienter à l'avenir.

Elle accepta sa proposition de grand cœur.

Dans son ensemble, Cedros était propre et prospère. Mais un quartier, construit sur une falaise, qu'on appelait la colonia, la stupéfia. Jamais encore elle n'avait vu site plus escarpé. Des escaliers creusés à même le roc reliaient entre eux les logis des habitants de cette zone. A ces hauteurs vertigineuses, des enfants couraient, se poursuivaient dans leurs jeux en riant aux éclats. Helen en avait des frissons d'horreur.

— Mon Dieu ! s'écria-t-elle.

— C'est le Barrio X, commenta sèchement Vergel.

Visiblement, il n'avait aucune intention de s'y arrêter.

— Attendez... fit Helen. Je croyais cette île heureuse et florissante. Ces taudis sont sinistres et affreusement dangereux !

— Il n'y a rien à faire avec la colonia, expliqua Vergel d'un ton méprisant. La plupart de sa population vit d'aumône et refuse de travailler. Ce n'est pas un endroit pour une dame, ajouta-t-il.

— Je suis employée par la compagnie pour travailler ici et je veux tout connaître de Cedros, pas seulement ses belles résidences... afin de mieux la comprendre.

— Oui, c'est juste, acquiesça gravement Vergel.

— Cette zone est une tache qui souille l'image de l'île, mais j'en apprendrai davantage sur son compte un peu plus tard si je reste ici.

Ils poursuivirent leur route et Vergel prit soin de montrer à sa passagère les magnifiques plages qui jalonnaient la côte.

— Nous savons tous nager avant de pouvoir marcher quand nous sommes enfants par ici, déclara-t-il. Et le moindre bambin est capable de plonger pour pêcher un homard !

Comme Helen admirait un panorama enchanteur, Vergel lui prodigua un conseil, toujours sur le même ton sérieux :

— Si vous souhaitez vous baigner, évitez la grande plage, choisissez plutôt une petite anse près de la maison du Maître, notamment celle qui possède une cascade, il fait très bon y nager.

La promenade était si agréable qu'Helen en oublia, l'espace de quelques heures, la triste raison de sa présence à Cedros. Puis, peu à peu, sur le chemin du retour, de sombres pensées l'assaillirent de nouveau. Comment Ron avait-il pu se servir d'elle aussi cruellement pour exécuter son plan ? Et pourquoi

San Roque ne comprenait-il pas qu'elle était, autant que lui, une victime ?

Mais Helen était dotée d'une nature positive. Alors, elle concentra son énergie sur la recherche du meilleur moyen de consolider sa situation dans l'entreprise. En attendant la prochaine confrontation avec Luis San Roque, elle devait se montrer aussi indispensable que possible auprès d'Ochoa.

Elle avait là de quoi s'occuper l'esprit et ne pas céder au désespoir...

5

— MAIS que faites-vous donc, *señorita*? demanda Soledad à Helen qui sortait de la salle de bains avec une bassine.

— J'ai nettoyé ma seule jupe convenable à l'eau froide, répondit Helen. Elle sera sèche pour demain matin.

Soledad qui était venue faire le lit et la chambre d'Helen, paraissait scandalisée.

— La lessive, c'est moi qui m'en occupe! s'indigna-t-elle.

Et elle s'empara du linge à peine essoré en bougonnant sa désapprobation.

A son réveil, le lendemain, Helen découvrit son vêtement net et fraîchement repassé. Soledad le lui apporta en même temps que son petit déjeuner, le premier des quatre repas quotidiens des Mexicains : fruits et café. Contrairement à Guadalupe qui acceptait de bon gré les habitudes alimentaires américaines, la gouvernante de la maison San Roque était bien décidée à obliger Helen à manger à la façon des autochtones.

Cedros, nota Helen, ne différait guère des autres

villes du Mexique, mais son insularité rendait cet
endroit unique. Vergel la conduisit au bureau où
l'attendait un autre plateau de café et de fruits.
Chaque employé vint lui souhaiter la bienvenue. A
midi, le crépitement des vieilles machines à écrire
s'arrêta brusquement et le silence s'installa dans le
bâtiment tout entier. Tout le personnel était rentré
chez lui, pour la sacro-sainte heure de la sieste.

Vergel frappa doucement à la porte du bureau
d'Helen.

— Vous devriez vous arrêter, *señorita* Forster.

— Mon petit déjeuner était si copieux que je n'ai
pas faim maintenant…

— Mais tout le monde est parti, vous aussi vous
avez besoin de vous reposer.

— Aucun règlement n'exige qu'on doive rentrer
chez soi à la mi-journée. Allez-y, si vous voulez, moi
je suis très bien ici, insista-t-elle.

— Je ne peux pas vous laisser seule, *señorita* ! fit
Vergel qui commençait à s'agiter. Le Maître m'a
ordonné de veiller sur vous et il me faut vous
ramener chez lui pour le repas de midi.

— Je ne vais pas me sauver ! riposta-t-elle avec un
peu de dureté dans la voix.

Vergel parut si décontenancé qu'Helen se sentit
coupable.

— Puis-je me promener sur les quais ? questionna-
t-elle.

— Certainement pas ! fit-il affolé. Les marins,
ignorant que vous êtes une dame, vous accosteraient
comme une des femmes de Barrio X !

— Mais les employées de ces bureaux y vont bien,
elles, fit-elle remarquer.

— Elles sont d'ici, c'est différent, ce ne sont pas

des cadres, non plus. Non, *señorita* Forster, cela ne
serait pas correct et le Maître m'a laissé des instructions très strictes à ce sujet.

— Eh bien, entendu, conduisez-moi à la *casa*...
capitula Helen. Ensuite vous reviendrez me chercher
juste avant la fin de la sieste.

Elle emporta ses notes et les documents qu'elle
était en train d'examiner, bien décidée à poursuivre
son travail dans le calme du petit salon attenant à la
bibliothèque.

Comme les jours se succédaient sans nouvelles de
San Roque ni de Ron, Helen devint de plus en plus
anxieuse. Son frère savait sûrement à présent qu'elle
n'était pas de retour chez leur père. Il connaissait
sans aucun doute sa position d'otage. Allait-il l'abandonner à des étrangers hostiles et puissants, la
condamner aux redoutables prisons mexicaines ?

Le désespoir et la colère s'emparèrent alors d'elle.
Elle avait toujours témoigné à Ron une tendresse
inconditionnelle et aujourd'hui, elle se demandait
bien pourquoi. Les malheurs subis dans sa petite
enfance n'expliquaient quand même pas sa façon
d'agir actuelle. Ils étaient des adultes à présent et
auraient dû être plus solidaires que jamais.

San Roque, de son côté, s'était froidement désinté-
ressé des raisons qui avaient poussé Ron à s'éclipser
aussi lâchement. Ah ! comme elle aurait aimé frapper
San Roque, lui crier sa fureur ! Mais il n'en serait
nullement ébranlé, songea-t-elle. En fait, il en rirait
plutôt. Elle devait donc employer des moyens ration-
nels pour atteindre cet homme. D'une manière ou de
l'autre, elle parviendrait à lui prouver qu'il devait se
montrer moins impitoyable envers elle.

Elle s'irritait de le voir retarder son retour et avait les nerfs tendus. Le vendredi de la semaine suivante, en milieu de matinée, Eugenio Ochoa passa la tête dans le bureau d'Helen en annonçant :

— L'hélicoptère arrive !

Alors les préparatifs allèrent bon train. Augustin Benevidez, le secrétaire de San Roque à Cedros, envoya une de ses collaboratrices acheter des fleurs pour le bureau du grand patron. Les deux tableaux du hall furent soigneusement époussetés pour la seconde fois ce jour-là ; ils représentaient respective- ment *Don* Adelberto et *Don* Luis. Les dossiers et les parapheurs, dûment complétés, furent placés sur la table directoriale, bien rangés et en évidence.

Helen n'échappa pas à cette frénésie d'activité. L'angoisse la tenaillait, comme si sa vie dépendait d'un seul détail oublié. Elle s'efforçait de conserver une attitude composée, un calme apparent. Pourtant, malgré elle, soudain le souvenir de la plage aux dauphins lui revint en mémoire. Elle s'était sentie si attirée ce jour-là par ce nageur, alors inconnu, qu'elle ne put s'empêcher de rougir. Elle essaya de nouveau de retrouver son sang-froid. Peut-être San Roque allait-il lui apporter des nouvelles de son frère ou du moins quelques renseignements à son sujet.

Impeccable comme toujours dans son costume clair, Eugenio Ochoa réajustait sa cravate et se lissait les cheveux pour la dixième fois.

— Tout est en ordre, Eugenio, le rassura Helen, autant pour apaiser son agitation que la sienne propre. *Señor* San Roque ne pourra que vous compli- menter sur votre travail.

Eugenio n'était pas entièrement convaincu d'être tout à fait à l'abri des critiques de son employeur. Il

n'en glissa pas moins une pochette immaculée dans la
poche de poitrine de son veston.

— Le Maître souhaite que tout, personnel y
compris, soit parfait quand il arrive, dit-il.

Helen s'empressa de troquer ses *huaraches* contre
des sandales à hauts talons. Dans le bureau, elle
portait ses confortables chaussures indigènes, extra-
plates, afin de ne pas intimider, par sa taille, les
employés masculins. Mais elle gardait en réserve
dans un tiroir des chaussures plus élégantes. Quand
elle se leva, ainsi chaussée, Eugenio parut déconcerté. Il considéra ses pieds avec consternation,
comme s'il se demandait pourquoi elle voulait être si
grande !

Pour rien au monde elle n'aurait avoué, pas même
à elle-même d'ailleurs, que ses talons étaient destinés
à San Roque. De bien des manières, vis-à-vis de lui,
elle n'était pas à son avantage, alors autant profiter
de sa stature naturelle pour se mettre à égalité avec
lui. Cela lui donnait davantage confiance en elle…

Ce fut à ce moment que Benevidez entra en coup
de vent : on les demandait chez San Roque, immédiatement. Quand ils pénétrèrent dans la vaste pièce,
Don Luis, debout devant la fenêtre, contemplait les
quais. Une fois encore, Helen fut frappée de se sentir
aussi troublée. Un désir fou la saisit de courir vers
lui, de l'entourer de ses bras et de poser la tête sur
son épaule. Quel effort surhumain elle dut accomplir
pour demeurer immobile près de la porte et laisser
Eugenio s'avancer tout seul ! Elle essayait de ne pas
regarder San Roque de crainte qu'il ne lût son
impatience dans ses yeux. Car elle brûlait d'apprendre ce qu'il savait peut-être de Ron.

Comme il les invitait à s'asseoir, Helen ne put se retenir davantage et s'enquit sans préambule :

— Avez-vous des nouvelles de mon frère ?

— Non, aucune, répondit-il avec amabilité.

Il la scrutait attentivement et elle ne réussit pas à réprimer le léger tremblement de ses lèvres comme il ajoutait :

— Espériez-vous que j'en aurais ?... Bien, Eugenio, poursuivit-il en se détournant d'Helen, consternée. Où en sommes-nous ?

— Tout va bien, *señor*. Sauf...

Eugenio adressa un regard oblique à Helen avant de continuer :

— La *señorita* Forster travaille sans relâche. Nous sommes tous épuisés et nous commençons à nous demander si nous ne négligeons pas nos responsabilités... Et pourtant, *señor,* tel n'est pas le cas, je vous le jure !

— La *señorita* vient des Etats-Unis où l'éthique professionnelle est différente de la nôtre, Eugenio, répliqua San Roque en arborant un petit sourire amusé.

Il décocha un coup d'œil furtif à Helen qui fronça les sourcils, voulant ainsi lui montrer que pour elle la responsabilité n'était pas une plaisanterie, loin de là.

— Elle est extraordinairement au courant des affaires de l'entreprise, malgré son bref passage à La Punta, reprit Eugenio Ochoa. Si elle n'était pas une femme, *señor,* vous pourriez lui confier ma charge et vous auriez ainsi moins de soucis.

Certes, il ne prononçait pas ces mots de gaieté de cœur, mais son honnêteté l'y contraignait.

— Elle occuperait mes fonctions avec plus de compétence que moi, ajouta-t-il, car elle connaît à fond les méthodes modernes. D'ailleurs, tous les employés s'adressent déjà à elle pour les directives.

— Est-elle donc si... efficace ? fit San Roque avec brusquerie. A présent que j'ai votre avis, Eugenio, je vais pouvoir prendre une décision à son sujet. Merci, maintenant j'ai à parler affaire avec la *señorita* Forster, continua-t-il avec un sourire cordial à Ochoa. Nous reprendrons notre conversation plus tard.

— Bien sûr, *Don* Luis.

Après le départ d'Eugenio, Helen insista toujours aussi directement :

— Etes-vous certain de n'avoir aucune nouvelle de mon frère ?

San Roque sortit un petit paquet de lettres de sa poche et le déposa sur le bureau, devant Helen.

— Je vous ai apporté vos relevés de banque, arrivés pour vous à Punta Temeraria. Vous avez aussi du courrier provenant de votre tante Edna, de la galerie de San Diego et d'un partenaire d'échecs... un nouveau, je crois.

Helen prit les missives d'une main qui ne tremblait pas, puis s'écria, atterrée :

— Mais... elles ont toutes été ouvertes !

— Je vous l'ai dit, j'ai décidé d'exercer une censure sur tout ce que vous expédiez et tout ce que vous recevez.

— Cette correspondance est privée ! Elle émane de ma famille !

— J'aurais dû aussi vous adjuger un garde du corps. Afin de savoir qui vous contactez hors du bureau...

— Il me semblait pourtant que vous en aviez

engagé toute une cohorte... Soledad, Vergel,
Eugenio...

— Personne n'a reçu l'ordre de me rapporter vos
faits et gestes. Nul ne connaît la raison de votre
présence ici. Cependant, l'équipage de mon yacht
m'a communiqué votre message au consul des Etats-
Unis à Mazatlan. Voyez-vous, tout mon personnel se
comporte à mon égard avec une inébranlable
loyauté.

Les joues en feu, Helen aurait donné cher pour
disparaître hors de sa vue ! Elle avait vraiment été
très sotte de se fier à des Américains qu'elle ne
connaissait pas ! Comment n'avait-elle pas deviné
que ce magnifique bateau ancré près de *San Roque
Entreprises* pouvait appartenir à *Don* Luis ?

— Mes méthodes peuvent vous paraître peu
orthodoxes, Helen, mais vous conviendrez que j'ai le
droit d'en user pour récupérer mon bien.

— Et tant que vous me garderez captive sur cette
île, vous comprendrez mon désir de me libérer de
quelque façon que ce soit ! riposta-t-elle. Je ne leur ai
pas demandé de m'aider à quitter Cedros, *señor* San
Roque ! Simplement d'avertir le consul de mon pays
que je me trouvais ici contre ma volonté. A travers
les organes officiels, j'aurais entrepris de rechercher
Ron.

Elle le défiait du regard.

— Mais puisqu'il demeure... introuvable, poursuivit-elle posément, je suis prête à négocier avec vous
un programme temporaire de remboursement de sa
dette.

Les yeux fixés sur elle, il ne répondit pas tout de
suite. Il paraissait peser ses mots.

— Négocier ? répéta-t-il. Vous êtes bien mal placée pour cela !

— Et pourtant c'est nécessaire, *señor* San Roque, j'en suis convaincue. Il le faut si vous ne voulez pas être perdant.

Le calcul céda la place à l'amusement dans le regard gris de San Roque. Ses traits s'adoucirent imperceptiblement. Il paraissait soudain plus tolérant, prêt à écouter.

Helen se mit à arpenter la pièce, en proie à une vive agitation et elle commença, d'une voix vibrante :

— Pendant que je me morfondais ici, ces jours derniers, j'ai visité Cedros de part en part. Aucune rue, aucune ruelle n'a échappé à mon investigation. J'ai aussi parcouru tous les dossiers dans les casiers et tiroirs qui n'étaient pas fermés à clé. J'ai étudié toutes les facettes de cette filiale et des industries qui s'y rattachent sur cette île. J'ai lu attentivement tous les rapports de l'an passé. J'ai posé une multitude de questions à Eugenio Ochoa...

Elle reprit son souffle et continua :

— En bref, *señor* San Roque, je comprends ce siège de votre compagnie mieux que celui de La Punta. De plus, grace à l'honnête sincérité et à la coopération d'Eugenio Ochoa, j'ai découvert le rôle de Cedros dans l'ensemble de *San Roque Entreprises*.

— Oui ?

Le visage de Luis était imperturbable. Mais il était avant tout un homme d'affaires, elle le savait. Helen allait devoir faire appel à toute son habileté pour le persuader de son utilité dans ses bureaux.

— Eugenio était très aimable, de dire que je pourrais dès maintenant occuper son poste, reprit-elle. Si certaines nuances de votre culture m'échappent encore, du moins mon espagnol écrit et parlé compense-t-il ce manque. Il n'en va pas de même pour Eugenio en ce qui concerne la langue anglaise, vous en êtes conscient, n'est-ce pas ? Comme ses collègues ici, il parvient à peine à échanger quelques politesses élémentaires avec moi. Or, vos cadres devraient posséder cet atout supplémentaire, indispensable, même si, comme je l'ai remarqué, ils sont rarement en contact avec des anglophones.

Elle s'immobilisa brusquement devant lui, releva le menton et lança fièrement :

— Je m'engage à tout vous rembourser jusqu'au dernier *peso,* peu importe le temps qu'il me faudra pour cela ! Mais je crois mériter un salaire élevé qui me permettra de m'acquitter de cette dette plus rapidement. J'ai aussi ma vie privée et j'aimerais pouvoir en profiter un jour !

San Roque se frotta le menton, les paupières à demi baissées, comme s'il rejetait sa demande avec une nonchalance calculée.

— Etant donné votre tentative de désertion, je trouve vos promesses enflammées dénuées de sens. Je vais prendre des mesures très strictes pour éviter que vous ne disparaissiez à la première occasion dès que j'aurai le dos tourné.

Helen se sentit rougir plus encore et, refoulant son indignation, parvint à rétorquer d'une voix qui ne tremblait pas :

— Vous utilisez des procédés moyenâgeux pour rentrer en possession d'une somme relativement peu importante pour un milliardaire ! Pourquoi ne pas agir en homme d'affaires moderne ?

Il éclata d'un rire moqueur.

— Je trouve plus facile d'agir en homme tout court !

— C'est bien ce que je voulais dire... comme l'homme convenable que vous êtes sûrement aux yeux de tous, acquiesça-t-elle sur un ton persuasif.

De nouveau, elle entendit ce petit rire étouffé et railleur qui l'agaçait tant.

— Vous ne me connaissez vraiment pas, Helen. Je ne suis nullement convenable quand on m'a dérobé mon bien. Je redeviens un être primitif, loin de l'homme du monde avec lequel vous semblez désirer traiter. Quand donc comprendrez-vous ?

Sa voix devint tout à coup rauque et sauvage. Et la peur s'empara d'Helen. San Roque saisit son menton entre deux doigts. Incapable de tourner la tête d'un côté ou de l'autre, elle fut contrainte de le regarder dans les yeux. Elle était au supplice de le sentir si proche.

— Tant que je n'aurai pas récupéré mon bien, c'est vous qui serez mon bien, dont je disposerai à ma guise. Peut-être ferai-je de vous mon employée, ou bien...

Il n'acheva pas, pencha son visage sur celui d'Helen et déposa sur ses lèvres un baiser punitif. C'était un geste autoritaire, exigeant, sans tendresse, sans respect non plus. Il se montrait aussi offensant que s'il venait de l'acheter sur un marché d'esclaves. Il la libéra aussi vite et poursuivit sa phrase :

— ... ou bien j'agirai envers vous en homme qui possède une femme corps et âme, la pliant à ses désirs grâce à son habileté, sans jamais rien ordonner !

Et il l'embrassa de nouveau. Cette fois, ce fut avec une douceur qui voulait sans doute se faire pardon-

ner la brusquerie première. Helen réagit, timidement
d'abord, puis avec ardeur. Une seule chose comptait
pour elle en cette seconde, faire durer cet instant
pour l'éternité. Il lui semblait renaître à la vie, jamais
elle n'avait vécu pareille expérience. Pas plus qu'elle
ne pouvait expliquer l'émoi dans lequel la chaleur de
San Roque la plongeait. Il était inutile de résister,
elle le savait, alors elle s'abandonna contre lui, entre
ses bras qui la soutenaient, et poussa sans le vouloir
un petit gémissement.

San Roque la libéra peu à peu. Elle lut dans ses
yeux que ce moment qu'ils venaient de partager
reviendrait s'il en avait envie. Elle s'écarta de lui,
bouleversée, croyant à peine aux sensations qu'elle
venait d'éprouver. Sous la passion de cette étreinte,
elle avait été si vulnérable ! Et cela pourrait se
reproduire...

Helen passa sa main sur son front, recoiffa une
mèche rebelle et, retrouvant son calme, elle reprit le
sujet qui lui tenait à cœur, poussée par Dieu sait quel
démon !

— *Señor* San Roque, vous êtes riche et l'argent
dont vous vous servez pour m'humilier ne va pas vous
manquer. Une somme pareille, vous la jouez facilement un soir dans un casino, ou vous la dépensez
avec vos amis sur votre yacht, ou...

— Le montant de ce détournement a pour moi
autant de valeur que son millième en aurait pour
vous ! l'interrompit-il avec hauteur. Croyez-vous les
gens fortunés incapables de connaître le prix de
chaque dollar ? Je n'ai pas la réputation d'être une
dupe et je ne commencerai pas avec vous.

— Vous ne serez pas dupé.

Helen retrouva la confiance qui lui avait échappé

un peu plus tôt. Elle lui indiqua un dossier qu'elle avait apporté, l'ouvrit et le lui tendit, indiquant des graphiques.

— Vous allez reconnaître tout de suite la valeur du programme de dédommagement que je vous propose. Il est positif, civilisé et honnête.

— Puisque vous évoquiez les problèmes de langue tout à l'heure, fit San Roque, sachez qu'ici le français et l'allemand sont également très importants. De même que le japonais. Oui, surtout le japonais. Ainsi que le suédois et le norvégien parfois. Mais l'allemand et le japonais priment sur l'anglais.

— Le japonais ? Eh bien… répliqua Helen dont l'assurance faiblissait une fois de plus, mais pas longtemps. Si cela vous est utile, je m'arrangerai pour l'apprendre ! Mon grand-père était d'origine germanique. Je l'ai tant entendu parler allemand dans mon enfance qu'il me suffirait de quelques cours pour le maîtriser pour la conversation et le courrier courants. J'ai étudié le français au lycée et j'ai passé un été en France chez ma correspondante.

— Parfait. Avec trois langues étrangères, vous possédez un atout majeur que la moyenne de vos compatriotes n'a pas. Vous paraissez douée et vous toucherez donc les trois quarts du salaire d'Eugenio.

— Un instant ! objecta-t-elle. J'ai également examiné les dossiers de vos ouvriers. Tout votre personnel travaille dur. Il est loyal et ne ménage pas ses efforts. Mais le résultat n'est pas satisfaisant, à cause des méthodes et d'un matériel démodés. C'est un réel handicap pour votre compagnie dont le potentiel n'est pas pleinement exploité et qui ne peut donc s'avérer compétitive sur le marché international. A l'école où j'enseignais, mes élèves recevaient une formation qu'aucun de vos salariés ne possède. Vous l'ignorez sans doute, *señor,* mais je m'occupais principalement des étudiants d'origine mexicaine dont le niveau culturel était très bas. J'ai imaginé et mis au point un programme pilote permettant de mettre en relief les aptitudes de chacun. Il a débouché statistiquement sur un tel degré d'embauche pour ceux qui avaient obtenu leur diplôme qu'on a parlé de succès phénoménal. Vous pouvez vérifier mes dires, d'ailleurs !

— C'est déjà fait, répondit-il sèchement.

Helen en fut interloquée, mais poursuivit :

— Je peux former ceux qui sont employés ici en dehors des heures de bureau, afin de ne pas gêner la marche de l'entreprise. Je peux également organiser des cours pour les gens de l'extérieur qui seraient intéressés. En outre, je peux fournir à vos cadres le vocabulaire anglais des affaires et montrer à tous comment utiliser un équipement moderne, à condition que vous en fassiez l'acquisition. Toutes ces améliorations ne pourraient qu'augmenter la valeur de votre société.

Elle s'interrompit quelques instants, avant de continuer :

— J'accepte de collaborer sous la tutelle d'Eugenio, mais avec le salaire de Ron. Mon frère était deux fois mieux payé qu'Eugenio parce qu'il était un Américain compétent. Eh bien, je le suis, moi aussi et beaucoup mieux formée que Ron. De plus, je suis extrêmement honnête.

Helen indiqua un document sur le bureau, près de San Roque et ajouta :

— Je vous ai établi un plan, il se trouve là-dedans.

Puis elle l'observa en silence tandis qu'il réfléchissait à sa proposition. Elle s'exhortait au calme, désireuse de ne pas lui montrer son incertitude. Tout en parcourant les feuillets, il se mit à lui poser des questions auxquelles elle répondit avec assurance. Depuis le départ de San Roque, elle avait minutieusement préparé cette entrevue.

— Asseyez-vous ! ordonna-t-il enfin, en prenant place lui-même dans son fauteuil derrière le bureau.

Puis, il fit pivoter son siège et tourna le dos à Helen, se concentrant sur le programme qu'elle lui avait soumis.

Se renfonçant dans sa chaise, elle tenta de se détendre. Et si elle échouait ? Quand il finit par se retourner en reposant le dossier, il déclara :

— Peut-être ai-je une chance dans mon malheur. Si j'avais su, je vous aurai enlevée plus tôt ! Je crois, en effet, que vous pouvez être utile à *San Roque Entreprises*.

Le regard approbateur de San Roque apprit à Helen qu'elle venait de remporter une bataille.

— Merci, fit-elle, stupéfaite de le voir capable de reconnaître de justes mérites. Ainsi, vous êtes d'accord.

— Je suis prêt à vous signer un contrat pour votre projet de formation... Toutefois, vous en trouverez sa réalisation plus facile à imaginer qu'à concrétiser, je crois. Vous aurez tout ce dont vous aurez besoin. Cette île attend depuis fort longtemps d'être modernisée.

— Bravo ! Je...

— Vous aurez également d'autres obligations.

— Ah ?

— Vous allez tenir le rôle d'hôtesse officielle à mes côtés. Voilà des années que je ne reçois plus ou

très peu. Quand j'amènerai des invités à Cedros,
vous aurez pour tâche de leur procurer un agréable
séjour chez moi.

Quelle proposition inattendue !

— Je ne crois pas être faite pour ce rôle, *señor,* dit-
elle. Accueillir, recevoir des invités dans une
demeure comme la vôtre, je ne...

Elle s'arrêta, incapable de poursuivre sans
bégayer.

— Les domestiques s'occuperont des détails. Mais
la présence d'une *Señora* San Roque est indispensable quand des visiteurs séjournent sous mon toit.

— Une... *Señora...*

— Oui.

— Vous ne voulez pas insinuer que...

Il contourna sa table au moment où Helen chance-
lait de stupeur et il la retint de sa main tendue. Il
laissa retomber son bras quand elle retrouva son
équilibre et Helen s'éloigna de quelques pas.

— Si vous désirez un contrat, vous devez accepter
toutes les conditions qui s'y rattachent, fit-il
observer.

— C'est-à-dire... ? s'enquit-elle, la gorge nouée.

— Comme je n'ai aucune envie de vous voir
franchir les frontières de mon pays et disparaître sans
me rendre mon dû, j'envisage un pacte indissoluble.

— Mais vous avez ma parole ! s'écria-t-elle, cherchant désespérément une issue. J'accepte de vous
rembourser... même si je ne crois pas mon frère
coupable de ce vol...

— J'ai besoin d'une garantie.

— Alois, rédigez un document officiel et je le
signerai !

— Une de ses clauses stipule que vous m'épousiez

et que vous restiez sur cette île, sous mon contrôle, jusqu'à acquittement complet de la somme qui me revient.

Une effroyable consternation s'abattit sur Helen qui émit un petit cri d'angoisse.

— Vous épouser ! Vous êtes devenu fou !

San Roque fronça les sourcils de colère.

— J'ai toute ma tête, Helen ! Le mariage vous empêchera de provoquer un scandale en allant vous plaindre de séquestration auprès du consul des Etats-Unis. Si jamais des recherches étaient entreprises par votre famille, j'aurais la loi pour moi. Et vous serez davantage encore soumise aux règles de ce pays.

— Mais je vous ai donné ma parole et vous pouvez m'engager dans votre société par contrat ! protesta-t-elle.

— C'est ce que j'avais fait avec votre frère, remarqua-t-il sèchement. Allons, vous êtes une femme moderne, pas une innocente timorée que son cocon a protégée du monde extérieur !

— Aussi bizarre que cela puisse vous paraître... étant donné votre attitude vis-à-vis des Américaines actuelles... commença-t-elle en rougissant d'agacement. Je n'ai jamais... Et je continuerai à ne livrer ni mon corps ni mon âme, peu importe qui revendique mon temps et ma loyauté !

— Vous avez fait preuve de sagesse, Helen. Toutefois, je trouve votre dernière réflexion tout à fait absurde.

— Pensez-en ce que vous voudrez, rétorqua-t-elle tandis que son visage s'empourprait un peu plus.

— Vous étiez destinée à un homme, c'est une évidence.

Quel air suffisant ! Il ne quittait pas Helen des yeux, tour à tour pâle et écarlate.

— Vous ignorez tout de l'amour, reprit-il de ce même ton satisfait. Eh bien, nous y remédierons sous peu. Vous avez depuis longtemps passé l'âge de vous en effaroucher.

— En tout cas, cela ne se produira jamais avec un homme que je n'aimerai pas ! riposta-t-elle entre ses dents. Et je n'aimerai jamais un homme qui ne me considère pas comme son égale. Il est donc hors de question que j'accepte votre proposition et cette clause particulière !

— Notre mariage sera un simple accord professionnel si cela peut vous rassurer, dit-il. Cessez de vous inquiéter, je viens très rarement à Cedros.

Mais Helen secoua la tête d'un geste têtu et insista :

— Vous avez ma promesse, voilà qui devrait suffire !

— Et moi je vous promets un mariage blanc. N'est-ce pas assez ?

— Une des femmes élégantes de Mexico, Paris ou Buenos Aires serait pour vous une épouse beaucoup plus représentative, fit Helen en désespoir de cause. Yolanda Bétancourt, par exemple…

— Si j'avais voulu Yolanda, je l'aurais choisie.

— Alors pourquoi compliquer votre vie en vous mariant… pour simple raison de convenances ? Je suis tout à fait disposée à jouer mon rôle d'hôtesse tout en dirigeant le bureau de Cedros… sans vous épouser.

— Plus un mot ! C'est moi qui pose les conditions. Je vous accorde cinquante mille dollars par an… pour commencer. Nous aurons un contrat de mariage.

Felipe Estrada s'occupera personnellement de vos finances. Une fois déduites les dépenses relatives à votre famille, Felipe déposera votre salaire sur un compte en banque. Tout le reste servira à combler la dette de votre frère.

— Mais c'est de la folie !

Helen n'arrivait pas à croire à la réalité de cette scène. Elle s'effondra dans un fauteuil, abasourdie.

Ce salaire dépassait de loin ce qu'elle aurait pu espérer gagner en fin de carrière dans l'enseignement.

— Cette rémunération est démesurée, balbutia-t-elle.

— Elle est conditionnée par le contrat de mariage. Vous pouvez rester ici sans espoir d'en partir jusqu'au remboursement intégral... ou bien vous pouvez m'épouser. C'est mon dernier mot.

— Je suis prête à vous abandonner cinq ou six ans de ma vie... plus même... pour vous payer ce que Ron vous doit. Quelle satisfaction obtiendrez-vous en me plaçant dans une situation impossible ?

Il la foudroya du regard.

— L'éventualité d'être ma femme vous paraît-elle si humiliante ? Offense-t-elle votre délicatesse ? Vous avilit-elle ?

— Je ne voulais vous insulter en aucune façon, *señor* San Roque. Mais la situation que vous proposez risque d'être fertile en problèmes que je me refuse à envisager. Un moment viendra où vous désirerez... vous rapprocher de moi et... et je ne parviendrai pas à vous en dissuader. Si un enfant venait ensuite au monde, il serait la victime innocente d'un arrangement prétendu « de raison » !

— Ainsi, vous pensez que je pourrais vouloir vous

séduire, n'est-ce pas ? demanda-t-il avec un sourire
cruel.

— Vous m'avez fort bien comprise !

Elle craignait de le voir découvrir combien il
l'attirait malgré les circonstances. Mais elle ne se
laissa pas démonter et poursuivit, sur un ton de défi :

— Si vous avez attendu si longtemps pour vous
marier, c'est, je suppose, que vous désiriez une
femme dont vous seriez amoureux. Je sais que pour
les Mexicains une telle union se contracte pour la vie.
Votre détermination à récupérer votre argent perdu
donnerait à n'importe quel mariage une allure de
farce !

— Et vous ne voulez ni simulacre, ni sacrilège…

— Non ! explosa-t-elle. Je ne serai ni achetée ni
vendue comme une esclave. J'accepterai seulement
un contrat de travail honnête, résiliable dès qu'il aura
été honoré.

— Le mariage est-il donc pour vous un engagement ?

— Absolument !

San Roque éclata de rire.

— Très bien. Je n'ai nulle intention de m'imposer
à vous. Je connais suffisamment de femmes qui
n'attendent que cette opportunité. Je promets de ne
vous forcer à aucune intimité dont vous ne voudriez
pas. Vous jouerez le rôle de maîtresse de maison et il
n'y aura pas de cérémonie religieuse. Comme d'habitude, j'irai dormir ailleurs. Cependant, si nécessaire,
j'attends de vous un certain comportement affec-
tueux en présence de tiers. Me comprenez-vous ? Je
veux sauver les apparences. Etes-vous soulagée ?

— Je n'en sais rien, répondit-elle en se mordant
les lèvres.

Il était si séduisant, malgré tout, qu'elle ne pouvait s'empêcher d'avoir peur. Pour lui, elle n'était qu'un moyen et qui sait s'il n'était pas capable de se servir d'elle au gré de son caprice.

— Vous pouvez disposer de mon temps et de mes compétences, un point c'est tout, fit-elle lentement.

— C'est d'accord, concéda-t-il aimablement. Je ne suis pas l'ogre que vous croyez ! Vous aurez le temps de peindre, comme à Punta Temeraria. L'inspiration ne vous manquera pas sur cette île. Les réceptions chez moi ne seront pas des intermèdes désagréables et quand vous vous montrerez une hôtesse attentive, je ne serai pas un ingrat. Votre famille ne sera aucunement négligée, bien au contraire. Sa situation financière a même des chances de nettement s'améliorer.

Il avait un don presque magique de la transporter d'espoir après l'avoir plongée dans une réelle panique.

— Il m'arrive aussi parfois de vendre mes tableaux, fit-elle. Ainsi que vous l'aurez appris par le courrier que je reçois aujourd'hui. L'argent ainsi récolté sera déposé sur mon compte, comme le reste, à seule fin de vous rembourser.

— Faites-en ce que bon vous semble.

— Tenez, insista-t-elle en lui tendant le chèque envoyé par la galerie Chamartin.

— Est-ce pour couvrir les intérêts ? s'enquit-il.

— Les intérêts ? répéta-t-elle, désarçonnée.

Elle n'y avait pas pensé plus tôt, mais s'affola, connaissant les taux astronomiques en cours au Mexique.

— Quel pourcentage comptez-vous exiger ? questionna-t-elle.

San Roque arbora un sourire taquin.

— Je vous sens prête à la querelle une fois de plus. Alors ne perdons pas notre temps en vaines discussions : je serai magnanime et ne vous retiendrai aucun intérêt ! Voilà, vous pouvez respirer de nouveau...

Son attitude la mit une fois de plus mal à l'aise.

— Je ne veux aucun conflit, affirma-t-elle.

— Notre contrat y veillera. Chaque terme en sera bien pesé afin que nous ne soyons ni l'un ni l'autre dupé ou mal compris.

— C'est ma vie que vous êtes en train de manipuler, *señor !* s'indigna Helen dont la voix tremblait légèrement malgré ses efforts pour rester calme. Et j'entends bien la défendre ! Mon cœur me dit que Ron n'est pas coupable, qu'il viendra faire éclater la vérité et que je n'endurerai pas cette situation bien longtemps ! Jusque-là, je suivrai à la lettre tout ce que stipulera le document officiel.

— Alors, rendons-nous sans tarder chez l'*alcade* qui procédera immédiatement à notre mariage civil.

— N'y a-t-il aucun autre moyen ? murmura Helen.

Elle était un peu triste que cette cérémonie dût se dérouler dans le bureau sévère du juge et non pas dans une église.

— Aucun.

Il s'apprêtait à sonner Eugenio Ochoa, puis interrompit son geste, pour demander :

— Dites-moi, Helen, avez-vous besoin de vous grandir de la sorte ? Votre taille intimide Eugenio. Il se sent déjà assez gêné auprès de moi... Mais, d'être dominé par une femme, ce doit être l'enfer pour lui !

— Pour rien au monde je ne voudrais le blesser ! s'indigna Helen.

— Alors vous voulez sans doute me rattraper, fit-il en regardant furtivement les sandales d'Helen. Je vous préviens, jamais vous ne me dominerez. Ni Dieu ni la nature ne l'ont voulu ainsi.

— Mais je n'essayais pas... balbutia-t-elle en rougissant.

— Je vous crois, mais passons... Ce que je refuse, c'est de voir Eugenio mal à l'aise.

— Précisez donc dans le contrat que je doive porter uniquement des talons plats. Mes *huaraches* se trouvent dans mon bureau, je vais les chercher.

— Ah ! vous êtes bien américaine... toujours déterminée à en imposer aux hommes ! Je vais bien m'amuser à observer le combat qui va se livrer en vous...

6

SOLEDAD fit respectueusement la révérence lorsqu'Helen, suivie de San Roque, pénétra dans
le hall.

— *Señora* San Roque ! s'écria-t-elle, *Don* Luis
souhaite votre approbation pour le nouveau personnel.

— Le nouveau personnel ? répéta Helen qui avait
reçu un choc en s'entendant appeler *Señora* San
Roque.

La cérémonie dans le bureau du juge s'était
déroulée très vite, dans un froissement de papier et
une multitude de poignées de main.

— Si, *señora,* répondit Soledad. Maria-Cruz et sa
sœur, Maria-Lourdes, ont été engagées, en même
temps que Zonia Torres, pour la lessive et le ménage.
Il y a aussi un nouveau chef en cuisine, il vient
d'Ensenada, il travaillait dans un grand restaurant. Il
connaît très bien son métier.

— Mais vous êtes un cordon-bleu exceptionnel !
s'étonna Helen.

— Autrefois, répliqua Soledad avec un sourire, du
temps des parents de notre Maître, il y avait deux fois

plus de domestiques qu'aujourd'hui. *Don* Luis m'a
chargée de superviser la besogne des trois nouvelles
et de veiller particulièrement à votre confort. Je suis
donc libérée des gros travaux.

— Je trouvais que c'était effectivement trop lourd
pour vous seule, convint Helen, ravie par cette pré-
retraite de Soledad. Ne vous inquiétez pas pour moi,
je sais me débrouiller toute seule.

Soledad parut scandalisée.

— *Don* Luis m'a ordonné de m'occuper de vous
exactement comme j'ai servi sa mère jadis, déclara-
t-elle avec fierté. Quel bonheur ! La maison va
revivre. Notre Maître va inviter ici des gens venus du
monde entier à bord de leurs yachts ou de ses avions !
Le grand salon retentira encore de musique et on y
dansera.

— Pas tout de suite, j'espère, Soledad ! J'ai besoin
d'un peu de temps pour m'habituer aux réceptions.

— En votre qualité de *patrona,* vous devez détenir
le trousseau de clés principal, poursuivit Soledad en
tendant solennellement un gros anneau de cuivre
lourdement chargé.

— Gardez-les pour moi, s'empressa de répondre
Helen.

Elle eut droit à un second regard offusqué.

— Mais c'est vous la maîtresse ici !

Helen s'inclina donc, sans gaieté de cœur. Elle
n'avait pas la moindre idée de la façon dont on
devenait châtelaine, mais elle était bien décidée à
apprendre. Et elle suivit la gouvernante, afin d'aller
accueillir, à l'office les nouveaux domestiques. Sans
doute sut-elle trouver les mots adéquats, puisque
Soledad rayonnait de plaisir en l'écoutant.

Lorsqu'elle rejoignit San Roque dans le hall,

Helen se tenait un peu sur la défensive, afin de se protéger du magnétisme qu'il dégageait et qui la rendait si vulnérable. En même temps, elle désirait se montrer conciliante. A des moments pareils, elle souhaitait pouvoir s'enfuir et se mettre en lieu sûr.

— Avez-vous d'autres recommandations pour moi en votre absence, *señor* San Roque ? questionna-t-elle.

— Oui. Et d'abord, appelez-moi Luis. Je suis votre mari à présent, il est impensable que vous me donniez un autre nom.

Helen rougit. Elle ne parvenait pas à prononcer son prénom. Elle allait éviter de s'adresser à lui directement, du moins dans la mesure du possible.

— Je n'ai pas besoin de partir avant dimanche soir, annonça San Roque. J'ai un rendez-vous à Mexico lundi matin seulement.

— Mais vous aviez dit...

Elle était soudain terrifiée et cela se perçut dans sa voix qui se brisa légèrement.

— Que je séjournais peu sur cette île ? C'est la vérité. Mais les apparences doivent être sauves. Je ne peux pas m'en aller quelques heures après mon mariage. J'ai demandé à Soledad de nous préparer un repas.

— Je n'ai pas faim, fit-elle posément.

Elle n'avait rien pris depuis le petit déjeuner, sauf une gorgée du vin offert par le juge.

— Mais si, et vous êtes épuisée. La journée a été très longue. Vous êtes devenue successivement un cadre de *San Roque Entreprises,* une épouse et maîtresse de maison. En outre, vous avez travaillé toute la matinée au bureau.

— Je ne suis pas fatiguée, protesta-t-elle obstinément.

— Puisque désormais je dispose de votre temps, lui rappela-t-il, j'ai fait des projets pour ce week-end.

Helen sortit son bloc de sténo de son sac.

— J'attends vos instructions, dit-elle.

San Roque s'empara du carnet et du stylo et les jeta dans une grande coupe près de l'escalier. Puis il saisit ses mains et déclara :

— Quand je suis ici, n'ayez pas l'air d'une femme d'affaires. Soyez une femme, tout simplement, telle que la nature vous a créée.

Helen s'alarma, mais il n'y prêta pas attention.

— Votre frère passait son temps à vous dénigrer, il vous forçait à vous mésestimer. Votre époux ne vous permettra pas d'être autre chose qu'une reine en son palais.

Il lui adressa un sourire rassurant et, à son grand soulagement, relâcha son étreinte. Puis il l'examina soigneusement de la tête aux pieds.

— Il va falloir vous confectionner une garde-robe convenable, constata-t-il.

— Mes vêtements le sont... je pense, murmura-t-elle.

— La *Señora* Luis San Roque Quintana se doit d'être habillée plus que correctement.

— Je trouverai une couturière à Cedros.

— Le couturier de Yolanda Bétancourt arrivera ici demain matin, à bord d'un des avions de la société. Il apportera du tissu et divers modèles.

— Mais je n'ai pas les moyens de...

— Ces toilettes seront considérées comme des uniformes, fournis, comme toujours, par l'employeur, plaisanta-t-il, amusé par son embarras.

Allons, Helen, ne prenez pas cet air malheureux !
Quelle femme ne se réjouirait pas de posséder une
penderie pleine de superbes toilettes ? Prenez cela
comme une petite compensation à votre séjour forcé
ici. Notre accord doit vous procurer quelques menus
plaisirs, sinon vous ne serez pas capable d'apporter
son nouveau souffle à mon entreprise, ainsi que vous
me l'avez promis.

— Tous ces frais sont inutiles, surtout si je dois
rester à Cedros. Cet argent pourrait servir à...

— Un jour, j'espère, vous apprendrez à ne pas
discuter mes décisions ! l'interrompit-il en la prenant
par les épaules. Achetez ce qui vous plaira en ville,
vous le porterez jusqu'à ce que vos tenues soient
prêtes. Et que je ne vous voie plus dans cet oripeau
qui a suffisamment choqué Soledad !

Ses doigts, qui s'étaient d'abord enfoncés dans la
chair d'Helen, relâchèrent leur pression et devinrent
presque caressants. Helen ne pouvait pas en vouloir à
la gouvernante d'avoir rapporté à San Roque qu'elle
possédait une seule jupe décente pour aller travailler.
Après tout, se dit-elle, étant donné les circonstances,
il avait le droit de dicter la façon dont il désirait la
voir se vêtir. Néanmoins, elle avait du mal à admettre
sa situation.

— Qu'avez-vous en tête et que vous n'osez dire ?
demanda-t-il avec son irrésistible sourire.

— Rien, rien du tout, je vous assure.

— Vous allez vous étouffer si vous le gardez pour
vous !

— Non, vraiment... enfin...

Elle ne put s'empêcher de se dérider.

— Je pensais à un petit quatrain de Villon...
continua-t-elle en souriant tout à fait cette fois.

Comme San Roque insistait pour l'entendre, elle récita quelques vers d'une ballade en vieux français et quelle ne fut pas sa surprise quand il traduisit en parfait anglais les lignes du poète captif. Elle ne laissa rien paraître de son admiration et lui lança un nouveau défi :

— Peut-être préféreriez-vous les lamentations d'un autre prisonnier, jaillies de la plume d'un abolitionniste des Etats-Unis ?

Comme elle déclamait déjà, San Roque l'interrompit en partant d'un grand éclat de rire, détendu, si différent de la réserve qu'il observait habituellement. Helen remarqua ses dents parfaites d'une blancheur éblouissante.

— Assez ! s'exclama-t-il. Vous m'avez déjà prouvé que vous êtes cultivée. Inutile d'en rajouter ! Que vous fassiez de l'humour malgré votre colère dévoile un trait de caractère qui me plaît en vous. C'est très intéressant. Au moins, je n'ai pas à craindre que vous manquiez de conversation.

Helen lui décocha un regard soupçonneux. Il était désarmant avec son humeur inconstante.

— Autant ne pas nous ennuyer tant que je vous garde en otage, n'est-ce pas ? lança-t-il avec une sèche ironie.

Il ne lui permettait pas d'éluder sa question, alors elle hocha la tête en maugréant intérieurement.

Puis ils gagnèrent la salle à manger où Soledad leur avait servi un *caldogallego* brûlant à l'arôme délicat. Helen essaya de refuser, mais San Roque fut inflexible.

— Vous allez vexer Soledad si vous ne faites pas honneur à ses efforts culinaires, dit-il.

Helen goûta donc au bouillon et ne résista pas tant il était succulent.

— Finalement vous aviez faim, la taquina San Roque quand elle eut fini son assiette. Je connais vos besoins mieux que vous, dirait-on. Bien, à présent, nous allons descendre en ville effectuer quelques emplettes.

Comme il sonnait Soledad, il ajouta :

— C'est le devoir d'un mari d'approuver le choix de son épouse en matière vestimentaire. Mon seul but en voulant soigner votre élégance est l'image de marque de *San Roque Entreprises,* vous le comprenez, je suppose ?

Il eut un petit sourire malicieux en la conduisant vers la porte. Helen ne s'écarta pas tout de suite de lui tandis qu'ils attendaient Vergel et la voiture.

Au retour, Helen était épuisée. Elle observait la joie de Soledad en train de l'aider à déballer et ranger dans la penderie les achats de San Roque.

— Si *Don* Luis fait venir un vrai couturier ici, s'écria la gouvernante, je vais avoir tant de plaisir à m'occuper d'une belle garde-robe de nouveau ! Ces petites choses sont charmantes pour la campagne, mais ne souffrent pas la comparaison avec ce que portait *Doña* Isabella autrefois. Bientôt...

Soledad souriait déjà en songeant à ses anciennes responsabilités de femme de chambre qu'elle avait de toute évidence adorées et qu'elle allait retrouver.

— Je trouve certains de ces vêtements magnifiques ! avoua Helen en tenant à bout de bras une longue jupe froncée à la taille, tissée à la main dans une toile d'un brun très chaud.

Elle était aussi élégante et originale que si elle

sortait d'une boutique de luxe. Le bas s'ornait d'une broderie indienne verte qu'Helen avait décidé d'assortir d'un chemisier en soie de même ton à manches longues. Cet ensemble conviendrait parfaitement à ses cheveux de cuivre et à son teint hâlé. Quant aux tissus, ils s'accordaient merveilleusement.

Les jeunes hommes de l'île portaient ce genre de chemise pour impressionner leurs conquêtes. Helen n'avait pu résister en voyant tous ces coloris que Ron qualifiait de « criards ». San Roque avait souri de son audace, mais il avait approuvé son choix d'un signe de tête.

— Ce vêtement d'homme ne causera nulle équivoque, dit-il. Vous êtes très féminine, impossible de le contester...

Et il posa un regard lourd de sens sur le décolleté qui dévoilait les courbes de la poitrine d'Helen.

Une toilette aurait suffi, mais San Roque insista pour lui en acheter plusieurs. Ce fut lui qui sélectionnait les magasins.

— Et votre lingerie, marmonna Soledad, ne l'a-t-il pas renouvelée ? Je lui ai pourtant dit que vous en aviez besoin !

— Sûrement pas ! faillit crier Helen qui se souvint juste à temps qu'il s'agissait là d'une prérogative des maris mexicains. Le *Señor* désirait d'abord me rendre présentable, dit-elle seulement. Nul ne va remarquer l'insignifiance de mes dessous.

— Bien, répliqua philosophiquement Soledad, ils arriveront sans doute plus tard, d'une maison spécialisée. A ce stade de votre mariage, ils importent peu pour un époux. Mais pensez-y dans quelque temps, quand il les remarquera !

— Soledad ! gronda Helen, un peu fâchée.

Mais elle ne pouvait lui en vouloir d'être heureuse pour son patron. Et puis il était inutile de lui révéler le peu de romantisme ou de passion inhérent à cette union. Elle le saurait toujours assez tôt... Rien n'échappait à l'œil vigilant des domestiques !

— Voilà des années que toutes ces pièces n'ont pas été ouvertes, déclara soudain Soledad en tournant la poignée d'une porte faisant communiquer la chambre d'Helen avec... celle de San Roque. *Don* Luis dort là quand il séjourne dans cette maison, ajouta-t-elle en indiquant la petite cellule dépouillée entrevue le premier jour.

A ce moment-là, elle n'avait pas compris qu'ils seraient si proches l'un de l'autre. Tout paraissait conspirer contre elle. Quelle chance avait-elle s'il décidait d'exiger ce qui lui revenait de droit désormais ? Malgré leur accord, il était bien capable d'employer la force. Elle ne pouvait oublier la façon dont il savait suggérer le désir et la passion...

— Quand vous êtes arrivée, *Doña* Helena, poursuivit Soledad, je savais que ces portes ne demeureraient pas longtemps fermées... et qu'au petit matin les oreillers du grand lit porteraient l'empreinte de vos deux têtes !

— Il y a un courant d'air, observa Helen en essayant d'ignorer les réflexions de la gouvernante. Je préfère garder ces battants clos et utiliser l'entrée par le couloir.

Elle se chargea de cette tâche elle-même, en se promettant de veiller à se verrouiller un peu plus tard.

Sans se douter du trouble qui agitait Helen, Soledad continua avec la même intonation joyeuse :

— En effet, on sent une faible brise ici, mais dès

l'été prochain, en pleine canicule, vous la trouverez bien agréable. Il commence déjà à faire frais à présent. Bientôt nous aurons des tempêtes, alors nous poserons de solides volets en bois de cèdre afin de protéger les fenêtres.

Elle étala sur la courtepointe un superbe ensemble délicatement brodé et questionna :

— Porterez-vous ceci ce soir ? C'est une robe de mariée de Tehuacan.

— Une robe de mariée ! répéta-t-elle, affolée.

Elle comprenait à présent le sourire de San Roque quand elle s'était extasiée sur la finesse de l'ouvrage. Avec quel empressement aussi il l'avait poussée à l'essayer, puis à l'acquérir !

— Je vais plutôt mettre la jupe feuille morte et le chemisier vert, décida fermement Helen. Ils me plaisent tant !

— *Don* Luis serait heureux de vous voir ainsi vêtue, insista Soledad. Il y a dans la bibliothèque un tableau représentant *Doña* Isabella portant exactement la même dans sa jeunesse.

— Je ne ressemble en rien à la mère de *Don* Luis, protesta Helen.

Elle se rappelait en effet ce portrait. Pourquoi ce vêtement l'avait-il donc séduite elle aussi ?

— Non, pas cet ensemble, ordonna-t-elle.

La porte de communication s'ouvrit brusquement et San Roque parut en peignoir, épongeant ses cheveux mouillés avec une serviette. Il ignora l'embarras d'Helen devant une telle apparition et déclara, comme s'il avait entendu la conversation :

— Je veux que vous revêtiez cette tenue du Tehuacan, Helen.

Avec un sourire épanoui, Soledad étala de nouveau l'ensemble brodé qu'elle venait de ranger dans la penderie.

Irritée de devoir subir ses caprices, Helen le regarda sortir nonchalamment de la chambre et se laissa habiller par Soledad.

Si seulement elle avait exigé de garder son temps libre pour elle, en précisant, par contrat, quelles étaient ses heures de travail! Mais, d'un autre côté, sa rémunération s'en serait ressentie.

En pénétrant dans le salon, Helen savait combien elle était jolie. Le grand miroir du hall venait de lui renvoyer l'image d'une ravissante jeune femme en toilette romantique. Ravie de se découvrir aussi belle, elle se félicita de l'insistance de San Roque de la voir ainsi habillée. Etrangement, elle se sentait soudain dotée d'une puissance qui n'altérait en rien sa douceur toute féminine.

Très élégant en costume de lin gris, San Roque paraissait tout à fait détendu et jouait à la perfection son rôle de châtelain.

— Ah! fit-il, cette robe vous était vraiment destinée!

L'ardeur de son regard bouleversa Helen qui essaya de donner le change en observant :

— Elle devrait toucher le sol, mais je suis trop grande.

— Qui a dit pareille sottise? Votre frère? D'autres hommes de petite taille? Vous êtes à mon goût et j'aime apercevoir vos chevilles fines. Que puis-je vous servir? De l'eau minérale ou du sherry?

— Un bourbon à l'eau, répondit-elle d'une voix ferme. A moins que vous n'y voyez une objection, ajouta-t-elle sur le ton docile de l'employée modèle en le voyant froncer les sourcils.

— Pas du tout, répliqua-t-il aimablement. Mes invités américains apprécient énormément le whisky, scotch ou bourbon, et j'en ai toujours dans mon bar. Habituellement, les dames préfèrent le sherry. Quant à moi, je bois plutôt de l'eau ou un sherry très sec avant un repas soigneusement préparé. Ils ont le mérite de ne pas dénaturer la saveur des mets. C'est de la sophistication pure !

— Dans ce cas, donnez-moi de l'eau minérale.

En fait, elle n'aimait guère l'alcool. Apparemment, elle s'efforçait de se montrer aussi insouciante que lui, mais au fond d'elle-même, elle était très tendue.

— Je donne toujours la priorité aux produits mexicains, fit-il en servant Helen. Alors, ici nous buvons l'eau de Penafiel, une source du Tehuacan.

Leurs mains se frôlèrent quand il lui tendit un verre de cristal. Les doigts tremblants, Helen but une gorgée et, comme San Roque ouvrait pour elle un étui à cigarette en argent magnifiquement ciselé, elle déclara :

— Je... je ne fume pas.

— Non ? J'aurais cru qu'une femme d'affaires dynamique comme vous fumerait le cigarillo ! la taquina-t-il en souriant.

— L'arôme d'un bon cigare ne m'incommode pas, rétorqua-t-elle sans sourire, mais fumer ne me dit rien. A moins que cela ne soit aussi dans mes attributions...

— Surtout pas ! Une femme perd de son pouvoir sur un homme quand elle laisse une odeur de tabac dans son sillage. Ah... voici Soledad qui vient nous annoncer que notre dîner de mariage est servi !

Il prit Helen par le bras et la conduisit dans la salle

à manger. Deux couverts avaient été dressés sur la
longue table. Helen était agacée par le geste possessif
de San Roque, mais en même temps elle réagissait
moins violemment à présent. Comment aurait-elle pu
protester ? Elle ne pouvait pas l'accuser de se permettre des libertés auxquelles il n'avait pas droit.
Mais la situation était telle qu'elle voyait le danger
partout et si elle avait essayé de le lui expliquer, il
n'aurait pu comprendre. Qui sait même s'il ne
tenterait pas d'utiliser la peur qu'elle avait de lui si
jamais elle la lui laissait voir ?

Elle se sentait de plus en plus nerveuse, assise en
face de lui, devinant, à l'intensité du regard gris fixé
sur elle, qu'elle était la prochaine étape du programme de San Roque.

Le repas commença par un succulent hors-d'œuvre
de melon glacé et jambon servis sur un lit de cresson
avec une sauce bien relevée. Après le consommé, ils
dégustèrent un œuf poché sur une fine tranche de
jambon blanc nappé de sauce hollandaise et garni de
cœurs d'artichauts fondants. Helen mangeait du bout
des lèvres, son appétit l'ayant abandonnée. Un
poisson au four aromatisé de citron et accompagné
de petites pommes de terre nouvelles à la vapeur,
précéda le plat de résistance, un canard rôti au
sherry, entouré d'épinards à la crème fraîche, servi
avec une scarole croquante.

San Roque semblait se délecter tout en ignorant la
raideur d'Helen. Cette dernière ne put toucher au
dessert, des oranges caramélisées au curaçao.

— J'aimerais dire un mot au chef, lança San
Roque en terminant sa part avec un plaisir évident.

Lorsqu'il se présenta, San Roque le félicita chaleureusement.

— C'était excellent !

— Je serai à même de me surpasser, *señor,* quand tout ce que j'ai commandé sera livré, répondit le cuisinier.

— Etes-vous confortablement installés, votre famille et vous, dans votre maison de Cedros ? Avez-vous tout ce dont vous avez besoin ?

— Tout est parfait, *señor*. J'ai aussi tout mon matériel dans la cuisine.

— Vous aurez beaucoup de temps libre, car en mon absence la *senõra* sera vraisemblablement peu exigeante. A ce moment-là, vous vous partagerez les tâches, Soledad et vous. J'aurai besoin de tout votre talent uniquement quand j'amènerai des invités.

Cet homme n'avait pas été engagé à la dernière minute, songea Helen tout à coup. Il avait dû y avoir des négociations pour le faire venir à Cedros. Alors ? Il n'y avait que deux explications possibles : ou bien San Roque avait eu la certitude que Ron ne reviendrait pas d'ici longtemps, ou bien il avait envisagé de longue date de modifier la marche de sa maison. Cette seconde solution lui plaisait davantage.

— Nous prendrons le café et les liqueurs dans le salon, annonça San Roque.

— Comme vous l'avez remarqué plus tôt, la journée a été bien remplie, déclara hâtivement Helen. J'aimerais me retirer, si vous me le permettez.

— Bien sûr. Je ne vais pas tarder à monter.

Cette dernière remarque, à l'intention des domestiques, n'en alarma pas moins Helen. Elle décida donc de se servir du trousseau de clés placé sous sa garde.

Elle fit plusieurs tentatives et, au bout d'interminables minutes, finit par découvrir celle qui convenait à sa serrure. Pour plus de sûreté, Helen donna deux tours. Jamais San Roque ne franchirait cet obstacle, songea-t-elle, c'était un panneau de chêne massif épais d'une quinzaine de centimètres !

Soupirant de soulagement, elle défit ses cheveux qu'elle avait coiffés en chignon et ôta ses sandales à talons.

A peine sortie de la salle de bains après une longue douche délassante, elle se glissa dans son lit, brossa sa chevelure cuivrée, encore humide et entreprit de la nouer dans une tresse pour la nuit.

La porte donnant sur le couloir s'entrebâilla doucement et San Roque entra, tout à fait à l'aise. De surprise, Helen laissa tomber sa brosse. Elle avait complètement oublié de fermer cette issue !

Il la regarda à peine et s'en alla tourner la poignée de la porte de communication. La trouvant verrouillée, il tendit la main et demanda :

— Donnez-moi la clé, Helen !

Le trousseau gisait sur la table de chevet près d'elle, mais elle ne bougea pas.

— Vous empiétez sur ma vie privée, répliqua-t-elle d'un air buté. Il est totalement inutile d'ouvrir.

— Oh si ! Cette porte ne sera jamais close, sinon je vous jure que je partagerai votre chambre et au petit matin elle témoignera d'un tel désordre que le personnel ne doutera pas un seul instant de la réussite de notre mariage !

— Vous n'oseriez pas ! s'exclama Helen, livide.

Il était bien capable de mettre sa menace à exécution ! Elle saisit alors le gros anneau de cuivre et le lança à l'autre bout de la pièce. Il atterrit aux pieds de San Roque.

Ce dernier traversa la chambre en trois grandes enjambées et, sans avoir le temps de faire un geste, Helen se retrouva empoignée aux épaules et pressée contre San Roque. Il l'embrassa violemment puis la repoussa avec une force qui la renvoya au milieu des oreillers. En un instant il était de nouveau penché sur elle, tel un faucon maîtrisant un moineau entre ses serres. Il la tenait clouée sur le lit et elle ne pouvait plus bouger.

— Honorez-vous tous vos contrats ainsi ? cria-t-elle en luttant désespérément pour se dégager. Voilà donc le grand Luis San Roque ! Celui qui n'a jamais eu besoin de prendre une femme de force !

Contre toute attente, San Roque lui adressa un sourire amusé. Puis, le regard sardonique, il éclata d'un rire moqueur. Et il l'attira de nouveau contre lui, afin de déposer sur ses lèvres un baiser plein de douceur et de persuasion. Helen était incapable de lutter, comme sous l'effet d'une drogue. Elle gardait les yeux rivés à ceux de San Roque, brillants et encore pleins de colère.

Elle essaya bien de protester encore, refusant de se livrer tout entière, mais quand la bouche de San Roque effleura tour à tour ses paupières, le lobe de son oreille et enfin son cou, elle sentit sa résistance s'amenuiser un peu plus. Les sensations qu'il éveillait en elle étaient irrésistibles et elle frissonna de plaisir. Les caresses de San Roque devinrent progressivement et délicieusement plus audacieuses. Il savait découvrir les points sensibles de son corps et lui révélait une volupté qu'elle n'avait pas imaginée. Son désir à lui croissait aussi au fur et à mesure qu'il explorait sa gorge palpitante. Bientôt, elle allait capituler, se rendre à cette ineffable défaite...

C'est alors qu'un peu de bon sens lui revint. Non, elle ne se trouvait pas dans une telle situation ! Elle n'allait pas permettre à l'inévitable de se produire ! Sa volonté reprit le dessus et elle s'immobilisa, telle une statue.

Et le stratagème porta ses fruits. San Roque nota immédiatement son changement d'attitude et il cessa ses caresses. Relevant la tête, il plongea son regard dans le sien. Helen ne cilla pas une seconde, bien déterminée à échapper à cette vague déferlante qui avait emballé ses sens. Grâce à sa froideur soudaine, les émotions qui les emportaient tous les deux s'apaisèrent. Helen se sentait à bout de forces et il en allait de même pour lui, elle le savait, même si rien n'en témoignait physiquement.

— Voyez-vous à présent quelle sorte de danger vous courez ? demanda-t-il à mi-voix. Désirez-vous prendre d'autres risques avec moi ?

Elle ne put que secouer la tête. Puis elle baissa les paupières pour ne pas lui montrer combien elle avait été près de succomber. Son corps tout entier fut saisi de tremblements, tandis que San Roque relâchant son étreinte, allait ramasser les clés et ouvrait la porte de communication.

— Désormais elle ne sera plus verrouillée, dit-il posément en passant dans l'autre pièce.

Et il tira le battant derrière lui. Helen demeura allongée, sachant que ses jambes ne la soutiendraient pas si elle essayait de se lever. Quand son cœur cessa de battre à tout rompre, elle parvint à s'asseoir. Le silence était total autour d'elle, comme si elle avait été seule dans la vaste maison. Elle bondit hors du lit, pour aller prendre le trousseau et le ranger dans sa commode.

Alors qu'elle refermait le meuble, la colère s'empara d'elle. Ah ! comme elle haïssait cet homme ! Et elle aussi, d'ailleurs, qui avait eu la faiblesse de répondre à ses baisers ! Elle se détestait d'avoir désiré autant que lui ces étreintes fougueuses.

En proie à une réelle panique, elle courut chercher dans son matériel de peinture un couteau pointu qui lui servait à tailler ses crayons. C'était un moyen de défense dérisoire, mais rien que de le serrer entre ses doigts, elle se sentait mieux.

Elle s'aperçut que ses frissons n'étaient pas seulement dus à l'incident avec San Roque. La brume nocturne emplissait la chambre d'humidité, comme cela arrive fréquemment en montagne. Helen alla fermer la fenêtre, puis regagna son lit où elle se blottit, les yeux fixés sur la porte qui pouvait se rouvrir à tout moment.

Si San Roque surgissait de nouveau, elle le tuerait, se promit-elle ! Mais elle se reprit aussitôt. Le coupable, c'était son propre corps...

Une horloge quelque part égrena deux coups. La fatigue eut enfin raison d'Helen dont les paupières s'alourdirent de plus en plus. Elle plaça son arme dans le tiroir de sa table de nuit et s'endormit enfin...

Elle se réveilla en sursaut : San Roque effleurait son épaule. D'une main ferme il l'empêcha de s'enfuir du lit. Il fallait qu'elle réagisse ! Mais comment parviendrait-elle à lutter avec cet homme ? Hantée par les événements de la nuit, elle demeura étendue, le fixant avec circonspection. Allait-il encore, avec ses caresses, lui prouver qu'elle était incapable de lui résister ? Son visage était impénétrable. Toutefois il ne paraissait nourrir aucun projet de cet ordre.

Il faisait grand jour. Un peu de brouillard persistait au-dessus de la mer. L'air marin, délicieusement iodé, flottait dans la pièce.

— Soledad a préparé le petit déjeuner, déclara San Roque. Voulez-vous le prendre au lit ou bien dans le salon ?

— Dans le salon, répondit Helen dans une sorte de rêve cotonneux.

Tout à coup, elle se rappela son pyjama plutôt usagé. Et elle n'avait pas non plus de peignoir. Doucement, San Roque la souleva, l'aida à sortir du lit et la soutint afin de lui permettre de retrouver son équilibre. Toujours un peu étourdie de sommeil, elle le suivit dans le salon.

San Roque était de très belle humeur ce matin, comme s'il ne s'était rien passé la veille. Il proposa galamment à Helen des toasts, de la confiture, du jus de fruit, puis se servit à son tour.

Assise très raide à la table, Helen buvait à petites gorgées. C'était si frais et exotique. Cette saveur, elle la reconnut aussitôt.

— C'est exquis ! Je n'en avais pas bu depuis mon enfance à Hawaii, quand mon père dirigeait une papeterie.

— Ces fruits poussent au Mexique, nous les appelons *guanabana,* fit-il sur le ton de la conversation polie, sans intention de séduire. Soledad sait combien j'en suis friand.

Et il changea brusquement de sujet.

— Le couturier est déjà arrivé, fit-il, en indiquant à Helen le café prêt à être servi. Votre lingerie aussi, je l'ai déposée dans l'autre pièce. Après le petit déjeuner vous pourrez donc vous présenter à Sebastian avec des dessous convenables.

Helen s'empourpra mais il ne le remarqua pas et reprit :

— Il est venu avec sa première main. Pour l'heure, ils se restaurent en bas. C'est, dit-on, un véritable magicien. Yolanda a la réputation d'être une des femmes les mieux habillées du monde.

— Je n'en doute pas, observa Helen d'une voix mal assurée.

Sebastian était un homme jeune et mince, vêtu avec recherche et doté d'une moustache soigneusement taillée. Son assistante, une ravissante femme d'un certain âge, s'affairait avec mètres, rubans, échantillons de tissus et autres catalogues de modèles. A peine avait-elle pénétré dans la bibliothèque où la séance d'essayage devait se dérouler, qu'Helen rencontra le regard appréciateur de Sebastian. De toute évidence, il jugeait du bel effet de sa jupe en tissage artisanal portée avec la blouse de satin vert.

— Avez-vous été mannequin, *señora* San Roque ? demanda-t-il, apparemment enchanté de la trouver aussi grande.

— Grand dieu, non ! répondit-elle en riant.

— Vous allez devenir l'exemple le plus réussi des talents de Sebastian ! promit-il avec enthousiasme, en virevoltant autour d'elle. Car vous avez naturellement de l'aisance et de l'allure ; et un flair exceptionnel pour avoir choisi avec autant de succès un ensemble de cette qualité.

Sans cesser de pirouetter, l'œil admiratif, autour d'Helen, il appela d'un geste impérieux son assistante qui accourut avec un catalogue.

— Une femme telle que vous ne devrait jamais

se cacher sur une île aussi lointaine, *señor*! déclara avec une certaine indignation le couturier avec un regard furtif à San Roque, avant de dérouler une pièce de tissu d'une souple flexion du poignet.

Les croquis étaient tous plus ravissants les uns que les autres, les étoffes offraient une gamme superbe de coloris et les dons de Sebastian impressionnèrent vivement Helen. Elle le regardait manipuler avec dextérité des lainages légers, des soies de Thaïlande et, s'adressant à San Roque, protesta :

— Il me faudrait deux vies, sinon trois, pour pouvoir porter tout cela !

— Permettez-moi de juger ce dont vous avez besoin, répliqua San Roque. Veillez également aux chaussures, ajouta-t-il à l'intention de Sebastian.

— Très certainement, promit ce dernier.

— Je devrais sans doute me contenter de talons modérés, n'est-ce pas ? Ici, tout le monde semble vouloir me rapetisser... observa Helen avec un sourire malicieux.

— *Señora* San Roque, votre taille est seulement un des aspects de votre charme, répondit le couturier qui ne paraissait pas gêné d'être plus petit qu'elle.

— Agissez comme il convient, Sebastian, ordonna San Roque. Si la mode exige des talons hauts, eh bien, je suis d'accord. Il me faut aussi un coiffeur, prêt à venir ici chaque vendredi lorsque nous séjournons à Cedros.

— Je n'en ai pas besoin, objecta Helen. Je me lave les cheveux moi-même depuis toujours et je n'ai aucune intention de les couper !

— Vous serez coiffée comme vous auriez toujours dû l'être ! fit San Roque. Aux yeux de votre frère vous étiez peut-être une sorcière à la crinière rousse, mais pour nos invités vous serez une reine à la chevelure blond vénitien.

Il se tourna vers Sebastian.

— Ma secrétaire à Mexico vous remettra mes dates de résidence ici. Organisez donc à ce moment-là votre propre emploi du temps pour la semaine prochaine, car nous allons recevoir deux visiteurs étrangers avec leurs épouses. Une de ces dames ayant eu récemment, pour son élégance, les honneurs d'un magazine de mode international, je ne veux pas que la *señora* San Roque se trouve en position désavantageuse.

Sebastian le rassura tout de suite d'un large geste de ses mains aux multiples bagues.

— Il y va de ma réputation, *señor !* Faites-moi connaître les activités que vous envisagez pour le week-end et je vous ferai livrer une garde-robe adéquate complète vendredi. Et le même jour, je vous enverrai mon frère, le plus grand artiste capillaire de Mexico !

Helen découvrit le vrai sens du mot épuisement après une journée entière avec Sebastian ! Seul, San Roque ne paraissait pas affecté par ce ballet ininterrompu de mesures et par le bavardage incessant du couturier. Calmement, un peu à l'écart, il approuvait ou rejetait les suggestions de Sebastian. Ce dernier ne protestait que rarement quand ses modèles étaient refusés.

— Il nous reste à parler des accessoires et des bijoux, annonça-t-il quand toutes les décisions furent prises concernant les tissus et les modèles.

— La *señora* n'a pas besoin de nouveaux bijoux pour l'instant, répondit San Roque.

— Bien sûr ! Je sais que la *señora* en possède déjà. La collection San Roque est une des plus fabuleuses qui existent. Je suggère néanmoins l'émeraude pour cette dame. Bechtel de Mexico en offre toute une sélection, superbement taillées et montées selon des modèles tout nouveaux.

— Sebastian, toutes les femmes rousses dont l'époux ou l'amant est riche porte ces pierres. Quant à moi, je n'ai pas envie de voir mon épouse étaler des joyaux simplement parce que je peux les lui acheter. Elle est unique et il ne lui est pas nécessaire de faire comme tout le monde.

Helen, qui se sentait presque une odalisque avec ces somptueuses toilettes qu'on allait confectionner pour elle, fut soulagée de ne pas avoir aussi à porter des parures coûteuses. Tous ces uniformes qu'elle exhiberait pour jouer le rôle de l'hôtesse les jours de réception, ne quitteraient pas la penderie en l'absence de San Roque, se promit Helen. Elle veillerait à les faire convenablement entretenir par Soledad, car l'important serait de les restituer en parfait état à expiration de son contrat. Le plus rapidement possible !

Arrivé sans bruit derrière elle, après le départ du couturier et de sa première main, San Roque effleura la nuque d'Helen.

— Vous êtes épuisée, remarqua-t-il. Faites ce qui vous plaira demain, je promets de ne pas intervenir.

Tout en parlant, il massait doucement la nuque d'Helen.

— Merci, répondit cette dernière, troublée par ce geste qui la détendait si bien.

San Roque s'écarta, gagna la fenêtre et contempla son île.

— Puis-je me retirer à présent ? s'enquit Helen d'une petite voix.

— Allez dans votre chambre si vous le désirez, répliqua-t-il avec une intonation rauque, sans se retourner. Je ne vous importunerai pas et puis, le dimanche est un jour de liberté.

— Je... je vous remercie ! murmura-t-elle.

Comme il ne réagissait pas, elle courut vers son refuge.

7

HELLEN dormit profondément cette nuit-là.
Elle se réveilla tôt, avec l'intention de
déjeuner rapidement et de sortir peindre.
Elle désirait commencer une aquarelle de la ville vue
de la terrasse. La lumière de l'aube était parfaite avec
ses derniers lambeaux de brume.

Depuis qu'elle avait ouvert les yeux, Helen avait
envie de chanter. Et ce fut en fredonnant qu'elle
descendit l'escalier.

Les deux Maria astiquaient déjà les meubles,
Zonia frottait le carrelage du hall, tandis que Soledad
supervisait la pose d'un nouveau tableau par deux
jeunes villageois.

— C'est El Viejo... l'Ancien, qui l'a peint, expliqua la gouvernante. C'est notre artiste local.

Helen contempla la marine ; elle était jolie certes,
mais loin du chef-d'œuvre. Les autres peintures
figurant dans la galerie au-dessus du hall paraissaient
avoir été soigneusement choisies et elles avaient
toutes une grande valeur.

— Les gens de l'île l'ont offerte au Maître, poursuivit Soledad, en remerciement pour avoir sauve-

gardé le port septentrional, là où les otaries et les cormorans vivent et se reproduisent. Le Maître a refusé de voir ces créatures de la mer chassées à cause des propriétaires de yachts, en quête d'un bassin de mouillage.

La toile représentait, en effet, les animaux que San Roque avait voulu protéger. Quel homme étrange, songea Helen en se rendant sur la terrasse.

Les quais émergeaient peu à peu de la brume. Une partie de l'empire de San Roque s'étendait là, entre la ville et la mer. Le reste se trouvait sur le continent. L'industriel qui avait su apporter sur cette île lointaine, presque oubliée, ce que la civilisation avait de plus sophistiqué, n'en était pas moins demeuré un écologiste, soucieux de préserver l'environnement naturel d'un petit coin de terre, inchangé depuis des siècles. Et en même temps, il lui avait offert la prospérité.

Soledad apporta son petit déjeuner à Helen : des fruits, du café et des petites crêpes fourrées de confiture. Comme d'habitude, Helen y toucha à peine et comme toujours Soledad lui reprocha son manque d'appétit.

Helen effectua le croquis d'un plan de la ville qui l'inspirait particulièrement : l'église et son clocher qui s'élevait, bleu et or, au-dessus des maisons en bois blotties autour d'elle. Elle oublia tout alors, Ron, le contrat et cet homme qui dormait à l'étage supérieur. Sur un fond de ciel d'azur pâle et de cèdres sombres, elle disposa des habitations dont les tons pastels se voilaient de gris dans la lumière matinale.

Soudain, un bruissement dans les buissons sur les pentes du jardin attira son attention. Qui se cachait là ? Un animal, sans doute. Elle essuya ses lunettes et

scruta la végétation. Cette fois, elle entrevit un peu
de blanc au milieu de la verdure et le froissement des
feuilles s'accentua.

Sa curiosité l'emportant sur la prudence, elle quitta
sa place et, contournant les fourrés, alla voir de plus
près.

— Bonjour, *niño !* fit-elle alors.

L'enfant accroupi, les yeux fixés sur la maison,
sursauta, perdit l'équilibre et s'en alla rouler dans
l'herbe.

— Que fais-tu ici ? s'enquit Helen.

— Je suis venu voir ma tante, *señora*, répondit-il.
Zonia Torres, ajouta-t-il en se relevant non sans
peine.

Le cœur serré, Helen aperçut son pied bot. Dans
sa chute, l'enfant avait perdu sa béquille.

— Tante Zonia fait briller l'argenterie dans la
grande maison, reprit-il, encouragé par l'air bienveil-
lant d'Helen. Que faites-vous, *señoora ?* Un tableau
pour le Maître ?

— Oui ! répondit-elle en éclatant de rire. Comment t'appelles-tu ?

— Juanito. Il n'y a rien à manger chez Rafaela et
pas de lait chez nous. Je ne savais comment faire,
alors... J'ai été obligé de venir demander à ma tante.

— Si tu as faim, Juanito, mange une de mes crêpes
pendant que je vais chercher Zonia.

— Puis-je en emporter une pour Rafaela ?

— Bien sûr !

Tandis qu'il se servait, Helen partit appeler la
domestique occupée à épousseter la rampe d'escalier.

— Mais que veut-il ? s'exclama Zonia, à la fois
exaspérée et confuse par l'audace de son neveu.

— Ne le grondez pas, Zonia. Il s'inquiète pour
Rafaela. Est-ce votre fillette ?

— Oh, non, *señora !* Pas la mienne ! répliqua
Zonia d'un air offusqué. Je ne suis pas mariée, mais
je suis sage, moi ! La mère de Rafaela travaille à la
conserverie le jour et passe ses nuits à danser dans les
cantinas. Elle a été punie pour ses péchés. Ma
défunte sœur aussi. Elle était aussi dévergondée
qu'elle, alors le Ciel l'a châtiée en lui donnant
Juanito !

— Un si charmant petit garçon ne peut pas être un
châtiment ! s'insurgea Helen.

— N'avez-vous donc pas vu son infirmité ? s'écria
Zonia en se signant.

— Ce genre d'accident n'est jamais une malédic-
tion !

— Ce n'est pas moi qui le dis, *señora.* Ce sont les
autres. Toujours est-il que ma sœur et la mère de
Rafaela ont eu chacune un enfant hors des liens du
mariage, à force de mener une vie dissolue. Et tous
deux sont affublés d'une tare ! conclut-elle d'un air
triomphant.

— Qu'a donc Rafaela ?

— Elle ne marche pas, elle ne parle pas et il faut
s'en occuper complètement. Cependant, elle est très
patiente. Alors, peut-être avez-vous raison, *señora,* il
est possible qu'une sainte habite son âme en dépit de
la conduite de sa mère !

— Est-elle… arriérée mentale ?

— Comment savoir, *señora,* puisqu'elle ne dit pas
un mot ? Elle arrive à se faire comprendre, je crois,
de ceux en qui elle a confiance. Il est donc probable
que son esprit fonctionne. Sa mère paie Juanito pour
veiller sur elle.

— Rafaela est-elle seule en ce moment?

— Oh, il n'y a pas lieu de s'inquiéter pour elle, fit Zonia en haussant les épaules.

— Mais elle a besoin d'une aide constante, m'avez-vous déclaré! Je vais me faire conduire là-bas avec Juanito et m'assurer que Rafaela va bien.

Ennuyée de causer des soucis à sa maîtresse, Zonia suivit Helen sur la terrasse et poussa un cri d'horreur en apercevant Juanito les doigts dans la peinture. Comme elle le réprimandait, Helen intervint en riant :

— Ne le grondez pas!... Ne sais-tu pas qu'un artiste est jaloux de sa toile, Juanito? Chacun doit travailler sur la sienne...

— Ce petit arbre avait tellement envie d'être dans le tableau, *señora!* chuchota-t-il en baissant la tête.

— Tu as vu juste! s'écria-t-elle, stupéfaite. Tu as du talent, Juanito. Fais-tu de la peinture chez toi?

— Je n'ai ni couleurs, ni papier, *señora,* soupira-t-il en contemplant avidement le matériel d'Helen.

— Eh bien, tu finiras cette aquarelle toi-même plus tard. En attendant, allons voir Rafaela. Viens... je te ramène chez toi en voiture.

— Ne prenez pas cette peine, *señora* San Roque, protesta Zonia.

— Est-ce vous la *patrona?* s'étonna Juanito. Vous ne me l'avez pas dit! Et puis vous ne vous habillez pas comme une *patrona!*

— Ce sont mes vêtements de peintre, expliqua Helen. Ils sont tachés, n'est-ce pas? Emporte les fruits qui restent, je vais demander à Soledad de t'apporter d'autres crêpes pour Rafaela. Zonia, je descends chez Vergel, ensuite il nous conduira en

ville. Juanito nous servira de guide. Ne vous faites
pas de souci, je vais rentrer sans tarder.

— Ne dérangez pas Vergel à cette heure, un
dimanche ! ordonna une voix à l'étage supérieur.

Levant la tête, Helen aperçut San Roque sur le
balcon, en polo et pantalon de toile.

— Mais... commença Helen, se rappelant les
consignes. Vous m'avez dit...

— Il a son jour de repos, lui aussi, l'interrompit-il.
Je vais le remplacer.

— Est-ce le Maître ? chuchota Juanito, impressionné, à Helen en lui saisissant le bras.

Quelques secondes plus tard, San Roque parut sur
la terrasse. Il avait revêtu une veste de daim de
couleur miel et glissé un foulard dans le col de sa
chemise de sport. Il enveloppa les épaules d'Helen
d'un châle afin de la protéger de la fraîcheur du
matin.

Tandis que San Roque prenait le volant, Helen,
installée à l'arrière avec Juanito, questionna l'enfant :

— Où vas-tu en classe ?

— Nulle part. L'école, ce n'est ni pour moi, ni
pour Rafaela. Tout le monde rirait de nous voir.
J'aimerais bien peindre, moi, mais surtout pas être
écolier !

Ils approchaient de leur destination et Juanito
s'attristait visiblement de voir s'achever la promenade en automobile.

— Habites-tu le Barrio X ? s'alarma Helen en
reconnaissant les taudis entrevus quelques jours
auparavant.

— Pas moi ; Rafaela, oui. Notre maison se trouve
de l'autre côté de la route... elle est beaucoup mieux !

San Roque tourna la tête vers Helen.

— Ce n'est pas raisonnable de vous mêler de la vie de ces enfants, Helen. La mère de la fillette est tout simplement une prostituée.

— Ce n'est pas elle qui m'inquiète, mais Rafaela, répliqua fermement Helen. Elle est infirme, elle a besoin d'aide et elle a faim !

Juanito tendit la main vers une petite silhouette sombre tout en haut de la colline, au bord d'une pente qui dévalait à pic.

— Elle descend à notre rencontre, *patrona* ! s'exclama-t-il. Attends, Rafaela ! Attends !

Helen bondit hors de la voiture et gravit quatre à quatre les marches usées, grossièrement taillées dans le roc. Un instant plus tard, elle prenait l'enfant dans ses bras.

En redescendant, elle évalua son âge. Elle ne devait pas avoir plus de quatre ans. Il était impossible d'abandonner à elle-même une si petite fille dans un endroit aussi dangereusement escarpé !

Juanito expliqua à Rafaela en pleurs que cette dame était la *patrona* qui lui apportait de bonnes choses à manger.

Essuyant les larmes de la fillette avec un pan de sa blouse, Helen exhorta le jeune garçon au calme.

— Pas si fort, Juanito ! Rafaela n'est pas sourde, n'est-ce pas, *niña* ?

Rafaela secoua vigoureusement la tête. Rassurée, Helen comprit qu'elle était dotée d'une intelligence normale et d'une étonnante détermination. Son état était donc moins désespéré que ne l'avait décrit Zonia.

— Vous allez venir tous les deux prendre votre petit déjeuner avec moi dans ma villa ! annonça-t-elle

aux deux enfants, avec un regard de défi à l'intention
de San Roque qui ne broncha pas. Enfin, Rafaela du
moins pourra manger, car Juanito, lui, n'a sûrement
plus faim, après ses deux oranges, sa banane, ses
crêpes fourrées, sa tasse de café et son jus de
papaye...

— Mais j'ai faim en permanence, *patrona* ! protesta Juanito.

— Alors, tant mieux, car Soledad adore ceux qui
ont un robuste appétit ! Elle essaie sans cesse d'aigui-
ser le mien.

— Est-ce pour cela que vous êtes devenue une
géante ? s'enquit-il.

Helen éclata de rire et, scrutant le site escarpé,
demanda où habitait Rafaela, de façon à laisser un
petit mot pour sa mère.

— C'est inutile ! s'esclaffa Juanito, moqueur. Elle
ne rentrera pas avant ce soir, si elle rentre... Un
cargo vient d'accoster.

De retour à la demeure San Roque, Helen
emmena Rafaela dans la cuisine et prit place à table
avec elle. San Roque resta dehors, retenu par Juanito
et ses multiples questions sur la voiture.

— Pouvez-vous préparer des flocons d'avoine et
du chocolat chaud pour Rafaela et Juanito ? lança
Helen à Soledad.

Cette dernière obéit sans commentaire.

— Dites-moi, Soledad, poursuivit Helen, Juanito
et Rafaela pourraient-ils passer la journée ici pendant les heures de travail de Zonia ? Ils seraient bien
plus en sécurité que dans le Barrio X.

— Si tel est votre désir, *Doña* Helena. Ils pourraient jouer dans le jardin, à condition de ne pas

ennuyer le jardinier, convint Soledad, visiblement
guère enchantée.

— Tu veilleras bien sur Rafaela, n'est-ce pas,
Juanito ? Et toi, tu es très sage, j'en suis sûre.

— Oui, on peut compter sur moi, répondit-il
fièrement.

— Que dirais-tu de venir ici chaque jour et de te
servir de mes couleurs ? Et si tu me promettais de ne
plus jamais quitter Rafaela comme tu l'as fait ce
matin, je te donnerais un salaire pour la surveiller.

— Je répondrais oui, même sans les *pesos, señora,*
la peinture me suffit ! Jamais je ne laisserai Rafaela
toute seule, c'est juré !

— Sauf quand tu seras à l'école, fit remarquer
Helen.

— L'enseignement coûte cher, *Doña* Helena,
intervint doucement Soledad. Zonia n'est pas chargée de son éducation. Elle subvient seulement à ses
besoins élémentaires et à ceux de ses propres
parents. Elle a une autre sœur, Estelita qui a l'âge
maintenant de travailler à la conserverie. Mais elle se
mariera bientôt et aura ses propres enfants.

Helen demanda à Soledad à combien s'élèveraient
les frais de scolarité pour un garçon de l'âge de
Juanito. La somme lui parut dérisoire. Il pourrait
étudier une année entière avec la moitié du produit
de la vente d'une seule aquarelle. Et pourtant, sa
famille n'avait pas les moyens de l'envoyer s'instruire. Aurait-elle la possibilité de déduire des rem-
boursements dus à San Roque l'argent nécessaire ?
San Roque s'y opposerait-il ? Elle se promettait
d'avoir une conversation avec lui à ce sujet.

— Dès que vous aurez terminé votre collation, les
enfants, dit-elle, allez jouer dehors. Si Rafaela a

froid ou si elle a envie de dormir, ajouta-t-elle à
l'adresse de Juanito, enveloppe-la dans la couverture
que va te donner Soledad. Surtout ne la laisse pas
ramper vers ce qui risquerait de lui faire mal !

— Fiez-vous à moi, *patrona,* vous allez voir
comme je suis capable !

— Ne crie pas, moi non plus je ne suis pas sourde !
fit-elle en souriant.

— Solelad, poursuivit-elle en se tournant vers la
gouvernante, parlez à Zonia... surtout de Rafaela. Je
ne dormirais pas tranquille en imaginant cette enfant
en train de dégringoler ces abominables marches !

Solelad soupira d'impatience à ce caprice, mais du
moins Helen comprit-elle qu'elle avait entendu et
transmettrait le message.

Helen monta se changer. Elle mit un de ses
nouveaux chemisiers en coton blanc dont le décolleté
arrondi laissait ses épaules nues ; un ruché de dentelle blanche l'ornait délicatement. Helen choisit
ensuite une jupe paysanne couleur café et des
sandales assorties. Elle était en train de relever ses
cheveux en chignon lorsque San Roque entra inopi-
nément dans sa chambre.

— Désapprouvez-vous mon initiative ? s'enquit-
elle en lui faisant face.

— Non, répondit-il. Je me demande seulement si
vous avez l'intention d'installer tout le Barrio X dans
cette demeure. Dans l'affirmative, j'ai des suggestions plus pratiques à vous soumettre.

— Le Barrio X n'est pas un sujet de plaisanterie.
Ce quartier est horrible Comment tolérez-vous son
existence ?

— Je n'ai aucun droit sur le Barrio X, fit-il
remarquer en se rembrunissant. Et vous n'avez pas

été engagée pour remodeler Cedros, mais pour enseigner l'anglais et certaines méthodes de travail à quelques-uns de ses habitants. Les gens du Barrio perpétuent leurs problèmes en acceptant leur genre de vie au lieu de chercher du travail qui leur permettrait d'aller vivre ailleurs.

— Ces deux enfants doivent-ils en souffrir ?

— Ai-je dit une chose pareille ? Si Zonia peut les empêcher de gêner le travail des autres domestiques et le sien propre, je ne m'oppose pas à leur présence ici. D'ailleurs, ce dont je me doutais est ainsi confirmé : vous possédez un très fort instinct maternel.

Un flot de reconnaissance envahit brusquement Helen qui sourit et lança sincèrement :

— Merci !

Ses yeux brillaient de plaisir.

— Comme vous êtes étrange... murmura San Roque, les sourcils froncés, en s'appuyant au mur.

— Que voulez-vous dire ?

— Eh bien, vous me remerciez de pouvoir accueillir deux bambins abandonnés, alors qu'une garde-robe de cent mille dollars vous indiffère.

Le chiffre la suffoqua, mais elle parvint à répondre sans se troubler :

— Je n'ai pas demandé de vêtements. Si j'avais pu choisir la manière d'utiliser une telle somme, elle aurait servi à réduire mes dettes. Toutefois, je ne suis pas insensible aux belles toilettes. Je m'interroge sur vos priorités, voilà tout.

— Disons d'un commun accord que ces « uniformes » vous sont indispensables pour remplir votre rôle d'hôtesse dans ma maison.

— J'accepte, mais cela ne m'oblige pas à vous en

savoir gré. Quant aux enfants... je vous ai adressé
une prière et je vous remercie de l'avoir exaucée.
Juanito est particulièrement doué et je crois pouvoir
parvenir à l'aider à développer son talent. Rafaela...
je me fais peut-être des idées, mais je m'en voudrais
de l'ignorer maintenant que je connais ses conditions
d'existence.

— Quand on a sauvé une vie, on s'en sent
responsable à tout jamais, dit un proverbe oriental.

— Rafaela ne serait jamais un fardeau pour moi,
affirma-t-elle.

— Peut-être avez-vous raison, conclut San Roque
après une seconde de silence. Bien, quand vous serez
prête, Vergel va nous conduire à l'église. La population de Cedros souhaite rencontrer sa nouvelle
châtelaine.

Le jour de liberté tant espéré ne lui serait donc pas
accordé, songea-t-elle. Mais elle pouvait se montrer
généreuse à son tour, et faire semblant, devant les
habitants de l'île, d'être la *Señora* San Roque.

L'annonce du mariage de San Roque s'était répan-
due comme une traînée de poudre, car, à la sortie de
l'église ils eurent beaucoup de mal à se frayer un
chemin jusqu'à la voiture. San Roque garda un bras
autour des épaules d'Helen tout le temps que durè-
rent les félicitations. Ils reçurent des présents sous
forme de fruits, de fleurs et d'objets sculptés. San
Roque semblait connaître chaque habitant par son
nom et son prénom.

Quand la foule se dispersa, le prêtre les rejoignit.

— Venez déjeuner avec nous, mon Père, proposa
San Roque qui ajouta sans regarder Helen : plus
tard, nous ferons bénir notre union dans la maison de

Dieu. Pour l'instant, mon épouse désire une première cérémonie dans sa propre paroisse.

Helen ne souffla mot, mais rougit. Cette explication était fournie à dessein. San Roque n'imposait
pas le sceau de l'église sur leur mariage, ce qui
prouvait sa loyauté. Il ne manquait pas de sensibilité
quand il le voulait. Une fois de plus, elle lui sut gré de
ne pas la contraindre à aller à l'encontre de ses
convictions profondes. Un mariage religieux, quelle
que fût la religion, n'était pas un acte inconséquent
que l'on pouvait confondre avec un contrat de travail
temporaire.

Plus tard, à table, en compagnie du curé, d'Eugenio Ochoa et de sa femme, Helen garda le silence.
San Roque et Eugenio discutèrent affaires, tandis
que Magdalena Ochoa s'entretenait de sujets locaux
avec l'ecclésiastique. Helen se sentait étrangère et
très seule.

— Je m'envole ce soir pour Mexico, Eugenio,
annonça San Roque. Vous m'accompagnez. Nous
reviendrons vendredi.

— Eugenio! cria Magdalena, désespérée tout à
coup.

— Allons, vous survivrez! la rassura San Roque
avec un peu d'impatience dans la voix. Ne prenez
pas cet air terrifié, Magdalena, je le ramènerai!
Occupez-vous bien de votre maison et priez avec
notre révérend pendant mon absence. Il doit apprendre à devenir un véritable homme d'affaires dans
un monde qui se tourne de plus en plus vers le
Mexique.

— Reviendrez-vous le week-end prochain? interrogea Helen.

Elle voyait nettement l'ironie de la situation. Alors

que Magdalena ne supportait pas d'être séparée de
son mari pendant quatre jours, Helen avait, elle, une
toute autre idée de l'éloignement.

— J'entends me servir pleinement de cette
demeure, tout comme mes parents autrefois, reprit
San Roque en regardant Helen. Nous allons recevoir.

— Enfin ! s'exclama le prêtre, ravi. Voilà qui fait
plaisir à entendre. Je me souviens des fêtes d'alors,
quand vous n'étiez qu'un petit garçon, Luis. Je me
rappelle aussi combien vous vous efforciez d'imiter
votre père. La tragédie qui emporta *Doña* Isabella et
rendit *Don* Adelberto inconsolable fit de vous un
homme avant l'âge. L'espace d'une nuit, vous êtes
devenu un enfant trop grave et j'ai beaucoup prié
pour vous, Luis. Je me suis fait du souci aussi. *Don*
Adelberto, je le crains, oublia alors votre jeunesse et
vous plongea dans l'univers des affaires du jour au
lendemain. Vous comprenez pourquoi je suis si
heureux que vous ayez amené sur notre île une
épouse aussi belle et que vous ouvriez de nouveau
votre résidence...

Helen ne s'étonnait plus que Luis San Roque fût si
énigmatique et puissant. L'image de son père le
hantait encore et il s'astreignait à agrandir son
empire. Elle éprouva une étrange compassion pour
le jeune orphelin qu'il avait été et se demanda si
Ron avait été plus affecté par son enfance malheureuse qu'ils ne l'avaient soupçonné son père et
elle.

Le feu qui fait fondre la cire durcit aussi l'acier,
songea-t-elle. Mais quelque part dans la vie de Ron il
avait dû y avoir un important traumatisme. Avait-il
une seule fois pensé à ce qui arrivait à sa sœur ici ?

Aurait-elle pu l'empêcher de commettre cette folie si elle l'avait mieux compris ? Qu'elle fût ou non coupable, elle payait et paierait cette dette jusqu'au bout...

8

L E dimanche soir, après le départ de San Roque
et d'Eugenio, Helen eut pour tâche de réconforter Magdalena. Cette dernière se demandait bien comment elle allait supporter de ne pas voir
son époux pendant quatre jours.

Avec le privilège de l'âge, Soledad se permit
d'intervenir. Si Magdalena désirait l'ascension
sociale de son mari, elle devait consentir certains
sacrifices et devenir le genre d'épouse qui convient à
un homme d'affaires chargé de responsabilités. Magdalena écouta les conseils avisés de cette femme
d'expérience et parvint à passer la semaine avec
l'esprit relativement tranquille. Ce qui permit à
Helen de se concentrer sur sa nouvelle situation.

Elle trouvait humiliant de devoir expédier son
courrier personnel par l'intermédiaire de San Roque,
mais elle n'avait pas d'autre solution. En partant, il
emporta trois missives. L'une d'elles était adressée à
M. Forster qui, elle le savait, n'exulterait sûrement
pas en apprenant la nouvelle de son mariage qu'elle
lui annonçait avec maintes précautions.

Sans doute son père était-il triste, voire contrarié,

qu'elle ne soit pas revenue s'occuper de lui. Son infirmité l'avait rendu amer et irritable. Elle l'assurait dans sa lettre que son gendre subviendrait désormais à ses besoins sur le plan financier. Elle espérait son approbation. S'il la lui refusait, elle imaginait qu'il continuerait de libeller ses enveloppes au nom de Miss Helen Forster, pour bien lui signifier son opposition.

Elle fit à peine allusion à Ron dont elle ignorait désespérément tout de l'existence actuelle. San Roque le faisait-il toujours rechercher activement ou bien s'était-il, comme elle, résigné à ce qu'elle dût rembourser inévitablement et intégralement ses dettes ?

Elle envoya un petit mot à sa tante Edna comme elle en avait l'habitude.

Pour finir, Helen écrivit à son partenaire d'échecs à Sausalito. Elle serait heureuse, l'informa-t-elle, de correspondre avec le nouveau joueur qu'il lui avait trouvé, d'autant plus qu'il avait une riche expérience à lui faire partager.

Elle aurait bien besoin de se changer les idées pendant une captivité qui s'annonçait de longue durée. Ce jeu constituerait une excellente diversion à ses activités professionnelles. Elle avait déjà en tête son plan de travail et l'emploi du temps consacré à la formation du personnel.

Au début de la semaine, elle demanda qui était intéressé par les cours. Un silence total lui répondit.

— Ils auront lieu à l'heure de la sieste, continua-t-elle. Et ils sont gratuits.

Tous les yeux demeuraient fixés sur elle, mais aucune voix ne s'éleva. Allait-elle échouer dans sa tentative, s'interrogea-t-elle, déroutée. Non, c'était impossible !

— Vous tenez là une chance de faire carrière ! insista-t-elle d'une voix pressante.

Elle s'était attendue à l'indifférence des employées, mais le manque d'intérêt des hommes la stupéfia. Ils auraient dû bondir sur l'occasion de se hisser dans la hiérarchie de l'entreprise.

— Le monde a le regard tourné vers le Mexique et son développement, affirma-t-elle. Vous devez vous tenir prêts à conduire votre pays vers le progrès !

Le secrétaire de San Roque fit patiemment remarquer pour la dixième fois qu'ici chacun faisait la sieste. De toute évidence il n'attendait que la sonnerie de midi pour courir chez lui.

Avec un soupir, Helen le laissa partir et donna une pile de dossiers à Vergel. Comme il déposait son fardeau dans le coffre de la voiture, elle s'étonna :

— Que se passe-t-il avec vos compatriotes ? J'essaie de les aider, mais ils refusent de suivre des cours, même gratuits.

— Pourquoi voulez-vous enseigner pendant la *siesta, señora* San Roque ?

— D'abord, nous avons le temps à ce moment-là. Ensuite, les gens sont moins fatigués en milieu de journée qu'après la fermeture des bureaux.

Vergel ne répondit pas. Visiblement, il ne paraissait pas convaincu.

— N'êtes-vous pas de mon avis, Vergel ?

Il était au volant à présent, elle le voyait de dos et remarqua ses épaules soudain voûtées, sa tête penchée.

— Vous savez, je pense, pourquoi j'ai du mal à réunir les employés à cette heure-ci. Alors dites-le moi, je vous en prie... Je dois connaître le mode de vie dans cette île et si je fais fausse route, je veux qu'on me le dise.

— C'est vrai, marmonna enfin Vergel, qui continua sur un ton hésitant : eh bien, la sieste est une véritable institution chez nous. Un moment privilégié que nous passons en famille. Et personne n'a envie de changer une aussi agréable habitude !

— Je ne m'étais pas rendu compte à quel point c'était important pour les Mexicains. Ce qui expliquerait aisément mon manque de succès ! Il va falloir que je révise sérieusement mes propositions.

En revenant au bureau après déjeuner, elle appela Agustin Benevidez.

— Pour reprendre notre conversation au sujet des cours, dit-elle d'emblée tandis qu'il arborait de nouveau un air buté, je sais que tous les employés tiennent à la pause de la mi-journée qui leur permet de rejoindre leurs épouses. Si un homme se contente d'un petit salaire sans ambition pour son avenir, il fait preuve de bêtise. Le *Señor* San Roque n'a pas besoin d'idiots dans son entreprise.

— Je ne suis pas un imbécile, *señora,* mais je refuse de contrarier ma femme en ne rentrant pas à la maison pour la sieste !

— Je comprends vos sentiments. Mais l'envie de réussir nécessite quelques sacrifices et un homme ambitieux ne devrait pas hésiter, quand il y va de son futur et de celui de ses enfants. La formation durera seulement jusqu'à la fin novembre. Après quoi, vous serez devenu un sous-directeur idéal... et la prochaine étape sera la direction. Moi je ne vais pas rester ici pour toujours, vous si. Pensez-y, Agustin. J'ai besoin d'une personne qui puisse me remplacer pour ces cours plus tard. Quel dommage, n'est-ce pas, si je devais chercher à l'extérieur et trouver une jeune célibataire dynamique, juste parce que les hommes de cette société ne veulent pas saisir la chance qui leur est offerte ?

Agustin, qui avait gardé les yeux baissés, l'air penaud, releva la tête et questionna :

— Devrons-nous rester tous les jours, *señora* San Roque ?

Helen avait prévu cinq journées par semaine, mais elle savait quand céder et répondit :

— Non, deux seulement. Soit le lundi et mercredi, soit le mardi et jeudi. Bien entendu, ajouta-t-elle en pesant ses mots, ceux qui souhaitent une promotion et gravir plus rapidement les échelons ont intérêt à suivre tous les cours, pendant les quatre jours.

Agustin paraissait si malheureux, qu'elle fléchit.

— Après les cours, de deux à quatre heures, lorsque le *Señor* San Roque n'est pas à Cedros, vous pourrez avoir tout de même votre sieste.

Comme il se taisait, elle ajouta :

— J'ai mis une annonce dans le journal. La formation est ouverte à tous, employés ou non de la société.

— Mais *señora*...

— Et au terme de ce stage, ceux qui l'auront suivi entièrement et désirent un poste, seront engagés. Ils commenceront à l'échelon des collaborateurs actuels qui n'auront pas reçu cet enseignement complémentaire. Peut-être même occuperont-ils des postes plus élevés. Est-ce clair ?

— Tout à fait, *señora* San Roque.

— Eh bien, cela sera tout, Agustin, fit-elle comme il la fixait de ses yeux noirs.

Sans doute se demandait-il ce que le Maître avait bien pu trouver d'attachant dans cette femme impitoyable. Mais elle venait de remporter une bataille, elle le savait !

Quand San Roque aurait vent de l'incident — et il l'apprendrait à coup sûr — comment réagirait-il ? Cette pensée la mit un peu mal à l'aise. Trouverait-il impardonnable son intervention dans la vie privée de ces gens ? Mais elle devait absolument réussir, elle ne pouvait pas se permettre de perdre son contrat ! Quel choix avait-elle sinon celui de réussir coûte que coûte ? C'était sa seule chance de fuir l'île... un jour et San Roque.

Malgré sa réticence, Agustin Benevidez transmit le message d'Helen. Lorsque cette dernière pénétra dans la salle de classe le premier jour, toutes les tables étaient occupées et des élèves potentiels, certains venus du dehors, se tenaient debout contre le mur. Helen soupira de soulagement dans son for intérieur. Elle allait enfin gagner son salaire ! La dette serait acquittée, lentement, mais régulièrement, songea-t-elle, pleine d'espoir.

Il y avait là assez d'éléments pour remplir deux cours. Helen était ravie de voir le nombre de jeunes femmes n'appartenant pas au personnel. En outre, Agustin avait accompli un tour de force en persuadant les hommes de renoncer momentanément à leur repos de midi.

Helen organisa un tirage au sort pour répartir ses élèves sur les quatre jours. Tandis qu'elle notait les noms des inscrits, elle eut la surprise de découvrir la sœur de Zonia, Estelita.

— Nous irons plus vite si nous apprenions la dactylographie et l'anglais le vendredi, suggéra celle-ci avec enthousiasme. Pourquoi ne pas aussi utiliser ce jour-là ?

— Nous avons alterné les séances afin que vous puissiez tous employer votre pose de midi comme bon vous semble. De plus, je garde le vendredi pour moi.

— Voilà qui me semble juste, répondit Estelita.

Helen commençait désormais à travailler bien avant tout le monde et quittait le bureau quand les enfants sortaient de l'école. Elle emportait des dossiers qu'elle étudiait le soir dans le salon du haut. Sur le chemin du retour, Vergel s'arrêtait à l'établissement que fréquentait Juanito et ils rentraient tous les trois à la maison San Roque.

Juanito n'était pas peu fier d'étudier et de se promener en voiture. En dépit de son infirmité, il possédait une énergie et une force inouïes. Helen rêveuse, s'interrogeait parfois : le jeune Luis San Roque avait-il joui lui aussi de ce bel enthousiasme au même âge ?

A peine étaient-ils rentrés que Juanito s'absorbait dans sa boîte de couleurs toute neuve, tandis qu'Helen s'occupait de Rafaela.

La fillette, habituée à jouer avec rien, une plume d'oiseau ou quelques brins d'herbe, se réjouissait à présent de voir réapparaître ses amis.

— En notre absence, demanda Helen à Soledad dès le début, pourriez-vous encourager les deux Maria et Zonia à parler à Rafaela ?

— Mais de quoi ? s'étonna la gouvernante.

— De tout !

— Et comment leur répondra-t-elle ?

— Certes, elle ne s'exprime pas encore, mais si on

la stimule, elle fera vraisemblablement un effort et
progressera. Elle est très vive et son intelligence est
emprisonnée, attendant seulement d'être libérée.
Elle a besoin de notre aide.

Soledad haussa les sourcils d'un air sceptique, mais
accepta néanmoins cette nouvelle responsabilité.

Avec sa détermination coutumière, Rafaela ram-
pait vers Juanito et Helen et savait leur manifester sa
joie à sa façon.

Helen ignorait ce que San Roque pensait de cette
nouvelle petite pensionnaire. Un jour elle évoqua
avec Soledad la jeunesse du maître de maison.

— Quel enfant était-il ? s'enquit-elle.

— *Don* Luis était la réplique miniature de son
père.

— Parlez-moi de *Don* Adelberto.

— Quand il arriva sur cette île, il était veuf et
possédait déjà une société d'extraction du sel. Il fit
construire cette maison avant son mariage avec *Doña*
Isabella, la fille d'un importateur de Mexico avec
lequel le vieux maître traitait des affaires.

— S'aimaient-ils ?

— Ah ! *Doña* Helena ! Le *Señor* était fou d'elle !
C'était une toute jeune personne quand elle vint ici ;
elle était habituée à une vie brillante dans l'atmosphère cosmopolite de Mexico, alors il a invité chez
eux tout ce que le monde comportait de gens
intéressants. *Doña* Isabella recevait avec énormément de classe et en même temps, elle faisait de cette
demeure un havre de paix pour son époux au retour
de ses voyages autour du globe. Des yachts ame-
naient des amis et d'une certaine façon, Cedros
devint le centre de l'univers.

Soledad s'interrompit un instant pour reprendre sa respiration et poursuivit :

— La santé de *Doña* Isabella s'altéra après la naissance de *Don* Luis et à ce moment-là, le vieux maître comprit ce que son épouse représentait pour lui. Trois amours emplissaient sa vie, voyez-vous, son travail, sa femme et son fils. La mort de sa compagne fut aussi la sienne, en quelque sorte. Il se retira ici où il avait été si heureux ; il dirigeait son entreprise depuis Cedros et peu à peu confia les rênes au jeune Luis... bien trop jeune pour de telles responsabilités ! Il l'envoya dans tous les pays d'Amérique latine, en Extrême-Orient pour le remplacer. Il ignorait que l'intérêt premier de son garçon ne résidait pas dans leur industrie.

Avec un soupir, elle reprit :

— S'il avait eu le choix, *Don* Luis aurait fait des études scientifiques afin d'explorer la mer. Comme tous les insulaires, il l'aime et la respecte et aurait souhaité vivre avec toutes les créatures qu'elle abrite. Si elle avait vécu, *Doña* Isabella l'aurait fait comprendre à son mari. C'était elle qui avait communiqué son amour de l'eau à son enfant.

— Elle devait être tout à fait charmante, déclara Helen avec regret, déçue de n'avoir pas eu la chance de la connaître.

Ce soir-là, assise par terre dans sa chambre, au milieu des dossiers étalés, Helen était plongée dans son travail et n'entendit pas la porte s'ouvrir.

— Que diable faites-vous à une heure pareille avec tous ces papiers ? s'écria San Roque avec rudesse.

Helen sursauta. Depuis combien de temps l'observait-il ainsi ? Elle se leva promptement, embarrassée.

— Je... Comment se fait-il que vous soyez revenu ?

— Je vous ai posé une question ! Vous allez abîmer vos yeux sans parler des dégâts que vous allez occasionner à votre santé !

— Mais je...

— Soledad me dit que vous n'arrêtez jamais et je vois qu'elle a raison de s'inquiéter. Mon intuition me poussait à rentrer et je suis heureux de l'avoir écoutée ! Nous allons mettre un terme à tout ceci !

— Comment suis-je censée occuper mes soirées quand je suis seule ici ? lança-t-elle sur la défensive. Et puis je veux m'acquitter de ma dette aussi vite que possible ! Plus tôt je ferai mes preuves, plus tôt je serai libre !

— Plus tôt vous vous tuerez, oui ! rectifia-t-il. Je vais faire en sorte que vous touchiez des dividendes, ce qui vous évitera d'amener du travail à domicile. Je vous l'interdis à l'avenir, Helen ! Passez vos heures de loisir à vous reposer, afin de bien tenir votre rôle de parfaite hôtesse !

Helen rassembla furieusement les documents éparpillés et les enferma dans des chemises cartonnées.

— Très bien, gronda-t-elle entre ses dents.

— Helen !

— Oui ?

Elle se tourna vers lui et eut la surprise de le découvrir à quelques centimètres d'elle seulement. Au moment où elle allait parler, San Roque se pencha et déposa sur ses lèvres un baiser qui dissipa sa colère.

— Oubliez le vilain tour que vous a joué votre frère, et vivez... murmura-t-il.

— L'avez-vous oublié, vous ? s'enquit-elle. Si oui,

nous pouvons terminer tout de suite ce simulacre de mariage !

Il se détourna. C'était son tour d'être irrité.

— Non, dit-il. Vous persistez à me rafraîchir la mémoire. Alors, restons-en là !

Puis il quitta la pièce en claquant la porte. Helen se sentit soudain terriblement triste et seule. Elle remarqua un paquet de lettres sur son lit que San Roque avait dû poser sans qu'elle s'en aperçût. Elle les tria et ouvrit celle de son père en premier.

Ron se trouvait à San Francisco, écrivait-il, il allait bien et travaillait pour une grosse société immobilière. Ses impératifs actuels l'empêchaient d'envoyer de l'argent, mais il semblait sûr de monter en grade très rapidement.

Ron dans l'immobilier ! Helen fut horrifiée. Et s'il allait commettre les mêmes détournements que chez San Roque ! Il risquait de brasser les affaires de gens aux moyens plus modestes, pour qui la perte serait franchement catastrophique. Elle ne pouvait plus croire naïvement en l'innocence de Ron quand des fonds étaient manipulés. Et elle s'alarmait de le savoir soumis à une nouvelle tentation.

Elle avait une autre raison de s'inquiéter : San Roque avait, comme toujours, lu son courrier ! Il pouvait trouver Ron très facilement désormais. Alors, songea-t-elle, qu'il le fasse rembourser ce qu'il avait dérobé ! Peut-être aussi cela lui éviterait-il d'accomplir des méfaits plus graves encore...

9

L A première semaine du stage de formation fut
exaltante et Helen s'aperçut qu'elle attendait
avec impatience un mot d'approbation de la
part de San Roque. Mais rien ne vint.

A neuf heures trente le vendredi matin, l'avion de
la société ramena Eugenio Ochoa. Un coiffeur l'ac-
compagnait. Une copie conforme de Sebastian, le
couturier.

— Je n'ai pas le temps de m'occuper de mes
cheveux, protesta Helen. Ils sont très bien tels quels.

Mais elle savait qu'elle livrait une bataille perdue.
San Roque, inflexible, avait laissé des ordres très
stricts en repartant la veille pour le continent où il
devait accueillir ses invités.

— Il vous demande de rentrer à la maison pas plus
tard que midi, précisa Eugenio. Voici des fiches de
renseignements concernant vos visiteurs. Il a aussi...
suggéré que Magdalena se fasse coiffer, quand le
styliste en aura terminé avec vous. Il souhaite qu'elle
soit à son avantage devant vos amis.

— Allez chez vous maintenant, Eugenio et dites à
votre femme que je l'invite à déjeuner avec moi tout

à l'heure. Ensuite nous nous ferons faire une coupe
ensemble, proposa Helen.

Lorsqu'elles arrivèrent à la maison San Roque,
Helen et Magdalena trouvèrent Soledad, Rafaela
dans les bras, en proie à une vive agitation.

— Nous avons croisé des taxis, fit Helen, qui ont-
ils déposé ?

— Le coiffeur et des malles pleines de vêtements
en provenance de Mexico ! bougonna Soledad. Comment pouvons-nous travailler quand votre chambre
est ainsi encombrée ?

— J'avais complètement oublié la livraison prévue
pour aujourd'hui ! s'écria Helen. Allons vite
regarder !

Elle prit Rafaela dans ses bras et monta à l'étage,
suivie de Magdalena et de la gouvernante. Helen
ouvrit les cartons, défit les papiers de soie avec
plaisir, sans perdre de vue toutefois qu'il s'agissait de
simples « uniformes ». Magdalena ouvrait de grands
yeux émerveillés devant toutes ces toilettes.

— C'est le paradis ! s'exclama-t-elle.

— Quel désordre ! s'écria Helen qui demanda à
Soledad de charger les deux Maria du rangement.
Qu'elles débarrassent d'abord le salon, afin que la
señora Ochoa et moi puissions y déjeuner.

— Je vais ramener Rafaela en bas, *señora,* offrit
Soledad. Elle va vous gêner quand le coiffeur s'affai-
rera autour de vous.

— Cette fillette devrait avoir un fauteuil roulant
adapté à sa taille qui lui permettrait de se déplacer
plus vite dans la maison, déclara Magdalena.

— Quelle merveilleuse idée ! approuva Helen.
Savez-vous qui pourrait en fabriquer un ?

— Oui, je crois.

— Entends-tu cela, *niña* ? Tu vas bientôt avoir un *carro* à toi !

Voyant l'air soudain sévère de Soledad, Helen interrogea :

— Qu'y a-t-il, Soledad ?

— Malgré tout le respect que je vous dois, *Doña* Helena, vous êtes en train de trop la gâter pour une enfant de sa condition. Elle ne va plus savoir où elle en est. Si elle tombe dans l'eau ou si elle dégringole les marches du barrio, tous vos efforts n'auront servi à rien.

Helen contempla sans rien dire Rafaela pour qui elle éprouvait tant de tendresse.

— Sa mère la laisserait ici si vous le lui demandiez, intervint Magdalena. Ainsi, le problème serait résolu.

— J'en parlerai à Zonia et nous aurons une conversation avec la mère de Rafaela, promit Helen.

Soledad gardait un visage sombre, mais sans colère.

— Dans ce cas, dit-elle, je pourrais l'installer dans ma chambre à coucher.

— Nous allons organiser un programme. Juanito pourra continuer à la surveiller après l'école, comme un grand frère. Il l'a si bien adoptée !

Le contraire de Ron enfant, songea-t-elle. Il avait trépigné et tempêté à chaque fois qu'on lui avait demandé, voire supplié, de veiller sur sa petite sœur adoptive.

Quand, après le repas, la gouvernante annonça que le coiffeur les attendait, Helen remarqua la nervosité de Magdalena.

— Nous allons subir une véritable corvée toutes les deux, plaisanta-t-elle afin de réconforter la jeune

femme. Disons-nous seulement qu'il y va de la bonne
marche de l'entreprise !

— Ce sont les termes d'Eugenio, chuchota Magdalena.

— Faites confiance au frère de Sebastian, c'est le
plus talentueux styliste du Mexique et il va vous
rendre encore plus jolie ! N'ayez aucune crainte, finit
de la rassurer Helen.

— Vraiment ? Vous savez tant de choses ! Je suis
très fière d'être votre amie, *Doña* Helena !

— Dans ce cas, appelez-moi simplement Helen...

— Entendu... Helena, acquiesça timidement
Magdalena.

Le styliste ne tarit pas d'éloges en s'affairant
autour d'Helen.

— Une telle nuance de cheveux est un don du
Ciel... jamais la main de l'homme n'a pu la créer ! Et
votre teint délicat est celui dont la plupart des
femmes rousses rêvent ! C'est un réel plaisir pour moi
de mettre votre beauté en valeur avec mes ciseaux et
mes peignes !

— Je vais vous élaborer une coiffure ultra-chic,
promit-il à Magdalena. D'abord, nous allons couper
et effiler vos cheveux...

Malgré ses protestations, Magdalena se retrouva
privée de ses longues tresses soyeuses ; les larmes aux
yeux, elle les contempla gisant sur le sol. Mais le
résultat la surprit. Elle était métamorphosée aussi :
plus mince, plus sophistiquée, la jeune femme avait
complètement changé grâce à son nouveau style de
coiffure.

Puis ce fut au tour d'Helen.

— Je frise terriblement, prévint-elle le styliste.

— Une légère coupe et un brushing suffiront pour

vous, *señora,* dit-il. Mais le mouvement que je vais donner à votre chevelure fera de vous une reine parmi les femmes !

Et il prodigua une multitude de promesses tout en exerçant ses talents de ses doigts habiles sur la tête d'Helen. Quand cette dernière se regarda dans le miroir ensuite, elle s'écria avec un plaisir sincère :

— Est-ce bien moi ?

Vergel raccompagna Magdalena chez elle afin de lui permettre de s'habiller pour le dîner. Elle reviendrait plus tard avec son mari.

Helen rencontra Juanito dans le hall et s'étonna de lui découvrir une ecchymose sur la joue.

— Que t'est-il arrivé ? questionna-t-elle.

En l'examinant de plus près, elle nota plusieurs marques de coups et des égratignures. Juanito baissa la tête, étrangement silencieux tout à coup.

— Tu dois me le dire, Juanito, ordonna Helen.

Mais ce fut Vergel qui lui raconta les faits.

— Ses camarades de classe le taquinent, *Doña* Helena, expliqua-t-il. A cause de son pied difforme.

— Je n'aime pas du tout l'école ! explosa Juanito, le visage écarlate.

— *Don* Luis va aller leur parler et ils vont l'entendre ! gronda Helen.

Elle se rappelait les taquineries de son frère qui l'appelait « La Chouette » ou « La Cigogne », à cause de ses lunettes et de sa haute taille. Comme elle en avait souffert ! Personne n'avait pris sa défense alors, sauf Jessie qui avait tenté de mettre un terme aux cruelles taquineries de Ron. En grandissant, elle s'était rendu compte que cette méchanceté était due à l'insécurité du jeune garçon qu'il était à l'époque. Toutefois, au fond d'elle-même, il lui

arrivait encore de croire aux critiques qu'il lui
adressait, jusqu'au jour de sa rencontre avec San
Roque.

Ce soir-là, elle avait découvert, grâce à lui, qu'elle
était séduisante. Jamais avant d'être sur cette île elle
n'avait été aussi heureuse d'être une femme. Un
homme qui avait réussi à la soustraire à la malveil-
lance de son frère, saurait sans aucun doute défendre
un petit enfant contre les réflexions féroces des
autres écoliers.

— Nous irons voir un médecin, ajouta-t-elle, je
suis sûre que ton pied pourra s'arranger. Et bientôt,
Juanito, tu courras aussi bien que tes camarades.
Peut-être mieux !

— Est-ce possible ? Peut-on réparer une malédic-
tion ?

— C'est seulement un accident de la nature.
Certains arbres, parmi les plus beaux, sont souvent
un peu différents de leurs semblables. Il suffit de les
tailler. Pour ton pied, c'est la même chose ; il faut
seulement de la patience et du courage.

— *Patrona,* si nécessaire, je veux bien que les
docteurs m'opèrent sans m'endormir !

— Tu es très brave, Juanito. Tu n'auras absolument pas mal, je te l'assure. Tu devras juste obéir à
ce que te commanderont les médecins.

Ragaillardi par ces promesses, Juanito s'en
retourna joyeusement à ses occupations, tandis que
Vergel partait chercher San Roque et les invités.

— Quelle toilette allez-vous porter ce soir, *Doña*
Helena ? s'enquit Soledad.

— J'aimerais m'habiller très simplement. Les
dames seront probablement fatiguées après ce long
voyage et elles m'en voudraient de faire assaut

d'élégance si jamais elles n'étaient pas à leur avantage.

— N'allez-vous donc pas mettre, comme le *señor* s'y attend sûrement, une des robes du soir arrivées de Mexico ?

— Demain. Maintenant, j'opte pour ma blouse de soie verte et une jupe en crêpe émeraude foncé. *Don* Luis approuvera ma décision, vous verrez.

Lors de sa visite, Sebastian avait pris le temps d'examiner les vêtements achetés à Cedros et les chemises sélectionnées par Helen l'avaient enthousiasmé.

— Elles vous vont à merveille, avec votre chevelure. Pour une petite soirée à la maison, vous pouvez les assortir facilement... Par exemple, la verte irait fort bien avec une soie ou un crêpe plus sombre ; et pour finir, vous ajoutez une ceinture dorée, pas trop large.

Ayant donc suivi les conseils du couturier, Helen descendit dans la bibliothèque choisir la musique. San Roque possédait un nombre considérable de cassettes et de disques parmi lesquels elle retint des valses de Strauss pour leurs invités allemands, ainsi que des morceaux exécutés à la guitare par Antonio Bribiesca, le célèbre artiste mexicain, pour la couleur locale.

Soledad vint s'assurer que sa coiffure était toujours impeccable. Elle lui lissa une mèche d'un frôlement de main, en déclarant :

— Vos cheveux ont des reflets de soleil couchant au-dessus des arbres de Cedros.

Et San Roque arriva avec les visiteurs. Dès le seuil, il enveloppa Helen d'un regard approbateur. Il se dirigea droit vers elle, entoura sa taille et la serra

contre lui, afin de cacher sa raideur. Elle s'indigna
intérieurement du baiser un peu trop fougueux qu'il
lui donna, mais les invités le jugèrent parfaitement
compréhensible de la part d'un jeune marié.

Le cœur battant, elle ne put rester de glace à ce
contact, pas plus qu'elle ne pouvait empêcher le jour
de succéder à la nuit. Ce genre de démonstration
d'amour conjugal allait se reproduire, songea-t-elle.
Alors, ne pouvant s'écarter de San Roque, elle se
força à se détendre et essaya de se convaincre qu'il
n'avait pas remarqué son émotion.

Les deux Allemandes étaient très belles, minces et
blondes. Helen se félicita de s'être vêtue avec simplicité, quand elle nota leurs tailleurs de voyage assez
fripés, malgré leur élégance.

Le regard de San Roque s'attarda sur le décolleté
d'Helen.

— Vous faites de la publicité pour notre artisanat
local ce soir, fit-il. Ainsi que pour les créations de
Sebastian. Tout est-il bien arrivé ?

— Soledad est comblée, elle peut enfin s'occuper
de toute une garde-robe ! répondit Helen qui évita de
justesse un autre baiser.

Elle s'adressa alors en allemand à leurs hôtes et les
pria, en riant, de continuer à s'exprimer dans leur
langue. La glace ainsi rompue, la plus bavarde des
invitées, Ailse, s'extasia sur la chemise de soie
d'Helen.

— Où avez-vous trouvé cette merveille ? questionna-t-elle.

— Ici, dans une boutique de Cedros. Je vous y
emmènerai, si vous voulez.

Helen décocha un coup d'œil espiègle à San
Roque. Il paraissait amusé. Sans doute avait-il pris le

choix d'Helen pour un acte de rébellion. Pourtant, tel n'avait pas été le cas.

— C'est très chic! continua Ailse. A Acapulco, j'ai vu des jeunes hommes en porter de semblables sur la plage. Jamais je n'aurais songé à en acheter pour moi-même, mais à présent j'aimerais en posséder une, en bleu vif!

— Les garçons d'ici s'en servent pour attirer l'attention des femmes et leur faire deviner qu'ils gagnent bien leur vie à la conserverie ou dans l'entreprise de Luis. Plus les coloris sont éclatants, plus l'impression est forte!

— La vôtre met magnifiquement en valeur vos superbes cheveux! s'écria Ailse. Moi qui suis blonde, je devrais peut-être choisir du bleu.

— Et moi du rouge! intervint avec autant d'enthousiasme sa compatriote, Renate.

— Vous en trouverez de toutes les couleurs, annonça Helen en riant. Et croyez-moi, en rentrant chez vous, vous ferez sensation!

Les deux femmes étaient ravies à l'idée d'acheter des vêtements insolites et Helen lança un regard triomphant à San Roque. Elle commençait admirablement son rôle d'hôtesse et leurs invités entamaient le week-end dans la bonne humeur.

Plus tard, au cours du repas, elle entretint les deux hommes d'affaires de leurs passions respectives, une collection d'objets d'art pour l'un, le football pour l'autre. San Roque lui saurait certainement gré d'avoir bien étudié les dossiers qu'il lui avait transmis.

— Nous allons faire du bateau demain nous a dit Luis, déclara Renate. J'adore la plongée sous-marine, et vous, Helen?

Helen ne voulait pas avouer son manque d'expérience en la matière, malgré une existence passée au
bord de la mer.

— Je n'ai pas navigué depuis longtemps, mentit-
elle, et comme vous, j'ai bien hâte d'être à demain.

Ce qui était vrai.

— Il y a des criques riches en poisson et en petites
langoustes, expliqua San Roque.

Helen écoutait chacun s'exprimer en des termes
qui ne lui étaient pas familiers et vanter un sport dont
elle ignorait tout. Quand on lui demanda si elle
plongerait, elle aussi, elle éclata de rire.

— J'aime beaucoup me baigner, mais je n'ai
jamais eu le temps ou l'occasion d'apprendre à me
promener sous l'eau. Mon époux va avoir une lourde
tâche s'il compte m'initier à ce genre d'activité !

— Si vous parvenez à l'arracher à ses affaires,
plaisanta Waugenheim, le mari de Renate. Dans le
monde de la finance, il a la réputation d'un homme
acharné au travail. Depuis qu'il dirige son entreprise,
il n'a pas pris un seul jour de vacances !

Cette conversation se déroulait comme ils se
dirigeaient tous vers la bibliothèque, une fois le dîner
terminé.

— Un jour, déclara tranquillement San Roque,
quand je serai entouré d'hommes de confiance, je
leur laisserai les rênes et je prendrai le temps de
vivre.

Tout en parlant, il attira doucement Helen contre
lui et caressa son épaule.

— Est-ce pour bientôt ? s'enquit malicieusement
Waugenheim en regardant Helen.

Celle-ci, en dépit de son calme apparent, était
profondément déroutée de voir San Roque jouer, à

la moindre occasion, le rôle du jeune marié épris.
Elle ne pouvait qu'accepter ses attentions et si elle
rougissait plus que de coutume, leurs invités met-
traient cela sur le compte de la timidité, tout à fait
normale de la part d'une nouvelle épousée.

Un peu plus tard, Waugenheim l'invita à l'affronter aux échecs.

— Vous êtes une adversaire redoutable m'a confié
votre mari, fit-il.

— Vous l'a-t-il dit vraiment ? s'étonna-t-elle.

Et quoi d'autre encore ? se demanda-t-elle en lui
adressant un coup d'œil furtif. San Roque croisa son
regard et hocha imperceptiblement la tête, tout en
bavardant avec les trois autres invités. Bien sûr, il
avait évoqué ce jeu avec Waugenheim et il s'attendait
à une partie entre Helen et l'industriel, qui s'adon-
nait régulièrement à ce jeu, à en croire son dossier.

A aucun moment, elle ne fut embarrassée. San
Roque, elle le devina aisément, avait émis cette
proposition de match en connaissance de cause :
Waugenheim n'était pas assez bon pour se mesurer à
lui et il n'aurait pas toléré d'être battu. Il estima
néanmoins qu'Helen était une adversaire honorable
et sa victoire lui fit très plaisir.

Quand elle put enfin se retirer, Helen était épuisée. Elle s'obligea cependant à chercher dans sa
penderie une tenue appropriée à une sortie en mer.
Un pantalon de toile blanche, des sandales et un
adorable débardeur rayé feuille-morte et blanc
feraient l'affaire, se dit-elle.

San Roque fit alors irruption dans sa chambre et
elle se sentit de nouveau comme une bête traquée,
s'évertuant désespérément à fuir. Il avait troqué son
costume de shantung beige contre une robe de

chambre qui laissait entrevoir son torse bronzé. Elle
vit qu'il sortait de la douche, car ses cheveux étaient
encore humides.

— Vous étiez à la hauteur de votre engagement ce
soir, remarqua-t-il. Même dans le choix de vos
vêtements.

— Merci.

Elle l'observait prudemment, tandis qu'il ouvrait
les doubles rideaux et lui faisait signe d'approcher.

Quand elle le rejoignit sur le balcon surplombant
la ville, il reprit :

— Nous devrions peut-être décider de vous accorder une gratification pour avoir si bien tenu votre
rôle de *señora* San Roque... un mois de congé, par
exemple ! Nos invités sont ravis et la société ne peut
que bénéficier d'une atmosphère aussi détendue.

— Faites ce que vous croirez juste, répondit-elle
avec circonspection.

— Tout compte fait, il ne s'agit là que d'une partie
du marché que j'ai conclu...

Il se pencha et effleura de ses lèvres le front
d'Helen. Elle se raidit immédiatement et il s'écarta,
se plongeant dans la contemplation du panorama. Ce
soir, il n'y avait pas de brouillard, un oiseau nocturne
chantait dans un cèdre tout proche et le chœur des
cigales résonnait plus fort que des *mariachis*.

Helen s'éloigna de quelques pas. Elle n'était pas
préparée à cette sorte d'intimité à deux. Pourtant
Luis n'exigeait rien d'elle, ni physiquement, ni émotivement. Il sortit un paquet d'enveloppes de la poche
de sa robe de chambre et les lui tendit.

— Je n'ai pas eu l'occasion de vous les remettre
plus tôt. A en juger par le petit mot de votre
partenaire aux échecs, vous vous améliorez.

Elle rougit légèrement et haussa les épaules.

— Votre père semble avoir repris courage, ajouta-t-il. Voilà qui devrait vous soulager.

Elle brûlait d'envie de lire les nouvelles de sa famille, mais ne voulait pas se montrer impolie en brisant l'harmonie d'une soirée qui avait été agréable.

— Demain, je continuerai à jouer mon rôle de maîtresse de maison, comme vous le souhaitez, Luis. Mais ce soir... il est tard et je suis lasse, la journée a été longue et très chargée.

— Toutes vos journées le sont, je le sais. Nous nous entretiendrons plus tard de votre emploi du temps et des heures que vous devez garder pour vous. Bonne nuit, Helen. *Hasta mañana...*

— A demain, répéta-t-elle comme il disparaissait par la porte de communication entre les deux chambres.

Elle parcourut rapidement la missive de M. Forster. Il s'attardait sur la nouvelle vie de Ron qui avait reçu les félicitations du président de la compagnie et s'était même acheté une Mercedes !

Si seulement elle osait discuter du cas de Ron en toute franchise avec San Roque, songea-t-elle. Cette lettre l'inquiétait. San Roque avait-il déjà pris des mesures pour faire arrêter Ron à San Francisco ? Il ne lui en avait pas fait part. Peut-être avait-il plus de mal à le repérer qu'elle ne le croyait.

Mais San Roque n'était pas homme à abandonner la partie. Elle espérait qu'il se montrerait ferme, mais juste. Ron devait absolument être contraint de s'acquitter honnêtement de sa dette, il devait enfin apprendre à tenir ses engagements et à prendre ses responsabilités. Y parviendrait-il ?

Elle jeta un regard incertain du côté de la porte par
où s'était éclipsé San Roque. Non, elle n'était pas
encore prête pour ce genre de conversation avec lui ;
tout en sachant qu'un tel entretien apaiserait ses
craintes. Mais aussi il s'agissait d'une affaire personnelle entre son frère et elle. Pour le moment, elle
devait continuer à agir comme elle y était
contrainte...

10

L E lendemain matin, Helen se demandait si le
    yacht de San Roque était celui qu'elle aperce-
    vait de son bureau. Il en possédait donc au
moins deux, puisque l'autre voguait vers Mazatlan.

Elle ne s'était pas trompée, se dit-elle, en montant
à bord du beau navire, en compagnie des deux
Allemandes bavardant joyeusement. San Roque et
les deux industriels les suivaient, ainsi que Vergel et
Genaro. Sous un ciel limpide, ils quittèrent rapidement le port et allèrent jeter l'ancre dans une crique
de l'autre côté de l'île. Genaro servit alors des
boissons glacées.

Ailse et Renate ôtèrent leurs pantalons et, vêtues
de leurs seuls maillots, s'étendirent sur le pont afin de
prendre un bain de soleil, en invitant Helen à les
imiter.

Helen, qui avait espéré éviter cet instant, regarda
San Roque près de la barre et, un peu embarrassée,
finit par se déshabiller elle aussi. Et elle apparut dans
son vieux bikini plus qu'usagé.

— L'avez-vous acheté à Paris ? s'écria Renate

avec ravissement. C'est là qu'on trouve ce genre de vêtements délavés et rétrécis à souhait !

— Je le porte depuis au moins six ans, répondit Helen, soulagée par la réaction de Renate. Il n'est plus mettable ! S'il tient encore aujourd'hui, j'aurai beaucoup de chance...

Elle adressa un autre coup d'œil furtif à San Roque, en espérant qu'il n'allait pas être déshonoré par sa tenue.

Les invitées ne se baignèrent pas, mais s'enduisirent le corps de diverses lotions solaires afin de bronzer.

Helen plongea et nagea vers les hommes qui remontaient des langoustes.

— Faites attention ! la prévint San Roque en réapparaissant à la surface juste à côté d'elle. Ces petites bêtes peuvent blesser si on ne sait pas les tenir, leur carapace est rugueuse et hérissée de coquillages acérés.

Mais elle passa outre à ses avertissements et alla regarder de plus près le filet que l'on hissait à bord du canot. Avec un sourire espiègle, San Roque tendit vers elle un énorme crustacé qui la menaçait de ses pinces ouvertes. Helen plongea instantanément dans l'eau bleue et prit la fuite.

Plus tard, le déjeuner préparé par Genaro avec le produit de la pêche fut un véritable régal.

Ils regagnèrent le port quand la brume commença à voiler le ciel. San Roque et les deux industriels se retirèrent dans la bibliothèque pour discuter affaires, tandis qu'Helen emmenait Ailse et Renate en ville, où elles achetèrent un nombre impressionnant de chemises pour le plus grand bonheur du marchand.

Le coiffeur, lui, fut loin d'être enchanté par les

dégâts causés aux cheveux de sa cliente par l'eau de mer, le soleil et le vent. Mais il eut vite fait d'y remédier et prodigua également ses soins aux deux Allemandes.

Aidée de Soledad, Helen revêtit ensuite une robe de soie couleur pêche et enfila des sandales assorties. Elle jeta sur ses épaules une étole de dentelle et accepta les quelques gouttes de parfum que la gouvernante vaporisa au creux de sa nuque.

Elle hésita un peu, puis décida de ne pas mettre ses lunettes. Ce soir encore, elle s'efforcerait de tenir irréprochablement son rôle d'hôtesse, comme le souhaitait San Roque. Pour aucun des invités elle ne serait cette chouette à laquelle Ron l'avait assimilée une fois pour toutes !

Lorsque San Roque ouvrit la porte de communication et entra dans la chambre, Soledad paraissait singulièrement fière. Elle observait le Maître en train d'examiner la toilette de son épouse. Helen ne bougea pas, supportant patiemment ce regard scrutateur. San Roque hocha simplement la tête en signe d'approbation. Ce qui dérouta légèrement Helen.

— Vous avez lancé une mode parmi les dames de la haute société avec vos chemises artisanales, remarqua-t-il d'un air amusé. Mais j'avoue ne pas comprendre les raisons qui vous ont poussée à porter votre vieux maillot alors que vous n'en manquez pas de neufs.

— Mais je n'en ai pas d'autre ! protesta-t-elle.

— Sebastian vous en a sûrement envoyé !

— Peut-être vaut-il mieux qu'il ait oublié, fit-elle. Je me serais sentie mal à l'aise de devoir m'exhiber dans des bikinis aussi réduits que ceux d'Ailse et de Renate. Je vous en prie, n'espérez pas que je...

San Roque l'interrompit d'un éclat de rire. Il
ouvrit un tiroir de la commode et brandit un assorti-
ment de costumes de bain dont le style s'apparentait
à celui qu'elle utilisait depuis des années. Si elle avait
choisi elle-même, c'est probablement ce qu'elle
aurait acheté.

— Voilà, dit-il enfin.

Voilà, semblait-il insinuer, ce qui lui apprendrait à
s'intéresser si peu à sa nouvelle garde-robe.

— Votre goût n'est nullement en cause, pas plus
que votre jugement, ajouta-t-il, le front pensif. Nos
invitées paraissent enclines à vous imiter sur le plan
vestimentaire. Ce soir, comme moi, vous allez parler
affaires. J'aimerais que vous expliquiez votre programme de formation à Kines ; pendant ce temps je
traiterai d'autres questions avec Waugenheim. Magdalena tiendra compagnie aux dames.

— Mes cours, tels que je les ai commencés, ne
vous déplaisent-ils donc pas ?

— Quand je serai mécontent, vous le saurez.

Il sortit de sa poche un écrin de velours et ajouta,
en l'ouvrant :

— Portez ceci, à présent, pour parfaire votre
beauté.

Un magnifique collier scintillait dans son nid de
soie noire. Jamais Helen n'avait vu d'opales aussi
pures, montées à l'ancienne sur un support en or
finement ciselé. L'eau de ces pierres, limpide comme
du cristal, se teintait selon la lumière d'autant de
petites flammes rose-orangé.

Helen retint son souffle, impressionnée par une
telle splendeur.

— Ma mère possédait de nombreux bijoux superbes, expliqua San Roque en sortant la merveille de son écrin.

— Imaginez qu'il arrive quelque chose ! s'écria Helen.

— Que pourrait-il bien se produire ? Des objets aussi précieux sont faits pour être portés.

Il fit pivoter Helen devant la psyché et lui passa le joyau autour du cou. Comme par hasard, il effleura sa nuque de ses lèvres au moment où il actionnait le fermoir. A ce contact, il sembla à Helen que son corps tout entier s'embrasait.

— Ma mère avait les oreilles percées, reprit San Roque. Je vais donc faire modifier les boucles.

Leurs yeux se croisèrent dans le miroir. Comme il savait la troubler, songea Helen bouleversée, tandis que les mains de San Roque s'attardaient sur ses épaules dans un geste caressant.

— Surtout pas ! Ne commettez pas un tel sacrilège, lui recommanda-t-elle en frissonnant. D'autant plus que...

— Seriez-vous superstitieuse à propos des opales ? Je ne l'aurais pas cru...

— Mais je ne le suis pas ! s'indigna-t-elle.

Elle avait l'impression d'être un mannequin dans une boutique de luxe, plongé dans l'opulence la plus totale.

— C'est une lourde responsabilité que de devoir s'exhiber parée de splendeurs d'emprunt, voilà tout ! conclut-elle avec de la colère dans la voix.

— Vous vous êtes transformée en une éblouissante créature, répliqua-t-il en souriant d'un air amusé.

— Nous devrions descendre, fit-elle en se hâtant vers la porte.

Elle trébucha dans l'escalier et serait tombée sans la main secourable de San Roque qui retint fermement son bras. Et elle s'en voulut d'avoir renoncé à ses lunettes : sans elles, elle perdait son assurance !

Au moment des apéritifs, elle se rappela de demander un verre de Penafiel à Genaro. Elle expliqua aux invitées les bienfaits pour le teint de cette eau de source. Derrière le dos de leurs amis, San Roque adressa un clin d'œil complice à Helen qui rougit.

— Nous devons en rapporter plusieurs bouteilles à la maison ! implora Ailse en se suspendant au bras de son mari.

— Vous ne le regretterez pas, *señor* Kines, renchérit Helen. Elle est également excellente pour la digestion.

En posant son verre, elle manqua le bord de la table et le fracas qui s'ensuivit l'emplit d'embarras. Elle s'empressa de sonner Soledad.

— Je vous en prie, allez donc chercher mes verres, ordonna-t-elle à la gouvernante accourue. Je suis vraiment trop sotte de m'en séparer, juste pour faire bonne impression ! ajouta-t-elle en toute franchise.

Cet aveu plein d'honnêteté parut à peine surprendre San Roque.

Quand Soledad revint, Helen reprit en riant :

— A présent que je vois clair de nouveau, je ne risque plus de vous tacher ou de me casser une jambe !

— Si seulement Ailse confessait de manière aussi charmante sa mauvaise vue ! observa Kines. Elle non plus ne supporte pas les lentilles de contact.

Helen s'abstint de répliquer qu'elle n'en portait pas pour l'unique raison qu'elle n'avait pas les

moyens d'en acheter. Elle épia furtivement San
Roque dont l'expression demeura indéchiffrable.

En l'honneur des hôtes dont la résidence principale
se trouvait à Buenos Aires, le chef avait préparé un
menu presque exclusivement argentin. Ses plats,
succulents comme toujours, comportaient des pommes de terre farcies de bœuf et d'oignons relevés de
raisins secs, de tomates et d'olives noires ; des crêpes
nappées d'une sauce aux noix et aux crevettes ; un
soufflé d'asperges d'une incroyable légèreté et, pour
couronner le tout, une tarte flambée. Les convives
apprécièrent vivement ce somptueux repas, ce qui
incita San Roque à appeler le chef. Ce dernier s'était
surpassé, il méritait des compliments.

— La *señora* San Roque a suggéré le menu,
révéla-t-il.

Rougissante, Helen partagea donc avec lui les
félicitations enthousiastes des invités. Elle s'efforça
d'oublier l'évidente satisfaction de San Roque et le
plaisir qu'elle éprouvait à le voir aussi content.

Le dimanche en fin d'après-midi, comme San
Roque et ses visiteurs étaient sur le point de partir,
Helen se sentait harassée par les efforts qu'elle
n'avait pas cessé de fournir tout au long du week-
end. Jamais elle n'aurait cru que cela soit si éprou-
vant !

En voyant Genaro descendre les bagages de San
Roque, Helen masqua sa lassitude sous un sourire et
se promit d'aller dormir aussitôt la porte refermée.

— Ces deux jours ont été bénéfiques pour *San
Roque Entreprises,* Helen ; vous avez admirablement
tenu votre rôle. Un contrat va sceller les accords
verbaux qui ont été passés ici et j'irai dans la semaine
à Buenos Aires le signer.

Tout en parlant, San Roque entourait d'un bras les épaules d'Helen et l'entraînait vers le porche.

— Serez-vous absent longtemps? s'enquit-elle.

La solitude lui pesait déjà bizarrement et il s'en aperçut.

— Je serai de retour vendredi avec de nouveaux invités, annonça-t-il en souriant.

— Je n'ai pas voulu vous déranger ces dernières quarante-huit heures... commença Helen. Cependant je dois vous entretenir d'un problème avant votre départ... Le chèque envoyé par Chamartin a été déposé sur mon compte, vous vous en souvenez, je suppose... La plus grande partie doit servir au remboursement, mais j'aimerais garder le reste pour certains besoins ici...

— Un contrat comme le nôtre permet, si vous le souhaitez, que toutes vos dépenses sur place soient à la charge de l'employeur.

— J'ai des frais que je désire assumer personnellement, répondit-elle. Je ne veux pas vous les faire supporter.

— Par exemple? s'enquit-il, les sourcils froncés.

— Rien dont vous ayez à vous inquiéter...

Il lui saisit le bras presque brutalement.

— Complotez-vous de vous constituer un petit pécule afin de soudoyer un éventuel complice qui vous aiderait à vous enfuir? Si oui, c'est impossible, Helen!

Elle se dégagea vivement et avoua de mauvais gré :

— Par l'intermédiaire de Magdalena, j'ai commandé un fauteuil roulant pour Rafaela. Je veux aussi consulter le médecin pour Juanito et la fillette.

Aucun de ces enfants n'est sous votre garde, mais je...

— Le bien-être des habitants de cette île dépend de San Roque, répliqua-t-il.

— Alors prenez des mesures pour Barrio X !

Elle regretta aussitôt sa violence verbale.

— Je me sentirais beaucoup mieux si vous m'autorisiez à soustraire une somme de mon compte en banque pour m'occuper des enfants, ajouta-t-elle.

Il sortit une liasse de billets de son portefeuille.

— Tenez, fit-il, prenez cela. Estrada effectuera la déduction comme il convient si vous préférez qu'il en soit ainsi.

— Je préfère, en effet. A votre retour, je vous signerai un reçu.

Elle l'avait offensé, elle le vit et le regretta. Quel dommage de gâcher la fin d'un week-end si agréable ! San Roque était de glace tout à coup et il s'en alla sans même lui dire au revoir.

Quand elle se retrouva seule, Helen consulta son carnet de comptabilité personnelle. En trois semaines, la dette dont elle avait hérité n'était plus que de deux cent quarante neuf mille dollars. Si elle continuait à gagner aussi bien sa vie, il ne lui faudrait plus que trois ans et vingt jours pour tout payer ! Mais évidemment, c'était de la folie d'envisager la régularité d'une rémunération aussi fabuleuse...

Elle oubliait une seule chose... ce que lui coûtaient son père et Jessie. Non, elle ne pourrait pas rembourser avant les cinq années qu'elle avait prévues dès le début. Ah ! Ron ne s'en tirerait pas aussi facilement, dût-elle attendre le jour du Jugement Dernier pour le faire punir !

Au lieu d'aller au lit, Helen se mit à compulser les

dossiers de la société San Roque et avança son travail
pour le lendemain.

Mais elle ne parvint pas à se concentrer. Un
souvenir la hantait constamment : les yeux gris
caressants de San Roque posés sur elle à chaque fois
qu'un des invités lui avait adressé une remarque
favorable. Si seulement ils n'avaient pas été, elle et
lui, dans des camps opposés... dans deux mondes
bien distincts ! Sans la trahison de Ron, ils auraient
seulement été séparés par la position sociale.

Elle chassa bien vite de son esprit une pensée aussi
exquise que douloureuse, n'osant s'attarder que sur
l'inéluctable engagement qui la retenait captive...

Le mercredi soir, le docteur arriva en compagnie
de Magdalena. Ses propos réjouirent et attristèrent
tout à la fois Helen.

— Je suis un simple généraliste, dit-il. La médecine a énormément évolué depuis le temps de mes
études et je sais reconnaître un cas qui dépasse mon
savoir. Si Juanito pouvait être soigné sur le continent, à l'hôpital pour enfants de Tijuana, par exemple, il marcherait normalement dans un laps de temps
assez court. Mais les dépenses seraient très élevées,
señora San Roque.

Et il énuméra une liste impressionnante de spécialistes à consulter avant même l'hospitalisation. Puis il
évoqua les frais annexes, tels que le voyage en avion,
pour finir par le prix de la journée d'hôpital et le coût
de l'opération elle-même.

— En outre, il faudrait prévoir l'hébergement
d'un membre de la famille du petit garçon qui
l'accompagnerait, ajouta-t-il. Mais si vous parveniez

à réunir les fonds nécessaires, l'intervention pourrait avoir lieu.

— Nous allons régler tous ces détails au plus vite, docteur, répondit Helen. Il faut absolument que cesse le calvaire de Juanito que ses camarades surnomment le « maudit infirme » !

— Les enfants peuvent être si cruels !

Mentalement, Helen calcula le nombre de toiles qu'il lui faudrait vendre pour mettre un terme à tant de misère. Du même coup, son contrat se prolongerait chez San Roque.

— Quant à Rafaela, continua le praticien avec tristesse, je ne peux rien pour elle. Je doute fort qu'elle parle un jour. Peut-être qu'un confrère de la ville... Quant à moi, je ne connais aucun traitement pour ce genre de handicap...

— Il n'empêche que cette enfant est intelligente, docteur ! insista Helen. Regardez ses yeux vifs, si expressifs. Elle semble prisonnière à l'intérieur d'elle-même...

— Vous êtes une personne très généreuse, *señora*. Qui sait ? Peut-être l'amour peut-il accomplir des merveilles là où la science échoue encore...

Helen apprécia la franchise de cet homme qui avouait son retard vis-à-vis de la médecine moderne. Elle en accorda d'autant plus de crédit à ce qu'il savait. Aussi décida-t-elle de suivre ses conseils et d'aider Rafaela de son mieux, du moins pour le moment. Il existait des exercices qu'elle apprendrait afin de les enseigner à la fillette pour fortifier ses membres trop faibles. Les domestiques, et notamment Soledad, l'aideraient dans sa tâche. Le temps qu'elle consacrerait à Rafaela ne devait pas être compté, car sa santé passait avant tout le reste.

— Vous allez avoir vos propres bébés et vous n'avez pas à vous torturez sur le sort d'une petite étrangère, fit le médecin. Votre mari voudra que vous vous occupiez bientôt de vos propres enfants...

Ces mots faisaient si mal ! Le docteur remarqua l'expression d'Helen et ne poursuivit pas. Conscient d'avoir touché là un point sensible, il changea de sujet. Peut-être soupçonnait-il l'un des deux époux d'être stérile. Quand, à bout d'espoir, ils auraient besoin d'aide, ils s'adresseraient à lui. Après tout, leur mariage était encore très récent.

Helen se demandait si San Roque avait jamais souhaité être père. Un jour, comme tous les hommes, il l'envisagerait. Mais, bien entendu, ce ne serait pas elle qui mettrait son héritier au monde. Toutefois, il lui était possible d'aimer Juanito et Rafaela, natifs de Cedros comme San Roque, et de leur prodiguer des soins vigilants, tant qu'elle habiterait cette maison...

Elle commença un tableau représentant Rafaela, allongée sur la terrasse, en train de jouer avec des citrons. Sa peau mate et ses cheveux de jais ressortaient admirablement sur les dalles en brique caressées de soleil. Rafaela paraissait si heureuse, elle était si belle sous ce ciel bleu ! Toute la tendresse d'Helen, l'émotion qu'elle ressentait passaient dans sa peinture et n'échapperaient pas à l'observateur attentif qui se pencherait sur cette gouache.

Helen se souvenait de la toile où figurait San Roque entouré des dauphins. Ce n'était pas un portrait, c'était lui, tel qu'il vivait dans sa mémoire, tel qu'il hantait son imagination créatrice ! Ce jour-là, elle l'avait gravé dans son esprit à tout jamais...

Ensuite, elle esquissa une aquarelle de Juanito en pantalon long et chapeau de paille ; ses livres d'école sous le bras. Elle voulut à tout prix saisir l'expression d'orgueil empreinte sur son visage. Par bien des côtés, San Roque avait dû lui ressembler au même âge. Les portraits des deux enfants seraient bien différents, se dit-elle. Rafaela semblait aussi gaie que Juanito était grave. Ces créations rapporteraient, l'heure venue, la somme nécessaire à la consultation de spécialistes.

— Vous travaillez trop, *señora !* la réprimanda Soledad ce soir-là. Vous allez tomber malade et vieillir avant l'âge ! Même *Don* Luis sait s'arrêter parfois, il est plus raisonnable que vous. Peu importe où ses affaires l'appellent, il prend le temps de nager. De plus, il suit régulièrement les concerts de l'orchestre symphonique de Mexico. Il n'en manque aucun durant la saison, d'ailleurs les journaux de là-bas en font état.

Helen avait vu, en effet, la photo de San Roque dans les quotidiens de la capitale ; à chaque fois, des femmes superbes l'accompagnaient.

— Et puis, il joue aussi aux échecs, poursuivit Soledad, énumérant les passe-temps de son patron sur ses doigts.

— Moi également, répliqua Helen avec mauvaise humeur.

Et elle lui raconta les parties qu'elle menait, par correspondance, avec ses deux partenaires aux Etats-Unis.

— Enfin, vous vous distrayez un peu, c'est entendu, conclut Soledad, toutefois, vous devriez manger davantage !

Elle disposa un plateau devant Helen et ajouta :

— Essayez ce que je viens de confectionner pour vous ! Du chocolat mousseux, battu avec des amandes, un œuf et du sucre, parfumé de cannelle... Goûtez aussi mon fromage fondu avec la *tortilla*...

Helen huma les effluves appétissants qui se répandaient dans la pièce et prit docilement sa fourchette.

— Le chef engagé par *Don* Luis sait organiser les banquets, continua Soledad. Moi seule suis capable de contenter ma *niña,* même quand elle n'a pas faim...

Gentiment grondée, Helen fit un nouvel effort.

— Si vous ne mangez pas tout, je le dirai à *Don* Luis ! menaça Soledad.

— Regardez... j'obéis et je déguste ! répliqua Helen en riant. Pas un mot à *Don* Luis !

— Et maintenant, installez-vous dans le fauteuil, je vais mettre un châle sur vos jambes. Heureusement que *Don* Luis revient demain ! Vous serez obligée d'abandonner vos dossiers et vos pinceaux. Vos yeux sont cernés de fatigue.

— Cela sera agréable de se reposer, remarqua Helen d'un air absent.

Elle songeait aux invités annoncés par San Roque. Etrangement, il lui tardait d'être au lendemain et, contre toute logique, elle avait hâte de revoir Luis San Roque...

11

— Q UELQU'UN demande un entretien…
annonça Agustin Benevidez.
— Qui?

Agustin leva discrètement les yeux au ciel. Sans
doute voulait-il indiquer qu'il ne s'agissait pas d'une
personnalité de la ville, mais plutôt d'un employé de
la conserverie. Helen imagina une personne désireuse de s'informer sur le stage de formation. Mais
pourquoi, dans ce cas, Agustin l'introduirait-il dans
son bureau, quand tout un secrétariat était là pour
dispenser les renseignements?

Agustin fit alors entrer une jeune femme à l'air
agressif, au maquillage outrancier. Elle paraissait
singulièrement vieillie avant l'âge.

— Je m'appelle Conchita Martinez! lança-t-elle
sans préambule.

— Oui?

— Je suis la mère de Rafaela. Zonia m'a dit de
venir vous voir.

— Bien sûr! Vous n'étiez pas chez vous les jours
où je suis allée vous voir, *señora* Martinez. Asseyez-

vous, je vous en prie, nous allons prendre une tasse de café.

— Zonia raconte que vous voulez garder Rafaela dans la grande maison, déclara sans perdre de temps la visiteuse dont le visage et les yeux exprimaient l'avidité et le calcul.

— C'est exact. C'est ce que je souhaite, si vous êtes d'accord. Vous pourriez venir lui rendre visite à votre guise, mais nous avons une grande affection pour elle et nous voudrions l'avoir avec nous en permanence.

Conchita Martinez regarda curieusement autour d'elle.

— Peut-être est-ce possible...

— Nous prendrions bien soin d'elle... Zonia est disposée à la surveiller... aucun accident ne serait à craindre là-bas...

— Elle était très bien dans le barrio. Il ne lui est jamais rien arrivé ! remarqua Conchita en haussant les épaules.

— Pourtant ces marches irrégulières sont dangereuses...

Conchita décocha un regard sournois à Helen.

— Je sais pourquoi vous voulez Rafaela dans votre maison, affirma-t-elle. Pour vous porter bonheur. Sans doute est-ce la coutume dans votre pays *gringo* !

Helen ignora la vague de dégoût qui la submergeait et riposta posément :

— Non, nous n'avons pas l'habitude, chez moi, de nous occuper d'enfants comme Rafaela dans le seul but de voir la chance nous sourire ! C'est une superstition que nous n'avons pas. Rafaela est une petite fille adorable et cela me fait énormément plaisir de veiller sur elle.

— Voulez-vous l'acheter ?

— L'acheter ? ! Un être humain !...

— Pourquoi pas ? Comme vous feriez l'acquisition d'un animal de compagnie.

Tant de dureté révolta Helen. San Roque avait raison à propos de certains habitants du barrio, constata-t-elle.

Devant la mine sévère d'Helen, Conchita changea de tactique.

— Vous êtes en colère, mais voyez-vous, il est impossible d'enseigner à cette enfant à laver le linge ou à frotter le sol, en un mot à faire le ménage dans les autres logis de l'île. Comment va-t-elle gagner sa vie et m'aider ? Vous allez lui apprendre à mendier sur les quais pendant que vous, vous travaillez ici, dans ce grand bureau.

— Comment ? !

— Oui, insista Conchita avec une sagesse mêlée d'impatience, quand les navires marchands accoste-ront, les marins la verront et lui feront l'aumône, afin de se prémunir contre les tempêtes.

La répugnance contraignit Helen au silence. Com-bien faudrait-il donner à cette femme pour la chasser de ce bâtiment et ne plus la revoir ? Quel monstre !

— Les navigateurs s'intéresseraient fort peu à Rafaela, répondit prudemment Helen. Elle est encore trop petite. Mais elle risquerait plutôt de tomber à la mer. Non, je ne l'enverrai pas pratiquer la mendicité. En revanche, je propose de la conduire chez les médecins afin de la soigner et de la guérir tout à fait... Alors, mon investissement sera valable. Comprenez-vous maintenant ?

— Oui, très bien ! C'est ce que font les riches... ils investissent sur l'avenir, répondit Conchita dont le regard s'aiguisa. Que feriez-vous si je disais oui aujourd'hui et que plus tard, quand elle sera devenue une belle jeune fille — comme moi naguère — je veuille la reprendre ?

Helen s'efforça de prendre l'air naïf et confiant des *gringa,* avant de rétorquer :

— Eh bien, j'y penserai en temps voulu, je suppose.

— Ah ! s'exclama Conchita en feignant un désarroi tragique. Ma *niña* va me manquer ! Elle est le seul souvenir que je possède de son père...

— Bien sûr, je vais vous dédommager. Mais j'ai peu d'argent, car mon mari s'intéresse bien moins que moi à Rafaela. Nous allons donc passer un accord, vous et moi. Les femmes mariées n'ont pas grand-chose à elles, vous ne l'ignorez pas.

— C'est pourquoi je garde ma liberté ! se vanta Conchita. Mais je ne peux pas me montrer impitoyable en traitant avec vous, *señora* San Roque. Je vous laisse Rafaela et vous me donnez juste assez pour apaiser ma conscience, juste de quoi me persuader qu'elle me quitte pour son bien. D'accord ?

Après le départ de Conchita Martinez, Helen fut en proie à une sorte de nausée provoquée par la colère. Combien de temps cette femme se satisferait-elle de la situation, avant de lui extorquer davantage d'argent, avant d'exercer un chantage et de menacer de reprendre l'enfant ?

Helen se jura de ne jamais la lui rendre !

Elle était si soucieuse qu'elle fut heureuse de rentrer à la maison et de s'assurer que Rafaela y était en sécurité. San Roque, le week-end, les invités lui étaient sortis de l'esprit et elle avait complètement oublié le coiffeur, arrivé par l'avion du matin.

Elle ramena Agustin chez elle. Quand elle fut sous le séchoir, Rafaela blottie dans ses bras, elle dicta au secrétaire diverses lettres qu'il taperait ensuite à la machine ; elle en profita aussi pour lui donner une leçon d'anglais.

Stimulé par la possibilité d'un avancement, Agustin Benevidez était devenu un élève assidu. Tout comme Estelita, la sœur de Zonia, qui étudiait sérieusement et ne manquait pas un seul cours.

Soledad vint avec autorité congédier Benevidez et harceler le styliste pour qu'il se dépêche. Elle tenait absolument à ce qu'Helen pût se reposer un peu. Quand elle parvint enfin à la faire s'allonger, elle lui recommanda :

— Essayez de dormir, je vous réveillerai. Délassez vos yeux, afin qu'ils aient de l'éclat à l'arrivée de *Don* Luis !

Helen s'assoupit aussitôt et s'éveilla seulement quand Soledad entra dans sa chambre avec un plateau. Elle s'assit dans son lit et se sentit étonnamment revigorée.

— Je suis prête à m'habiller pour recevoir nos invités, dit-elle gaiement.

— Regardez le soleil, *niña,* c'est le matin !

— Le matin ? Vous plaisantez, Soledad !

Non, la gouvernante parlait sérieusement. Helen s'était assoupie le vendredi dans la soirée et ne s'était pas réveillée de la nuit. Elle imaginait les explications que San Roque avait dû fournir aux visiteurs...

— Soledad, je comptais sur vous pour me rappeler l'heure ! reprocha-t-elle.

— En effet, concéda Soledad avec bonne humeur. Mais *Don* Luis est rentré plus tôt que prévu et, vous voyant si lasse, m'a ordonné de vous laisser tranquille. Ensuite il est retourné au bureau. A son retour, vous dormiez toujours et il a décidé qu'on ne vous dérangerait plus avant le matin.

— Et les amis qu'il devait amener pour le week-end?

— Quels amis? s'étonna Soledad. *Don* Luis est arrivé seul.

Helen se sentit soulagée. Elle avait moins failli à ses devoirs qu'elle ne pensait.

Elle se leva d'un bond, au moment précis où San Roque paraissait sur le seuil. Toujours vêtue du peignoir qu'elle avait enfilé pour se faire coiffer, elle était très gênée d'avoir fourni la preuve de sa faiblesse. Sombrer d'épuisement dans le sommeil! Et à présent, elle se présentait devant lui dans une tenue pour le moins négligée et les cheveux en désordre...

— Vous voilà des nôtres à nouveau! déclara-t-il avec entrain. Vous allez avoir des vacances. Il ne sera plus question de bureau, de cours de formation... Nous partons faire du bateau. Emportez votre matériel de peinture si vous en avez envie.

Helen hocha faiblement la tête, heureuse de cette indulgence apparente.

Ils jetèrent l'ancre dans une petite anse où personne, semblait-il, n'avait encore mis les pieds. A la fois curieuses et indifférentes, des otaries observaient cette invasion humaine, tout en se prélassant sur les rochers. Des mouettes affolées décrivaient de grands cercles au-dessus de l'eau.

— Est-ce une tortue là-bas? s'enquit Helen en levant les jumelles que Vergel lui avait confiées.

— Allons lui rendre visite! suggéra San Roque en plongeant du bateau.

— N'est-il pas dangereux d'évoluer au milieu de tous ces animaux? questionna Helen en refaisant surface près de lui.

— N'ayez pas peur...

Et il l'éclaboussa avec un petit air de dédain.

— Je n'ai pas peur! riposta-t-elle, piquée au vif, en le suivant vers les écueils.

Quand ils parvinrent à la bande de sable qui bordait la plage, San Roque aida Helen à sortir de l'eau. La tortue avait disparu, mais les otaries demeuraient impassibles sur leurs promontoires. Un jeune phoque s'ébroua près de San Roque et ce dernier partit nager avec lui, tandis qu'Helen les observait, debout sur le rivage.

Elle se souvint d'une remarque de Vergel à propos des habitants de Cedros. Ils savaient tous nager en venant au monde, d'après lui. C'était également vrai pour San Roque. Une vive émotion s'empara d'Helen qui se sentit de nouveau irrésistiblement attirée par lui, comme au premier jour, lorsqu'elle l'avait contemplé avec les dauphins. Brusquement, le phoque et lui disparurent sous l'eau. Helen retint sa respiration.

Quand ils émergèrent, elle en fut si soulagée que les larmes lui montèrent aux yeux. Il lui fit alors signe de regagner le bord à sa suite. L'effort qu'elle dut accomplir pour avancer à contre-courant eut le mérite de la ramener à la réalité.

Après le déjeuner préparé et servi par Genaro, San Roque sortit un jeu d'échecs.

— Prenez les blancs, ordonna-t-il, ainsi vous commencerez et vous aurez l'avantage.

— Peut-être n'en ai-je pas envie. Je pense pouvoir

gagner sans cela. Depuis notre dernière partie, j'ai pris des cours avec un joueur expérimenté.

— Ah oui... celui de Sausalito.

— Non, un autre. Il habite San Francisco. Du moins ses lettres me parviennent de là-bas. Il voyage beaucoup.

San Roque commença donc par un mouvement classique. Durant le premier tiers de la rencontre, les pièces furent déplacées avec la précision d'un ballet, en suivant une progression vers une situation plus critique et très complexe. Helen, très fière de sa défense, se trouva prise au dépourvu, juste avant la fin, par une action de San Roque qu'elle n'avait pas prévue. Et elle fut échec et mat !

— La défense sicilienne est toujours efficace, mais vous devriez étudier Ruy Lopez, déclara San Roque. Vous verrez alors quel est le coup fatal. Evidemment, votre nouveau maître — comment s'appelle-t-il déjà ? M. Castle, je crois — ne vous a pas encore fait perfectionner vos manœuvres défensives. Quand vous vous serez améliorée, il sera possible de vous lancer un défi.

— Je n'étais pas si mauvaise que cela aujourd'hui, à mon sens, répliqua-t-elle d'un air taquin.

— Vous apprenez bien, concéda-t-il.

— Peut-être mes progrès aux échecs devraient-ils figurer dans une des clauses de notre contrat, continua-t-elle toujours sur le même ton espiègle.

— Ne pouvons-nous nous affronter ainsi, en toute amitié ? C'est une distraction que nous pouvons partager sans émotion... un peu comme vous le faites avec vos correspondants.

— Vous êtes bien plus brillant que mon partenaire

de Sausalito, fit-elle du bout des lèvres. Mais pas aussi bien que celui de San Francisco.

— Quand vous arriverez à me battre, alors nous verrons quel est le meilleur de nous deux : lui ou moi !

Avec un sourire malicieux, San Roque rangea les pièces et remarqua :

— Vous êtes encore fatiguée et sans doute jouez-vous mieux que je ne vous l'accorde. Avec un peu d'entraînement, vous deviendrez une adversaire redoutable. Et comme vous allez demeurer long-temps sur cette île, il me tarde d'assister à vos progrès.

— Oui, je vais avoir tout le temps d'améliorer mon jeu, reconnut-elle avec raideur devant cette allusion à son séjour forcé.

— Pourquoi ne descendez-vous pas vous reposer dans la cabine, pendant que nous rentrons au port ? suggéra-t-il.

— Est-ce un ordre ? Je préférerais rester sur le pont. Je pourrais même vous être utile.

D'une certaine façon, elle n'avait aucune envie de quitter San Roque après les heures très agréables qu'ils venaient de passer ensemble.

— J'aurais bien besoin d'un autre homme d'équi-page, mais je ne veux pas vous voir vous assoupir de nouveau avant le dîner jusqu'à demain matin ! Vous présumez trop de vos forces !

— Si je promets de m'endormir à une heure raisonnable et pas avant, saurai-je vous prouver que je ne suis pas en train de me surmener ? plaisanta-t-elle.

— Surtout n'imaginez pas que je sois indulgent

avec mes matelots ! la prévint-il. Fixez le panneau
d'écoutille et allez sur le gaillard d'arrière !

Comme elle ouvrait des yeux ronds, il lui indiqua
une ouverture au milieu du pont, puis pointa le doigt
vers la poupe du yacht.

Helen trouva en effet San Roque très strict avec
son équipage, mais sa première leçon de navigation
lui parut fascinante. Comme ils approchaient du
port, une nappe de brouillard les enveloppa et il fit
beaucoup plus frais tout à coup. Helen rendit la barre
à San Roque avec joie.

— La saison touche à sa fin, remarqua-t-il. Bientôt ce sera de la folie d'effectuer une sortie en mer.
Les tempêtes ne vont pas tarder à sévir.

Le brouillard avait envahi toute l'île lorsqu'ils
arrivèrent près de la maison. La sirène de brume,
venue du phare, résonnait de manière sinistre dans la
nuit froide et humide.

San Roque invita Helen à monter se changer.

— Je ne suggère pas une robe du soir, dit-il, mais
une des charmantes toilettes créées par Sebastian.
Quelque chose de simple. Ne vous inquiétez pas pour
vos cheveux. Les embruns et le vent ne leur sont pas
nécessairement néfastes, comme le proclament les
coiffeurs !

Helen était ivre de fatigue et elle trouvait au-
dessus de ses forces de devoir s'habiller pour dîner.

— Je vous laisse décider de ce que je dois porter,
déclara-t-elle à Soledad en se glissant dans son bain.

— Vous ne savez même pas de quoi se compose
votre penderie ! se lamenta Soledad. Vous ne prenez
jamais le temps d'aller l'explorer. Quel dommage !

Ce n'étaient que des uniformes, songea Helen qui

lavait sa chevelure cuivrée, malgré la remarque de San Roque.

Après avoir revêtu une longue robe d'hôtesse ornée de dentelle, elle se fit une tresse et regretta de ne pas pouvoir faire appel au styliste. Une coiffure bien élaborée aurait fait honneur à cette ravissante tenue couleur de blé mûr.

Quand San Roque lui tendit un bourbon à l'eau, Helen le considéra d'un air incertain.

— Soledad ne s'en offusquera pas, la rassura-t-il.

— Mais sa cuisine doit être dégustée avec la même ferveur respectueuse que les éblouissantes spécialités internationales du chef, protesta-t-elle. Je préfère un verre de Penafiel.

— Vous devenez une vraie Mexicaine, nota-t-il admiratif.

Ses joues se colorèrent légèrement ; elle espérait qu'il mettrait cela sur le compte d'une journée au grand air. Encouragée par sa bonne humeur, elle se risqua à lancer :

— Je m'adresse toujours à vous en espagnol, mais vous ne me parlez qu'anglais.

— Il est bien étrange que vous ne deviniez pas pourquoi.

— Etrange ? Vraiment, je ne vois pas.

— L'espagnol est la langue de l'amour. Si je ne m'en sers pas avec vous, Helen, c'est pour des raisons que vous avez spécifiées dans notre contrat.

Interloquée par une réponse aussi directe, Helen se tut et but son eau à petites gorgées. L'idiome du pays avait-il été pour elle synonyme de liberté perdue. L'avait-elle constamment employé par mesure de prudence ? Plus les semaines passaient, plus elle se sentait intégrée à cette île, plus elle oubliait...

— Allons dîner, murmura-t-elle froidement en espagnol. La journée a été longue...

12

L'AVION décolla et ses lumières se voyaient de la fenêtre de la bibliothèque comme il virait dans le ciel et mettait le cap sur le continent. Deux semaines venaient de s'écouler et deux week-ends successifs où ils avaient eu des invités. San Roque savait distraire les gens dosant avec habileté les moments de détente coupés par des conversations d'affaires propres à augmenter les bénéfices de sa société.

Helen contempla l'écrin de velours posé sur sa coiffeuse. Il contenait un autre collier : trois rangs de topazes d'Orient montées sur une chaîne d'or. San Roque lui avait suggéré de le porter avec la somptueuse toilette en soie jaune qui semblait avoir été créée pour ces pierres chatoyantes. Comme il était facile de s'habituer aux vêtements de luxe et aux bijoux ! Helen referma le boîtier et le donna à ranger à Soledad.

Comment San Roque occupait-il ses loisirs quand il ne séjournait pas à Cedros ? se demanda-t-elle avec une légère anxiété. Elle n'aimait pas imaginer les belles créatures sophistiquées qui le trouvaient sûrement fascinant et irrésistible ! Chassant ces pensées contrariantes de son esprit, elle ôta sa robe du soir et enfila une tenue d'intérieur en velours bleu, puis chaussa des mules assorties préparées par la gouvernante.

Après avoir glissé dans sa poche les lettres qu'elle désirait relire à tête reposée, elle descendit retrouver Rafaela.

La petite fille avait sa chambre désormais, près de celle de Soledad, et un lit d'enfant y avait été installé. Elle attendait visiblement Helen, car en la voyant, son regard s'illumina. Helen la prit dans ses bras et jeta un coup d'œil circulaire sur la pièce. Les murs, peints dans des tons pastels, s'ornaient de dessins et de scènes qui avaient charmé sa propre enfance. Rafaela possédait un petit fauteuil roulant à présent et, après quelques jours d'apprentissage, elle avait très bien compris comment s'en servir et effectuer les manœuvres.

Dans la bibliothèque, Helen déposa l'enfant sur un tapis et, prenant ses bras, elle exerça un mouvement rythmique et précis.

— Essaie de dire mon nom, *niña* ! Helena... Je sais que tu le peux... Dis : Helena, *niña* ! répéta-t-elle une douzaine de fois.

Et elle attendit les tentatives de la fillette, se réjouissant de chaque son balbutié, sans se décourager par le peu de progrès acquis après des semaines d'efforts.

— Le Maître sera si fier de toi ! ajouta-t-elle en battant des mains.

Ensuite, elle tendit une balle en caoutchouc à Rafaela.

— Prends-la bien dans ta petite paume afin de fortifier tes doigts !

En refusant de penser aux maintes séances de ce genre, elle montra encore à la petite fille comment serrer l'objet. Puis, elle l'encouragea à prononcer le mot « balle ». Elle formait les lettres sur ses lèvres et exerçait une pression sur les joues de Rafaela afin de l'aider à reproduire le son « b ». Les termes étant semblables en anglais et en espagnol, le jeu se déroulait dans les deux langues.

Chaque jour avant d'aller travailler, elle accomplissait ces exercices ; elle les reprenait à l'heure du déjeuner et enfin le soir, en rentrant du bureau.

Ensuite, elle câlina Rafaela et, s'adressant à Soledad, quêta un encouragement :

— Ne trouvez-vous pas qu'elle progresse ?

— Si, maugréa la gouvernante. Elle n'abandonne jamais. Elle lutte si fort ! Chaque fois je vois qu'elle réagit avec plus de précision.

Soledad n'aurait pas émis ce commentaire si elle avait pensé autrement.

Helen soupira et appuya sa joue contre la tête bouclée de la fillette.

— Grâce à toi je garde l'espoir, mon petit cœur ! murmura-t-elle. Tu es mon guide, ne cesse jamais de l'être ! Et persévère sans relâche ! Ne voyez-vous pas, Soledad, combien Juanito lui manque ? Elle essaie de prononcer son nom, ne l'entendez-vous pas ?

Soledad prit Rafaela dans ses bras et répondit :

— Bien sûr qu'il lui manque ! Mais le plus dur à présent c'est pour Juanito, tout seul à l'hôpital.

— Sa grand-mère est là-bas, avec lui, lui fit remarquer Helen.

— Seulement quelques heures chaque jour. Le reste du temps, il est seul avec des étrangers.

— Quand on lui aura enlevé son plâtre, il reviendra à la maison et il aura trop à faire avec ses jeux de garçon pour s'attarder auprès de Rafaela, affirma Helen. Il ira à l'école aussi et il deviendra un artiste-peintre... et Cedros s'enorgueillira peut-être un jour qu'il soit un enfant du pays.

Une fois de plus, Soledad observa une réserve prudente et se contenta d'un petit bougonnement en guise de réponse. Elle alla remettre Rafaela au lit et revint avec un châle qu'elle plaça sur les jambes d'Helen, à demi couchée sur le canapé et occupée à parcourir son courrier.

Parmi les lettres que San Roque lui avait apportées le vendredi soir, il y en avait une de son père lui annonçant la mort de sa tante Edna. La vieille dame s'en était allée comme elle avait vécu : seule dans son cottage d'Oakland.

Alors Helen se laissa aller à son chagrin. Elle aurait dû insister pour que sa tante vienne vivre avec elle et son père. La solitude aurait été moins cruelle. Mais il était inutile d'imaginer l'impossible, puisque Edna n'aurait jamais abandonné sa chère vieille demeure.

L'autre nouvelle fournie par son père la mit hors d'elle. Sans doute San Roque l'avait-il lue avec beaucoup d'attention. Ron avait pris contact avec M. Forster pour lui quémander un prêt. A présent qu'elle bénéficiait d'un emploi lucratif, M. Forster se demandait si elle n'aurait pas un peu d'argent disponible.

Il n'avait donc jamais compris son message à propos de Ron ! Déçue, furieuse, elle en voulut terriblement à ce frère plein d'audace et totalement dépourvu de sens moral !

Elle était également en colère contre M. Forster, même s'il ignorait les raisons de son séjour ici ; comment lui reprocher, en effet, de supposer qu'elle avait choisi de demeurer au Mexique ? Elle allait rester confinée sur cette île pendant les plus belles années de sa vie ; ceux qui le savaient semblaient peu s'en soucier et ceux qui ne le savaient pas, alors qu'ils auraient dû en être informés, ne disaient même pas qu'elle leur manquait. Voilà pourquoi elle était si fâchée.

Ah ! si seulement San Roque n'avait pas eu connaissance de cette missive, songea-t-elle en remettant le feuillet dans son enveloppe.

Chamartin, de son côté, lui annonçait combien ses gouaches lui plaisaient. Il envisageait une exposition de ses œuvres dans une prestigieuse galerie de Beverly Hills. Elle devait lui envoyer tout ce qu'elle avait réalisé avant le quinze du mois. Le succès était garanti, ajoutait-il, surtout avec les merveilleux — et il avait souligné le mot trois fois — portraits des enfants mexicains. Elle était en train de se faire un nom, affirmait-il, avant d'ajouter qu'une offre extraordinairement élevée lui avait été soumise pour le tableau des dauphins. Donc, si elle changeait d'avis et décidait de le vendre...

Après cette seconde lecture de son courrier, elle se rappela comment, dès le samedi matin, elle y avait répondu...

Elle descendit très tôt dans la bibliothèque, pensant que tout le monde dormait encore. Assise à la machine, elle perçut plutôt qu'elle ne vit San Roque s'encadrer dans la porte. Il s'approcha et, debout

derrière elle, parcourut ce qu'elle écrivait à son père.
Les doigts d'Helen tremblèrent et elle commit plusieurs fautes de frappe. Quand San Roque se mit à lui
caresser les cheveux, elle crut d'abord à un effet de
son imagination. Non, elle ne rêvait pas, mais ses
erreurs étaient bien réelles et de plus en plus
nombreuses !

Comme il lisait au fur et à mesure qu'elle tapait,
elle eut du mal à aborder le sujet de Ron. Elle
expliqua malgré tout à son père les dettes malhonnê-
tement laissées par son frère. Et elle l'assurait qu'elle
enverrait tout ce dont ils auraient besoin, lui et
Jessie, selon ses disponibilités.

San Roque, qui avait ri doucement à plusieurs
reprises de ses inexactitudes dactylographiques, souleva la masse de sa chevelure et effleura sa nuque de
ses lèvres. Le cœur battant, Helen l'entendit murmurer à son oreille :

— Croyez-vous que je permettrais à vos parents
de sombrer dans la misère ? Peu importe ce que je
vous inspire, Helen, moi je ne suis pas aussi insensible aux problèmes d'autrui.

Il ne comprendrait jamais ce qu'elle éprouvait !
Comment lui avouer qu'elle ne pourrait supporter de
se laisser aller à l'aimer, quand il était incapable de
ressentir les émotions qu'il provoquait en elle ? Mais
il faisait preuve d'une telle compassion vis-à-vis de sa
famille ! Elle se tourna légèrement vers lui pour le lui
dire, les yeux embués de larmes.

Il la regarda un long moment en silence, puis
essuya ses paupières humides d'un geste plein de
délicatesse.

— Helen... fit-il enfin, pourquoi avez-vous si peur

de vous ? Et de moi ? Vous ai-je fourni une véritable raison de me craindre ?

Helen secoua imperceptiblement la tête. Il prit alors son visage entre ses mains et, se penchant, s'empara tendrement de ses lèvres. Il n'y avait ni menace, ni passion dans ce baiser et Helen y répondit tout naturellement. Mais il ne continua pas. Il remit en place quelques mèches sur son front et les lissa, comme pour l'apaiser.

— Terminez votre courrier, lui dit-il. Je l'expédie-rai personnellement.

Elle fut soulagée quand les mains de San Roque cessèrent leurs exquises caresses. S'il n'y avait pas mis un terme, elle n'aurait pu se retenir davantage et se serait jetée dans ses bras.

Puis il alla à l'autre bout de la pièce consulter des documents rangés dans un meuble vitré.

Un désir fou la saisit d'aller le rejoindre, de se blottir contre lui, de lui avouer pourquoi elle ne pouvait pas l'aimer. Mais elle ne savait que dire et se contenta de l'observer en silence. Absorbé par ses recherches, il ne regarda pas dans sa direction. S'il s'était tourné vers elle à cet instant, elle aurait prononcé son nom avec toute la ferveur qu'elle sentait croître en elle. Mais il ne bougea pas.

Elle acheva tant bien que mal sa lettre en entrete-nant son père de sa tante Edna. Avait-il besoin d'aide pour régler la succession ? Peut-être, songea-t-elle, Felipe Estrada serait-il à même de prodiguer ses conseils.

Elle rédigea une courte note à Chamartin, lui promettant d'envoyer les toiles déjà prêtes ; mais elle précisa bien son refus de mettre en vente le tableau représentant les dauphins.

Quand elle lui tendit les enveloppes, San Roque considéra celle adressée à Chamartin et déclara :

— Peut-être allez-vous faire fortune et rembourser intégralement vos dettes. Cela vous plairait-il ?

— Bien entendu ! Mais j'en serais bien loin, malgré tout, même si tout se vend, après déduction des vingt pour cent de Chamartin...

— Vous savez, au centime près, ce qui vous reste à payer, n'est-ce pas ? Je vois une machine à calculer en train de fonctionner dans votre ravissante tête...

Helen rougit et répliqua :

— En effet. Le chiffre me hante ! Deux cent vingt mille sept cent soixante-huit dollars ! Mais la situation serait moins humiliante si j'avais le droit de m'occuper moi-même de ma position bancaire.

— Je paie Estrada pour cela. Le 1er janvier prochain, je vais vous accorder une augmentation de salaire importante. Ne dites rien : vous la méritez largement. Si seulement tous mes jeunes cadres possédaient votre compétence ! Peut-être leur manque-t-il juste une motivation semblable à la vôtre...

— Cela vous amuse peut-être, mais pas moi ! riposta-t-elle avec raideur. Je pensais que vous auriez autant hâte que moi de mettre fin à notre pacte !

Et elle saisit le premier prétexte venu pour quitter la pièce.

A présent, San Roque était reparti. La seule note qu'elle n'avait pas eu le temps de lui remettre était un coup d'échecs. Dommage, se dit-elle, en glissant un feuillet dans une enveloppe destinée à M. Castle, son correspondant de San Francisco. Il lui tardait d'apprendre si elle avait élaboré une bonne défense. Elle le saurait dans une semaine.

13

CE matin-là il faisait aussi chaud qu'à San Diego aux premières heures d'une belle journée d'été. Mais le sommet des collines était noyé dans le brouillard. Des gros nuages se rassemblaient dans un coin de ciel ; en cette saison, ils ne partiraient plus. Le vent soufflait dans les cèdres, pas très fort, mais un peu plus frais chaque jour.

Helen enveloppa un morceau de fromage dans une serviette en papier, prit deux petites pommes, une gourde d'eau et rangea le tout dans un sac. Jeudi soir, San Roque avait fait savoir par radio qu'il passerait le samedi à Panama. Helen serait donc entièrement libre ce week-end. Elle dut bien admettre, toutefois, un peu de déception. La compagnie de San Roque lui était très agréable, désormais, après une longue semaine laborieuse.

Depuis que Vergel lui avait parlé de la source et de la chute d'eau, Helen se sentait attirée par le petit sentier derrière la maison, conduisant à la montagne. Aujourd'hui, elle avait décidé d'aller l'explorer et d'en ramener peut-être une aquarelle.

San Roque aimait beaucoup se promener du côté

de la cascade, lui avait révélé Vergel. Intriguée par cette information, elle était curieuse de découvrir ce qui attirait tant là-bas son mari.

Elle avait déjà parcouru plusieurs mètres lorsqu'un gémissement la fit se retourner. Rafaela l'avait suivie sur le chemin, en rampant. Elle était sortie de la cuisine à l'insu de tout le monde. En voyant Helen revenir sur ses pas, l'enfant arbora un sourire heureux.

— D'accord, ma chérie, je t'emmène et nous allons partir ensemble à l'aventure ! murmura gaiement Helen.

Puis elle appela Soledad :

— Pouvez-vous me confectionner un de ces porte-bébé dont se servent les Indiennes ? Ainsi, je pourrai me promener avec Rafaela accrochée dans mon dos, elle est si légère !

Un peu plus tard, la fillette solidement et confortablement arrimée contre elle, Helen reprit sa route, un robuste bâton à la main qui lui tiendrait lieu de canne.

Ici et là des sentiers s'offraient à elle. Lequel conduisait à la source ? Rien ne pressait, se dit-elle, elle allait passer des années sur cette île, donc elle avait le temps de chercher ! Si la jeune femme ne découvrait pas son but d'exploration aujourd'hui, il y aurait bien d'autres jours où elle en aurait l'opportunité. Elle décida donc de rester sur le chemin principal.

De temps à autre, elle se retournait et à chaque fois la maison paraissait plus petite. Elle finit par disparaître entièrement derrière un épais rideau de cèdres. Sur ces hauteurs, l'atmosphère était chargée du parfum entêtant de la végétation à feuillage persistant.

Helen fit une brève halte dans une clairière, le temps d'admirer le panorama sur le côté oriental de l'île. L'océan s'étendait à l'infini. Une réelle ivresse s'empara d'elle et elle eut envie de serrer entre ses bras cet univers de trente kilomètres sur quinze étalé à ses pieds. Lorsqu'il venait ici, San Roque était-il en proie à la même griserie ?

— Ecoute, chuchota-t-elle à l'intention de Rafaela. J'entends de l'eau. Pas toi ?

Elle monta un peu plus haut et le bruit cristallin devint plus prononcé. Helen baissa les yeux : en bas, dans une gorge profonde, un ruisseau étincelait en courant joyeusement sur les rochers.

Au bout du ravin, une cascade ruisselait en grondant. Son sommet était masqué par les nuages. A son pied, une biche et son faon levèrent la tête, sans la moindre trace de frayeur.

Helen descendit vers le ruisseau et suivit ses berges jusqu'à la cascade. Des fougères de montagne recouvraient les rochers, un petit lac scintillait sous le soleil et on apercevait même un arc-en-ciel chatoyant là où des millions de gouttelettes suspendues dans l'air accrochaient la lumière.

Il faisait chaud ; Helen ôta son jean et sa chemise et installa Rafaela sur le tas de vêtements. Sa peau n'avait pas encore tout à fait perdu son hâle de l'été et paraissait bronzée de toute façon grâce au contraste de son vieux maillot blanc.

— Ne t'en va pas, recommanda-t-elle à Rafaela. Si tu veux ramper, attends que je sois près de toi pour t'empêcher de tomber sur ces pierres pointues.

Rafaela éclata de rire, le regard pétillant d'intelligence. Elle prit une feuille entre ses doigts et la tourna dans tous les sens en se concentrant.

Helen comprenait ce qui attirait San Roque dans cet endroit magnifique. Elle déballa son matériel et se mit à travailler. Au bout d'un moment, elle jeta un coup d'œil à Rafaela qui s'était endormie comme un chaton blotti sur des coussins.

Quand l'enfant s'éveilla, Helen l'emmena dans l'eau où elles jouèrent à s'éclabousser. Elle ne se risqua pas à se baigner, craignant une brusque dénivellation du terrain. Elles étaient seules ici et il lui fallait veiller sur Rafaela.

— Voilà, assez pour aujourd'hui ! déclara-t-elle quand elle vit la fillette grelotter de froid.

Elle avait laissé son chemisier au bord du cours d'eau et en enveloppa Rafaela afin de la sécher au plus vite. Ensuite, comme elle la remontait vers le lit improvisé, elle s'aperçut qu'elles avaient de la compagnie. San Roque, les observait, sans même leur adresser un geste de bienvenue.

Sa présence provoqua chez Helen un flot d'émotions contradictoires. Le week-end, cette journée, ne lui appartenaient plus. Néanmoins, elle sentit son cœur battre à une cadence folle. Et elle sourit avec un plaisir sincère en venant le rejoindre. Il était assis contre une grosse pierre moussue, nonchalamment installé, comme s'il était là depuis le matin.

— Soledad m'a dit que vous étiez montée de ce côté. N'avez-vous pas pensé que vous pourriez vous perdre ?

— Non, répondit-elle sans se départir de son calme apparent. Je ne me serais pas égarée. Ne deviez-vous pas ne pas venir ?

— J'ai changé d'avis, répliqua-t-il laconiquement.

Helen rhabilla Rafaela et mit sa chemise à sécher sur un rocher plat au soleil. La petite fille tendit la main vers le fromage et les pommes, posés sur le couvercle de la boîte de couleurs.

Helen partagea les fruits en quartiers, le fromage en trois morceaux et en offrit poliment à San Roque qui se servit comme s'il avait été attendu. Il l'observa tandis qu'elle faisait manger la fillette, sourit et déclara :

— A mon tour de diviser ma collation en trois...

De la poche de son blouson il sortit un paquet qu'il lui offrit.

— De la part de Soledad.

Elle reconnut, en l'ouvrant, une des merveilleuses spécialités de la gouvernante, épicées à souhait. C'est alors que San Roque lui remit des lettres.

Helen avait beau y être habituée, elle lui en voulait toujours de violer ainsi sa vie privée en lisant son courrier. Il devait bien s'en apercevoir, tout de même !

Il la remplaça auprès de Rafaela pour lui permettre de lire les nouvelles de sa famille. Son père se plaignait d'à peu près tout : la maison avait besoin d'être repeinte, la toiture devait être réparée, les enfants du quartier pillaient le verger d'agrumes et d'avocats et, en outre, la cuisine de Mme Parish était de moins en moins inspirée !

Il aurait pourtant dû s'estimer heureux d'avoir une femme de ménage !

La lettre de Chamartin la combla de joie.

— Vous êtes déjà au courant... commença-t-elle, haletante. J'ai eu une chance inouïe avec mes tableaux ! Je n'arrive pas à y croire !

Même dans ses rêves les plus extravagants, elle

n'avait pas imaginé recevoir la somme fabuleuse de
trente-neuf mille six cents dollars, une fois déduits les
frais et le pourcentage de Chamartin.

— Je vais seulement garder de quoi payer l'hospitalisation de Juanito, dit-elle. Vous pouvez avoir le
reste.

San Roque accepta le chèque et le glissa dans la
poche intérieure de son blouson.

— Je vous signerai un reçu dès notre retour à la
maison, fit-il. Mais j'ai une autre surprise pour vous.

Helen remarqua alors un gros paquet de documents, près de lui, sur la roche. Il le lui tendit en
expliquant :

— Après le décès de votre tante, j'ai envoyé
Estrada s'occuper de ses intérêts et des vôtres. Vous
êtes sa seule héritière.

— Mais je ne savais pas...

— Non ? Peut-être ai-je oublié de vous en parler.
Felipe a rempli les fonctions d'exécuteur testamen-
taire. Il s'est chargé de tout, puisque vous ne pouviez
vous rendre personnellement à Oakland.

— Et qu'a-t-il découvert ?

— Votre tante Edna possédait une simple maison-
nette, très vétuste.

— Je ne l'ignore pas. Mais pourquoi me l'a-t-elle
léguée ? Nous n'étions pas même liées par le sang !
s'étonna Helen.

— De toute évidence, elle vous était reconnaissante de lui écrire avec autant de gentillesse et de
régularité. Elle vous savait gré aussi de subvenir aux
besoins financiers de sa sœur qui, sans vous, aurait
probablement été confiée à un hospice. Donc, Edna
vous a laissé tout ce qu'elle possédait, notamment
son cottage où elle vécut plus de soixante-quinze ans.

Vivez de vives émotions!...avec la
toute nouvelle collection **HARLEQUIN SEDUCTION**

VOUS RECEVREZ GRATUITEMENT
un des romans de cette nouvelle et excitante collection,
"Aux Jardins de l'Alkabir".

---

*"Lorsque les lèvres de Raphaël se posèrent sur les siennes,
Liona se sentit trahie par les réactions fougueuses de son
corps qui venaient démentir ses protestations désespérées."*

Partagez les vives émotions et les
plaisirs voluptueux que connaîtra
Liona, dès son arrivée aux Jardins
de l'Alkabir, en Espagne. Savourez
les péripéties tumultueuses de cette
jeune Américaine à l'âme jusqu'ici
innocente, déchirée entre l'amour
de deux frères, de célèbres et
fougueux matadors. Laissez-vous
prendre vous aussi aux pièges de
ce sentiment nouveau chez elle:
le désir.

"Aux Jardins de l'Alkabir", le
début de l'aventure amoureuse que
vous vivrez en vous abonnant à la
nouvelle collection **HARLEQUIN
SEDUCTION**

DES ROMANS EXCITANTS: plus
épais, plus savoureux les uns que
les autres, remplis d'intrigues et
de folles passions sensuelles, des romans complètement inédits.

UN NOUVEAU STYLE DE BEST-SELLER qui vient merveilleusement compléter les autres collections Harlequin et qui vous fera
vivre des moments de lecture encore plus exaltants.

Abonnez-vous dès aujourd'hui à la collection **HARLEQUIN SEDUCTION**
et évitez ainsi d'attendre l'arrivée de ces nouveaux livres en
librairie. Vous les recevrez directement à domicile, deux mois avant
leur parution, à raison de deux (2) romans par mois, au prix
avantageux de 3,25$ chacun.

PLUS DE 300 PAGES D'AVENTURES ENFLAMMÉES.

Une valeur incontestable si vous pensez aux heures de lecture agréable que chacun de ces romans vous procurera.

Si toutefois vous changez d'idée au cours de votre abonnement, vous pouvez l'annuler en tout temps.

Postez dès maintenant le coupon-réponse ci-dessous et vous recevrez aussitôt votre roman GRATUIT "Aux Jardins de l'Alkabir". Aucun timbre n'est nécessaire.

Détacher et retourner à:
Service des livres Harlequin,

UN ROMAN GRATUIT.

Oui, envoyez-moi **GRATUITEMENT** et sans obligation de ma part mon roman de la collection **HARLEQUIN SEDUCTION**

- Si, après l'avoir lu, je ne désire pas en recevoir d'autres, il me suffira de vous en faire part et je ne recevrai aucun autre volume. Je garderai néanmoins mon livre gratuit.

- Si ce premier volume me plaît, je n'aurai rien à faire et je recevrai ensuite chaque mois les deux (2) nouveaux titres d'Harlequin Séduction au prix de 3,25$ seulement le livre. Aucun frais de port, ni de manutention, soit un total de 6,50$ par mois.

- Il est entendu que je suis libre d'annuler à n'importe quel moment en vous prévenant par simple lettre, et que le premier roman est à moi **GRATUITEMENT** et sans aucune obligation.

394-CID-6ADW

Nom	(EN MAJUSCULES s.v.p.)	

		Appt
Adresse		

Ville	Province	Code postal

Signature   (Si vous n'avez pas 18 ans, la signature d'un parent ou gardien est nécessaire)

Cette offre n'est pas valable pour les personnes déjà abonnées. Prix sujet à changement sans préavis. Offre valable jusqu'au le 31 mars 1985. Nous nous réservons le droit de limiter les envois gratuits à 1 par foyer.   **Imprimé au Canada.**

GRATUIT

L'excitant roman "Aux Jardins de l'Alkabir".
Serait-ce le soleil ardent de l'Espagne, l'excitation
de l'arène, le magnétisme bouleversant de Raphaël,
le frère de son fiancé, lui aussi matador, qui
déclenchera chez Liona, jeune Américaine, des
instincts de passion qu'elle n'aurait jamais crû
posséder.

HARLEQUIN SEDUCTION

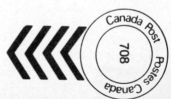

— Je le soupçonne d'être bien délabré.

— Je ne saurais vous répondre. En tout cas, il ne contenait aucun objet de valeur, mis à part ce médaillon en or et cette bague, une perle fine. Les quelques meubles ont été vendus pour deux cent trente-six dollars aux enchères publiques.

Il lui remit une enveloppe avec l'argent. Tous les chiffres étaient soigneusement alignés et Helen reconnut l'écriture nette et précise de Felipe Estrada.

— Felipe a découvert la valeur de la maison, poursuivit San Roque, due à sa situation en pleine ville. Il est parvenu à négocier un prix intéressant, après avoir consulté plusieurs promoteurs. Et voici le chèque... vous en ferez ce que vous voudrez.

Cent vingt-trois mille dollars ! Helen n'en crut pas ses yeux.

— Une telle somme pour un si petit cottage ! s'écria-t-elle, éberluée.

En une seule matinée, ses dettes se réduisaient de façon considérable ! Sans pouvoir émettre un son, elle rendit l'effet bancaire à San Roque.

— A ce rythme, vous ne me devrez plus rien dans cinq minutes... remarqua-t-il d'une voix soudain rauque.

— Non, pas tout de suite, répondit-elle.

A moins d'autres miracles de ce genre, elle estimait être obligée de rester encore deux ans sur cette île. Sa joie de voir sa captivité raccourcir fut tempérée par l'attitude de San Roque à son égard. Il paraissait la condamner, la mépriser de vouloir partir. Ne comprendrait-il jamais son désir de demeurer ici, mais pas comme otage ? Ne sentait-il pas son souhait d'être... aimée ?

Elle se tut. Un nuage masqua le soleil et la

fraîcheur tomba brusquement. En frissonnant, Helen ramassa sa chemise, sèche à présent, et s'en revêtit. Mais elle avait toujours froid. Alors San Roque ôta son blouson et en entoura ses épaules.

— En automne, il est très rare d'avoir des journées aussi douces que celle-ci, remarqua-t-il sur un ton neutre.

Le vêtement était encore tiède, mais il ne réchauffa pas entièrement Helen. Elle avait froid et prit Rafaela dans ses bras. L'enfant, encore endormie, la réconforta par sa chaleur ; le ciel s'éclaircit de nouveau et les frissons d'Helen s'estompèrent. De toutes ses forces elle refusait d'admettre qu'elle n'avait plus envie de quitter cette île. Plus jamais...

— Dorénavant, je n'aurai que mon salaire pour rembourser ce que je vous dois, déclara-t-elle enfin. Je n'ai plus guère le temps de peindre. Espérer quelques ventes spectaculaires ou... d'autres héritages, serait pure folie !

Pourquoi s'évertuer à chercher des raisons ? En volant leur employeur, Ron lui avait laissé une dette qui, encore deux mois plus tôt, lui paraissait un fardeau insupportable. A présent, grâce à une suite de circonstances imprévues, la somme avait diminué de plus d'un quart. Si seulement, au lieu de fondre si vite, ce montant était demeuré impossible à rendre ! Helen se demandait bien d'où pouvait provenir un désir aussi incompréhensible...

Comment pouvait-elle donc vouloir persister dans ce rôle d'otage, se réprimanda-t-elle. Pourquoi s'acharner à souhaiter rester alors qu'il n'était pas question de...?

— Vous avez laissé tomber une lettre, lui fit remarquer San Roque.

Elle ramassa l'enveloppe portant un timbre de San Francisco et l'ouvrit lentement.

Helen avait remporté son premier match avec son nouveau partenaire ! Et elle sourit.

— Encore une rentrée d'argent ! plaisanta San Roque.

— Vous savez bien qu'il s'agit d'une partie d'échecs, répliqua-t-elle comme son sourire faiblissait.

Son correspondant souhaitait une photo. Il l'imaginait, disait-il, entre deux âges et plutôt ronde, ou fillette de onze ou douze ans. Les notes dactylographiées qu'il lui adressait ne fournissaient aucune indication sur son âge à lui.

— Allez-vous lui envoyer une photo ?

— Pardon ?

L'espace d'un instant, Helen avait oublié qu'il lisait son courrier. Alors, elle rétorqua pour le contrarier :

— Peut-être.

— Et si j'interdisais à mon épouse d'envoyer son portrait à un inconnu ?

— Mais ce n'est pas un inconnu. C'est un joueur d'échecs très doué... et un ami.

— Qui est chargé par contrat de la salubrité des hôtels.

— Comment ? !

— Il débarrasse les hôtels de leurs rebuts, entre autres choses.

— Mais comment avez-vous... ?

— J'ai naturellement confié certaines vérifications à Estrada. Un mari doit savoir qui sa femme fréquente.

— Fréquente ! Vous n'avez pas le droit ! Et ce

n'est pas vrai... pas comme vous essayez de le faire
entendre !

— J'aurais cru que mon intérêt à votre égard vous
comblerait de plaisir. Désirez-vous savoir à quoi il
ressemble ? Quel genre d'existence il mène ?

— Pas spécialement. Son talent aux échecs est
tout ce qui importe pour moi... Enfin, ajouta-t-elle
après une seconde d'hésitation, puisque vous avez
effectué une enquête, oui, j'aimerais savoir.

— Il est de taille moyenne... plus petit que vous
d'une tête, je suppose, quand vous portez des talons
hauts. Il a un peu d'embonpoint, il perd ses cheveux
et son teint est plutôt pâle pour un Californien. Mais
il n'est pas méchant et c'est même une bonne nature,
si vous passez outre son goût prononcé pour la bière.
En rentrant à la maison, prendrai-je une photo de
vous pour la lui offrir ? Vous pourriez solliciter la
même faveur, en retour...

— Oui, je suppose... murmura-t-elle.

Elle n'avait pas pensé à échanger des photos avec
Don Castle et se demandait bien comment y échapper à présent !

San Roque se leva, enleva sa chemise et son
pantalon et, vêtu de son seul maillot de bain, disparut
sous les frondaisons au-dessus du petit lac naturel.
Quelques minutes plus tard, Helen le vit plonger
d'un rocher dans la partie la plus profonde de la pièce
d'eau.

Helen retint son souffle. L'endroit était dangereux, mais San Roque avait agi avec la même
insouciance que le jour où il se baignait avec les
dauphins. Il émergea soudain, magnifiquement souple et hâlé, se hissa sur une roche escarpée et se jeta
de nouveau dans l'étang.

Une irrésistible envie de représenter cette scène s'empara d'Helen qui se tourna vers son tableau. Elle voulait garder de San Roque une image qu'elle fixerait pour toujours sur sa toile.

La jeune femme saisit un pinceau et s'apprêta à étaler ses couleurs. Mais elle se sentit rougir, ses doigts se mirent à trembler, laissant échapper leur prise. Il lui semblait ne plus contrôler ses sens.

— Je l'aime... chuchota-t-elle. Oh oui ! je l'aime...

Il était impossible alors de le faire figurer sur une aquarelle, car elle se retrouverait dans la même situation qu'avec le *Seigneur des dauphins :* jamais elle ne se résoudrait à le vendre ! Du moins savait-elle pourquoi désormais. Elle n'ignorait pas non plus que son amour ne serait jamais payé de retour, elle avait trop de bon sens pour se leurrer. L'important était de lui cacher la vérité à lui, coûte que coûte ! Un jour elle partirait, elle quitterait ce pays fascinant pour n'y plus revenir. Alors, il était inutile de se torturer, se dit-elle en rangeant son matériel.

Elle mettait beaucoup d'elle-même dans sa peinture et c'est ce qui avait plu d'emblée à Chamartin. Mais toutes ses émotions ne pouvaient être révélées, même dans son art, sans risquer de lui infliger des blessures inguérissables.

Assise près de Rafaela toujours endormie, Helen contempla San Roque comme il sortait de l'eau et remontait vers elles. C'était un superbe athlète. Quand il se rhabilla, elle détourna les yeux, troublée par tant de perfection.

Il prit Rafaela dans ses bras et l'enveloppa dans sa propre chemise.

— Le brouillard apparaît très tôt dans la journée

en cette saison, expliqua-t-il. Il fait déjà trop froid
pour cette enfant. Nous allons rentrer.

Sans un mot, Helen rassembla ses affaires et suivit
San Roque sur le sentier bordé de cèdres et de
buissons.

— Felipe Estrada, Yolanda et Paolo Bétancourt
sont revenus avec moi, lança-t-il par-dessus son
épaule.

— Pourquoi ne pas me l'avoir annoncé plus tôt ?
s'étonna-t-elle.

— Je n'en voyais pas la nécessité.

— Tout de même, laisser vos invités seuls pour
aller nager...

— Felipe et Paolo sont en conférence avec Eugenio Ochoa. Vergel a emmené Yolanda en ville. Ils
connaissent très bien Cedros tous les trois, ils y ont
séjourné souvent, et savent s'y occuper.

— Puisqu'en principe vous devriez être absent,
j'ai invité Eugenio et Magdalena à dîner... vous n'y
voyez pas d'inconvénient, j'espère...

— Non, pourquoi ?

— J'ai également convié votre secrétaire, Benevidez, avec deux de mes meilleurs élèves à venir
demain pour un cours d'anglais commercial... à titre
exceptionnel. Mais je peux annuler, bien entendu...

— Oui, faites-le, répondit-il froidement. Je vous
ai priée de ne pas transformer ma maison en bureau,
l'avez-vous oublié ?

— Non... mais ne puis-je travailler quand vous
n'êtes pas à Cedros ? Je ne...

— Vous ignorez si je viens ou pas. Ce week-end,
par exemple, vous ne saviez pas. J'ai réussi à me
libérer plus tôt. Bien que je ne vous doive aucune

explication, sachez qu'un bon patron doit comprendre à quel moment ses employés ont besoin de repos.

Tout en prononçant ces paroles, Luis confia Rafaela à Soledad venue au-devant d'eux dans le patio à l'arrière de la maison. D'un geste machinal, il débarrassa les cheveux d'Helen des petites feuilles qui s'y étaient accrochées. Elle ressentit ce contact comme une caresse, tout en se rendant compte que ce n'en était pas une.

— Je vais me changer, dit-elle. Ma tenue ne peut être qu'embarrassante pour vous.

Elle ne s'inquiétait pas pour Estrada et Bétancourt. Ils savaient qu'elle travaillait beaucoup et elle n'avait donc pas à paraître automatiquement à son avantage en leur présence. Mais Yolanda... Elle l'avait rencontrée une fois seulement, ce fameux soir à Punta Temeraria et, là non plus, Helen n'avait pas été particulièrement élégante !

Si Yolanda était une habituée de Cedros, nul doute qu'elle se sentait la reine de cette demeure. Comment San Roque lui avait-il expliqué son mariage ? Connaissait-elle les véritables raisons de la présence d'Helen ici ? Et pourquoi l'avait-il amenée à Cedros cette fois ?

— Ne vous laissez pas intimider par Yolanda, ordonna-t-il soudain.

Helen le fixa de ses yeux surpris. Avait-il lu dans ses pensées ? Elle passa devant lui en courant à demi, se précipita dans la maison et monta en hâte à sa chambre par l'escalier de service.

Elle jeta deux grosses poignées de sels parfumés dans sa baignoire de marbre, fit couler beaucoup d'eau et se plongea avec délices dans la mousse tiède. Si seulement elle avait pu se détendre ainsi toute la

soirée ! Mais San Roque était bien capable de faire
irruption et de l'obliger à descendre. Ce fut ce qui
l'incita à se sécher et à se préparer convenablement.
Tout en passant ses vêtements en revue, Helen
réfléchissait.

Oui, elle en était sûre, Yolanda connaissait les
raisons de son mariage ! Et pour la première fois de
sa vie, Helen éprouva de la jalousie. C'était un
sentiment intense et désespéré. Même lorsque les
préférences de son père allaient visiblement vers
Ron, elle n'avait été blessée de la sorte. Rien n'était
comparable à cette souffrance qu'elle subissait à
cause d'une autre femme.

Elle hésita de nouveau. Peut-être devrait-elle laisser Yolanda tenir le rôle de maîtresse de maison, ce
soir, tandis qu'elle-même resterait dans sa chambre.

Cela ne serait pas gentil pour Magdalena. Cette
dernière, qui avait appris à avoir confiance en Helen,
était paralysée par la timidité en présence d'étrangers. De plus, elle n'avait pas caché à Helen à quel
point Yolanda l'intimidait. Quant à Luis, elle imaginait sa fureur si elle décidait de ne pas paraître au
dîner.

Helen brossa vigoureusement ses cheveux devant
la psyché. Pourquoi ne les garderait-elle pas libres
sur ses épaules ? Peut-être devrait-elle porter des
chaussures plates, afin de ne dominer personne.
Peut-être ferait-elle bien de mettre sa robe vapo-
reuse, en soie verte, celle que Luis aimait particulièrement. Peut-être serait-il de bon aloi de se jeter
dans ses bras, afin d'offrir à l'assistance une démonstration de tendresse conjugale ; une attitude qu'il
paraissait toujours encourager en public. Peut-être...

Avec un soupir, Helen rassembla sa chevelure et la

noua en chignon. Des petites mèches indisciplinées parvinrent tout de même à s'échapper de cette belle ordonnance et fusèrent joliment autour de son visage.

Pour la première fois depuis qu'elle possédait sa somptueuse garde-robe, Helen choisit très soigneusement sa toilette. Elle ne devait pas être provocante, afin de ne pas soulever l'hostilité de Yolanda. Elle souhaitait avoir l'allure d'une femme d'affaires pleine de classe et au courant de la dernière mode, pour satisfaire les exigences du pacte qu'elle avait conclu avec Luis. Mais elle souhaitait également être à l'aise, sa tenue devait donc être confortable.

Son choix se porta sur une robe de lainage aux tons de myrtille qui, bien qu'assez classique, ne manquait pas d'une certaine audace. En effet, quelle femme rousse oserait arborer pareille couleur? Sebastian avait insisté pour confectionner ce vêtement, car, avait-il affirmé, elle seule était capable de le porter avec style. Il avait aussi prévu de superbes sandales assorties.

Helen mit le petit médaillon de sa tante Edna pour ne pas perdre pied avec la réalité. Elle se contempla d'un œil critique et nota avec plaisir que Sebastian ne s'était pas trompé. Sa création était un tour de force! Luis se demanderait peut-être pourquoi elle s'était parée de ce bijou modeste alors que des joyaux éblouissants dormaient dans leurs écrins. Mais, sachant ce que ce souvenir représentait pour elle, il n'émettrait aucune objection.

14

HELEN retarda le plus possible le moment de rejoindre les invités. Mais, elle dut bien se décider, car l'heure tournait. En descendant l'escalier, elle aperçut Magdalena en train de scruter le hall depuis le seuil de la bibliothèque. Le visage de la jeune femme s'illumina aussitôt.

— Ils sont en train d'évoquer les capitales qu'ils ont visitées, chuchota-t-elle à Helen en venant la rejoindre au bas des marches. Comme vous le savez, je n'ai jamais quitté Cedros. Je pensais monter vous aider à vous préparer...

— C'est gentil de votre part, Magdalena, merci. Ne vous inquiétez pas : ce n'est pas un crime de ne pas avoir voyagé, la rassura Helen. Vous allez parcourir le monde, d'ailleurs, quand Eugenio va gravir les échelons. Venez, allons écouter et nous instruire toutes les deux ! Familiarisons-nous avec tous les noms qu'ils mentionnent, pour plus tard...

— Mon Dieu ! si je dois prendre l'avion, j'aurai si peur ! avoua Magdalena.

— Votre frayeur passera en temps voulu. La prochaine fois que votre mari ira à Tijuana, par

exemple, je le persuaderai de vous emmener. Vous
ne le regretterez pas, je vous assure !

— Oh ! Helena, quelle chance de posséder une
amie telle que vous ! Vous m'aidez tant avec toutes
ces choses ! Il me semble parfois que nous sommes
d'anciennes camarades d'école !

Magdalena paraissait sincère et elle se départissait
sensiblement de sa timidité en présence d'Helen.

— M'accompagnerez-vous à Tijuana ? questionna-t-elle avec enthousiasme. Nous irions rendre
visite à Juanito !

Helen aurait aimé prendre de l'assurance à son
tour, à sa façon. Sous son apparent sang-froid, elle
masquait, ce soir, une timidité presque aussi paraly-
sante que celle de Magdalena !

Elle marqua un temps d'arrêt, à la porte de la
bibliothèque, prit une profonde inspiration afin de
recouvrer son calme, redressa les épaules et s'avança
dans la pièce d'une démarche pleine d'aplomb et
d'élégance. Magdalena la suivit.

Luis posa son verre et vint à sa rencontre. Comme
elle aurait souhaité avoir le courage d'appuyer sa tête
contre son épaule, de lever vers lui un regard où tous
ses sentiments se dévoileraient ! Mais pour elle,
alors, la soirée prendrait fin avant même d'avoir
débuté...

Luis lui enlaça la taille, tourna son visage vers le
sien et déposa sur ses lèvres un baiser à la fois léger et
ferme. Puis il la conduisit vers leurs invités.

— Vous vous connaissez tous, fit-il.

Ce soir, il s'exprimait en espagnol et cette langue
devenait soudain pour Helen la plus belle du monde.

Estrada et Bétancourt adressèrent immédiatement
à la maîtresse de maison vœux de bienvenue et

compliments élogieux. Helen perçut le mouvement
de recul de Yolanda. Elle indiquait tacitement son
refus de voir Helen tenir le rôle d'épouse de Luis et
de châtelaine de Cedros. Avec une expression mépri-
sante qui aurait mis à vif les nerfs de n'importe quelle
femme, elle la dévisagea des pieds à la tête.

Elle portait une robe de gaze, délicatement brodée
à la main de motifs mexicains. Ses cheveux d'un noir
bleuté étaient admirablement coiffés et brillaient
autant que les émeraudes finement taillées qui
ornaient son cou. Son expression, toutefois, manquait d'aménité ! Et lorsqu'elle ouvrit la bouche, ses
mots paraissaient soigneusement calculés.

— Je n'avais pas remarqué combien vous étiez
grande, lança-t-elle en levant sur Helen ses larges
prunelles sombres.

Elle était revenue tout près d'elle, afin de bien
souligner leur différence de stature.

— Comme j'envie le port de reine d'Helen !
s'écria Magdalena, se méprenant sur le sens des
propos de Yolanda.

Mais cette dernière l'ignora totalement et poursuivit, s'adressant à San Roque :

— Engagez un coiffeur, Luis ! Il doit absolument
aider Helen à surmonter son problème capillaire. Il
faut aussi qu'un homme de l'art vienne lui apprendre
à se vêtir comme il sied à votre épouse ! Nous en
parlerons sérieusement, vous et moi, dans l'avion, en
rentrant à Mexico. Même ici, dans cet endroit perdu,
il est inutile qu'elle ait l'air gauche.

— Trouvez-vous réellement qu'elle manque d'aisance ? s'enquit San Roque.

Magdalena qui avait passé l'après-midi au salon de
beauté local afin de faire honneur à son amie, parut

stupéfaite, puis indignée. Elle se sentait visiblement la cible elle aussi des allusions perfides de Yolanda. Mais sa courtoisie naturelle la retint de protester et, courageusement, elle essaya de donner un autre tour à la conversation.

— Figurez-vous, Helen, dit-elle sur un ton enjoué, que la *señorita* Bétancourt revient de San Francisco. Vous y êtes allée plusieurs fois, n'est-ce pas, *señorita* ?

— Notre troupe folklorique nationale s'y produisait et le consul nous a invités, c'est un ami de mon père, répondit Yolanda. Dommage que vous ne soyez pas venue, Helen ! J'aurais pu vous présenter à quelques-unes de nos relations. Mais, bien entendu, vous avez des obligations qui vous retiennent ici...

Helen devina alors qu'elle avait vu juste : Yolanda savait ! Et elle ne se priverait pas de retourner le couteau dans la plaie...

— J'aimerais un bourbon à l'eau, annonça Helen d'une voix pleine d'assurance.

Luis, qui lui avait déjà servi un verre de Penafiel, prépara le mélange alcoolisé sans commentaire ; mais son regard semblait interrogateur. Helen se détourna nerveusement, pour échapper à ces yeux gris fixés sur elle.

Felipe Estrada déclara soudain, tout en considérant l'échiquier :

— Je vois que vous jouez toujours, Luis et vous. Ce fut votre premier terrain d'entente à La Punta, je me rappelle.

— Luis est toujours le champion, répliqua Helen avec un sourire gêné. Affronter une si piètre adversaire doit le lasser.

Le bourbon ne l'enchantait pas, mais elle le but malgré tout.

— Vous arrangez-vous pour perdre à chaque fois ? s'exclama Yolanda. C'est très astucieux. Les Américaines sont généralement intelligentes, c'est vrai... sauf lorsqu'elles font preuve d'agressivité ; or, elles ont toutes tendance à attaquer ! Ce que les vrais hommes n'aiment pas. C'est très habile de votre part de ne pas agir de la sorte.

— Je suis désolée de l'admettre, mais je suis bien de mon pays ! J'aime me battre ! riposta Helen.

Elle vida son verre, puis le posa sur le bar ; se sentant toujours observée par Luis, elle poursuivit, sur le ton de la plaisanterie :

— Dès que j'en serai capable, je vais gagner autant de parties que possible et je clamerai mon triomphe à chaque fois !

Que Yolanda pût insinuer qu'elle trichait au jeu la rendait furieuse.

— J'apprends à me perfectionner en faisant des parties par correspondance avec deux experts, ajouta-t-elle.

— Par courrier ? s'esclaffa Bétancourt.

— Mais oui, répliqua-t-elle. L'un se trouve à Sausalito et l'autre à San Francisco.

— Ah ! intervint Felipe. Celui de San Francisco...

Helen se hâta de lui couper la parole :

— Est un merveilleux professeur ! Grâce à lui j'ai énormément appris.

Elle espérait seulement que Felipe tairait ce qu'il savait de son partenaire californien et que Luis lui avait révélé près de la cascade.

— Ainsi, Luis, vous autorisez votre femme à entretenir des relations avec un autre homme !

s'étonna Yolanda dont les yeux brillaient de malice.
Elle vous a changé, dirait-on, de typiquement Mexicain, vous voilà devenu mari américain...

— Les rapports épistolaires sont inoffensifs,
répondit San Roque en riant. Toutefois, peut-être
avez-vous raison. Ce n'est pas très convenable,
Helena. Imaginez que ce pauvre garçon tombe
amoureux de vous !

Helen nota l'air amusé de Felipe qui, lui, connaissait le partenaire en question.

Furieuse d'être mise au défi par Luis à propos d'un
individu qu'il qualifiait lui-même de nullement
redoutable, elle tendit son verre au-dessus du bar et
lança d'une voix claire :

— J'aimerais un autre bourbon...

Comme Genaro allait la servir, Luis le retint en
annonçant :

— Voici Soledad qui nous invite à passer à table.

Et tandis qu'il offrait son bras à Magdalena, Felipe
escortait Helen vers la salle à manger.

Les mets étaient succulents, pourtant, Helen avait
un goût de cendre dans la bouche. A cause de tout
cet alcool qu'elle avait bu. Silencieuse, elle écouta
Paolo Bétancourt évoquer de nouveau son voyage à
San Francisco avec sa fille. Il compara les mérites des
deux métropoles et raconta comment il avait décidé
d'acheter les bijoux que portait Yolanda ce soir.

— Je savais qu'à Mexico j'en trouverais de bien
meilleure qualité. Mais elle a eu le coup de foudre
pour ces pierres ! Grâce à ce séjour aux Etats-Unis,
j'ai compris où se trouve ce qu'il y a de mieux : chez
soi !

— Ce collier est magnifique, dit Luis à Yolanda.
Cependant il ne met pas votre beauté en valeur.

Et son regard s'attarda sur les épaules nacrées et le décolleté vertigineux de l'éblouissante *señorita* Bétancourt.

Helen se rendit compte alors combien il serait insensé d'espérer voir un jour ses yeux se poser ainsi sur elle.

— Voulez-vous que je recommande Luis à mon bijoutier ? demanda Yolanda à Helen. Il saurait vous conseiller, j'en suis sûre. A moins que vous ne préfériez ce genre, ajouta-t-elle en indiquant le médaillon, d'un air méprisant.

Helen se contenta d'observer Yolanda en silence. Elle se souvenait de la remarque de Luis, selon laquelle les émeraudes étaient ordinaires. Sauf, semblait-il, au cou de Yolanda. Elle porta la main au bijou de sa tante Edna, comme pour le protéger.

— Helen a vraiment besoin de quelque chose pour égayer cette robe à la couleur si étrange, insista Yolanda à l'intention de Luis.

— N'est-ce pas le charmant petit pendentif ancien que je vous ai rapporté d'Oakland ? s'enquit Felipe.

Helen lui adressa un sourire chaleureux. C'était la deuxième fois qu'il venait à son secours dans la conversation. Mais son effort, remarqua-t-elle, serait vain de nouveau.

— Il me semblait bien que vous deviez avoir quelque raison sentimentale de porter cette chaîne, conclut doucereusement Yolanda.

A présent, Helen regrettait de n'avoir pas revêtu une toilette plus imposante, comme la verte qui plaisait tant à Luis, ou le fourreau argenté en soie. Elle aurait montré alors à Yolanda Bétancourt son autorité en tant que maîtresse de la résidence San Roque ! Elle aurait dû utiliser le temps passé dans son bain à élaborer sa coiffure et à se maquiller. Le style naturel d'Helen ne souffrait pas de comparaison avec la sophistication de Yolanda. La jeune femme se sentait gauche à ses côtés.

Malgré les remarques venimeuses que ne cessait de lui lancer Yolanda, Helen parvint à sourire tout au long du repas. Elle esquivait habilement les réflexions sournoises ou au contraire se montrait du même avis que Yolanda. Sa tactique, espérait-elle, désarmerait son interlocutrice. Magdalena, Felipe et même Eugenio protestèrent à plusieurs reprises, comme elle semblait partager l'avis de Yolanda. Tous trois prenaient résolument sa défense.

Luis ne perdait pas un échange de part et d'autre. Par certains côtés, on aurait même dit qu'il encourageait Yolanda à aiguillonner Helen. A aucun moment, il n'intervint pour secourir sa femme, la laissant affronter seule l'ironie déplaisante de leur belle invitée.

Helen fut grandement soulagée quand les Ochoa donnèrent le signal du départ en souhaitant une bonne nuit à tous.

— J'aimerais me retirer, moi aussi, fit-elle aussitôt après. Vous ne m'en voudrez pas, je le sais.

— Nous sommes tous exténués, déclara Felipe compréhensif. Hier soir nous étions à Panama et ce matin nous avons pris l'avion pour Cedros afin de travailler avec Eugenio. Et maintenant, nous avons passé une très agréable soirée, grâce à votre charmante hospitalité...

— Je vais vous jouer un morceau au piano, Luis, annonça alors Yolanda, sans se soucier des autres. Votre instrument possède une superbe tonalité et je ne suis pas venue ici depuis si longtemps ! Quand j'avais seize ans, vous adoriez m'entendre. Rappelez-vous, j'étudiais au conservatoire et père m'obligeait à interpréter certaines pièces pour nos amis ! En souvenir de ce temps, je vais me remettre au clavier, ajouta-t-elle en lui décochant un sourire charmeur.

Que faire, songea Helen, sinon s'asseoir tandis que Yolanda prouvait ses talents de musicienne ? Les trois hommes l'écoutaient, captivés. Enfin, n'en pouvant plus, Helen murmura une excuse et prit congé.

Une fois au calme dans sa chambre, elle libéra sa chevelure, ôta son précieux médaillon et enleva ses chaussures. Quelques instants plus tard, Luis parut sur le seuil de la porte donnant sur le couloir.

Interdite, Helen lui fit face, furieuse aussi bien contre elle-même que contre lui.

— Etait-il vraiment nécessaire de m'imposer une telle épreuve ? explosa-t-elle.

— Vous devrez en affronter tôt ou tard. Alors pourquoi pas ce soir ?

— Vous auriez pu vous dispenser de m'exhiber comme une... comme une amazone enchaînée !

— Ne soyez donc pas stupide, Helen ! Vous n'étiez pas « exhibée », comme vous dites ! Pourquoi cette remarque ?

— Vous le savez très bien ! Ma situation actuelle est suffisamment humiliante... qu'aviez-vous besoin de raconter à Yolanda les circonstances de ma singulière présence chez vous ?

— Humiliante ? répéta-t-il en fronçant les sourcils.

— Oui ! Tout ce que j'ai accompli, possédé ou espéré posséder, je vous l'ai donné pour rembourser une dette que je n'ai même pas contractée ! Et je

continue à payer en toute bonne foi ! Il était inutile
de me transformer en objet de mépris !

— Pourquoi croyez-vous Yolanda au courant ?
questionna-t-il.

— Elle l'est ! C'est évident !

— Maintenant, écoutez-moi, Helen. Je vous ai
déjà conseillé de ne pas vous laisser intimider par
Yolanda. Quant à cette malheureuse affaire de vol,
elle n'en a jamais été discutée en dehors du secret de
mon bureau. Paolo n'en a pas soufflé mot à sa fille,
pas plus qu'il n'évoque devant elle, hors de ma
présence, les détails de fonctionnement de mon
entreprise.

Il avait visiblement du mal à conserver son sang-
froid, mais il poursuivit :

— Vous ne pensez tout de même pas que je
débattrai avec Yolanda ce qui nous concerne vous et
moi... ni avec personne d'autre d'ailleurs !

— Pourquoi pas ? Si elle et vous...

— Yolanda et moi ?...

Il saisit soudain et continua :

— Imaginez-vous un lien entre nous ? Est-ce la
raison de votre étrange attitude, ce soir ? Je vous
rassure tout de suite, je n'ai pas pour principe de
traiter le serment du mariage à la légère, ni avec mes
partenaires ni avec le monde en général.

— Vous trouvez bizarre que j'aie pu vous croire
amoureux de Yolanda, rétorqua-t-elle. Vous êtes
tout aussi extravagant de vouloir m'interdire de jouer
aux échecs avec un homme que je n'ai jamais
rencontré, surtout quand tous nos échanges passent
d'abord entre vos mains !

— Vous cesserez cette correspondance, Helen, si
jamais je le décide. Pour le moment, je ne vois aucun

motif de vous priver de ces jeux innocents, même si ce M. Castle n'est pas aussi doué que vous semblez le supposer.

— Vous n'avez pas le droit...

— J'ai tous les droits, Helen, ne l'oubliez pas !

— Oh ! discuter intelligemment et calmement avec vous est peine perdue ! Il est tard et je suis fatiguée. Je veux aller au lit.

— Moi aussi.

Elle regretta ses propos, quand elle aperçut la soudaine étincelle qui s'allumait dans le regard de Luis. Il s'approcha davantage et elle ne put détacher ses yeux de cet homme qui la séduisait aussi irrésistiblement.

Il lui prit le bras et l'attira vers lui tout doucement.

— Vous savez combien j'ai été patient avec vous, Helen... commença-t-il.

— Patient ?

Agacée, elle essaya de se libérer. En vain. Décidément, ce soir, elle paraissait devoir perdre ses plus petits combats ! Elle était au bord des larmes.

— Vous me comprenez parfaitement ! fit-il.

— Et vous, vous savez très bien ce que je veux dire ! Mes toiles, l'héritage... vous ne pouviez pas espérer rentrer dans vos fonds aussi rapidement, sans ma détermination ! J'estimais que vous aviez été suffisamment trompé !

— Peu m'importe l'argent ! répliqua-t-il avec impatience, en relâchant son bras avec une certaine brusquerie. Ce sont nos rapports qui doivent changer. Ce petit jeu a assez duré !

— C'est votre contrat, pas le mien...

— Il s'agit de notre mariage. Pas d'une association

commerciale ! Nous étions d'accord pour nous marier
et j'ai bien l'intention d'être un homme marié !

— Mais vous aviez accepté... protesta-t-elle en
reculant.

Elle était déchirée entre la raison et un violent
désir de se blottir contre lui.

— Je... je vous l'ai déjà expliqué, poursuivit-elle,
peut-être n'ai-je pas été assez explicite... je ne peux
pas partager mon intimité avec un homme, à moins...
qu'il y ait de l'amour entre nous... pas seulement une
mesure de convenance.

— Votre place est dans mes bras, vous y étiez
destinée et vous ne l'ignorez pas ! répliqua-t-il calmement d'une voix qui fit frémir Helen de plaisir. Je l'ai
lu dans vos yeux, dès notre première rencontre...

— Pour vous, n'importe quelle femme servirait le
même dessein, l'interrompit-elle. Vous avez exigé
que je reste pour m'acquitter des dettes de mon
frère, et je n'ai pas d'autre choix que d'obéir. Mais ce
que vous me demandez ce soir, non ! Vous n'êtes pas
homme à employer la force pour soumettre une
femme, mais si vous le faites...

Elle devint blême et ajouta, le regard menaçant :

— ... si jamais vous osez... je vous haïrai jusqu'à
votre dernier soupir ! Les années doivent compter
double quand on est enchaîné à un être qui vous
méprise !

— Vous avez tout à gagner à mettre un terme à
une union stérile que vous avez obstinément voulue
dès le départ. Vous ne serez pas perdante en
devenant une épouse. Eugenio serait ravi de reprendre la direction des bureaux de Cedros. Il n'aime pas
être séparé de Magdalena, même temporairement ;
or, avec ses nouvelles charges, il devra quitter l'île de

plus en plus fréquemment. Si nous étions mariés au sens complet du terme, nous pourrions voyager ensemble et le monde entier serait notre demeure. Je vous donnerais tout...

— Tout, sauf l'amour et la liberté ! cria-t-elle, au supplice.

Quelle torture, en effet, de l'entendre négocier son corps de sang-froid, quand elle le lui aurait donné bien volontiers si seulement il l'avait aimée !

— Dites-moi ce que vous entendez par ces deux mots, Helen !

Cette question abrupte la dérouta.

— Quelle différence ? interrogea-t-elle à son tour, cherchant désespérément un biais. Je n'ai pas le droit de songer à autre chose qu'à réparer les torts de Ron ! L'amour, je pourrai y penser quand tout aura été remboursé. Pas avant !

Luis ne l'écoutait plus. Il l'attira presque brutalement contre lui et écrasa ses lèvres sur les siennes, avec une fougue qui la paralysa. Ses bonnes résolutions l'abandonnèrent quand Luis se mit à déposer d'enivrants baisers le long de son cou. D'une main habile, il défit la fermeture Eclair de sa robe et ses doigts explorèrent sa peau. Il caressa sa gorge avec une douceur qui la submergea de volupté. Tout étourdie, le cœur battant à tout rompre, Helen comprit qu'elle allait finir par succomber à ce désir qui les emportait tous les deux. Dans un suprême effort, elle le repoussa de ses poings serrés et s'écria, haletante :

— Et ma dignité ! Ne me l'enlevez pas, Luis !

Elle venait de rompre le charme, du moins pour elle. Profitant de cet avantage, elle continua d'une voix rauque :

— Si vous ne sortez pas tout de suite de cette chambre, je hurle !

Il la caressait toujours, alors, en désespoir de cause, elle ajouta :

— Nous serions tous bien embarrassés si Felipe Estrada devait venir me secourir !

Il s'écarta d'elle aussitôt, sans toutefois lâcher ses épaules. Son expression était devenue glaciale.

— Si vos cris attirent Felipe, madame, malgré son bon sens, je serai contraint de le tuer ! Comprenez-vous ?

Et il l'entraîna vers le lit où il la cloua brutalement de son corps. Helen ne pouvait plus émettre un son, effrayée par sa fureur.

— J'ai assez patienté ! chuchota-t-il en l'embrassant avec une vigueur farouche qui meurtrit cruellement ses lèvres.

Helen n'était pas de force à se mesurer avec lui ! Elle n'allait pas lutter et d'ailleurs, au fond de son cœur, elle n'en avait pas envie, elle ne le savait que trop !

Elle cessa donc de se débattre. Leurs yeux se croisèrent. Incapable de soutenir son regard, Helen tourna la tête.

— Faites ce que vous voulez, murmura-t-elle avec amertume. Vous avez l'avantage. Je suis votre prisonnière. Et que je puisse préférer l'amour à un désir de vengeance, quelle différence ? ajouta-t-elle en fermant les paupières.

Il se redressa et poussa une série de jurons dans sa langue. Quand Helen rouvrit les yeux, il était parti.

La porte de communication était grande ouverte. La chambre de Luis était vide.

Anéantie, Helen demeura immobile sur son lit.

Qu'avait-elle donc déclenché ? Elle l'avait envoyé tout droit chez Yolanda ! Elle se traita d'idiote et marmonna entre ses dents :

— Je le déteste... de m'avoir conduite à l'aimer, quand un tel sentiment n'a pas d'avenir !

Helen ne se releva pas pour aller fermer les deux battants qu'elle désirait garder ainsi, béants sur une pièce inoccupée.

Le sommeil ne vint pas tout de suite. Et Luis ne revint pas dormir chez lui.

15

D E gros nuages arrivèrent du sud-ouest et amenèrent la pluie, tandis qu'un vent froid soufflait en rafales sur la mer.

— La *borrasca*! annonça sentencieusement Soledad, en hochant la tête.

Cette tempête, surgie de l'océan tropical, était le signe avant-coureur de la saison des ouragans. Lorsqu'Helen sortit pour se rendre au bureau, on fixait des persiennes spécialement conçues pour protéger les portes et les fenêtres. De toute évidence, on s'attendait à d'énormes bourrasques.

— La météo annonce des pointes de deux cents kilomètres à l'heure, déclara le chauffeur. Le cyclone n'est encore qu'à quatre cent cinquante kilomètres à peine, mais il avance à vive allure.

— Sera-t-il mauvais?

— Violent, oui, même si ce n'est pas le pire que nous ayons connu. En tout cas, il peut sérieusement endommager l'île, même s'il ne bat pas un record.

— Les avions pourront-ils atterrir aujourd'hui?

— Ce matin, oui. Ensuite, ils devront patienter jusqu'à la fin de la tornade.

Donc, Luis reviendrait dans la matinée ou pas du tout, songea Helen.

Mais Eugenio descendit seul de l'appareil.

— Le Maître a annulé le coiffeur et aussi les invités, dit-il à Helen. A cause du mauvais temps qui se prépare.

C'était une bonne excuse, convint-elle tristement. Le dimanche précédent avait été presque aussi épuisant émotivement que la soirée du samedi. Quand les Bétancourt, Estrada et San Roque s'en allèrent enfin, Helen comprit instinctivement que Luis resterait absent toute la semaine. Jusqu'à son départ, il s'était montré d'une politesse scrupuleuse mais glaciale.

— L'ouragan sera terminé avant d'arriver jusqu'à nous, expliqua Eugenio. Toutefois, il est plus prudent de prendre des précautions.

— J'ai vu un petit cyclone un jour, dit Helen. Il a pourtant occasionné pour des millions de dollars de dégâts et provoqué d'effroyables torrents de boue en montant jusqu'à Los Angeles. Les spécialistes l'ont seulement qualifié de perturbation... avec vents forts et pluies diluviennes...

— Ne vous inquiétez pas, nous sommes bien équipés pour essuyer du gros temps, la rassura Eugenio.

Et Cedros en effet ne prenait pas à la légère les menaces de tempête tropicale. Tout était mis à l'abri, soigneusement recouvert, solidement attaché et les ouvertures des maisons étaient littéralement barricadées.

Le vent se mit à souffler plus fort, le ciel s'obscurcit très rapidement et il se mit à pleuvoir.

— Il serait sage de rentrer, *Doña* Helena,

conseilla Eugenio. La route sinueuse qui mène à la maison San Roque peut être dangereuse dans ces bourrasques. La tornade va balayer Cedros la nuit prochaine. D'ici là, il va devenir de plus en plus risqué de se trouver dehors.

— Renvoyez tous les employés chez eux, ordonna Helen.

Eugenio courut annoncer la nouvelle qui fut accueillie avec soulagement.

Lorsqu'Helen et Vergel quittèrent les quais, ils aperçurent une plaque de tôle qui tournoyait dans les airs, avant d'aller s'écraser contre un pan de mur. Des branches d'arbre commençaient à se rompre et rendraient bientôt la circulation périlleuse. Helen fut presque projetée à l'intérieur du hall quand Soledad vint lui ouvrir la porte.

Tout en l'aidant à ôter son imperméable et ses bottes, la gouvernante émettait des petits grognements de colère. Puis elle entraîna Helen en la pressant un peu vers la bibliothèque où brûlait un feu. Cette atmosphère était très réconfortante après le chaos qui régnait au-dehors.

— Je dois absolument peindre cette nature déchaînée ! s'écria Helen.

— Mais Andreas est juste en train de terminer d'ajuster les volets, protesta Soledad.

— Il travaille au rez-de-chaussée, je l'ai vu. Mon balcon est encore ouvert. J'aurai le temps de brosser une aquarelle très vite...

Helen sortit son matériel en hâte et, fascinée par le panorama de la ville sous son ciel de tempête, elle exécuta une esquisse tout à fait prometteuse.

— Bientôt des arbres seront déracinés et il sera

dangereux de se tenir près d'une fenêtre non protégée, l'avertit Soledad.

Helen dut donc se fier à son imagination pour
continuer son œuvre à la lumière artificielle. Une fois
que les épaisses persiennes de cèdre furent en place,
la fureur des éléments parut irréelle. Cette grande
demeure avait été construite pour faire face aux
ouragans. Il fallait s'approcher des ouvertures pour
deviner ce qui se passait à l'extérieur.

Après la séance d'exercices, Helen installa Rafaela
sur un coussin à même le sol, puis se remit à peindre.
Tout à coup, la lumière faiblit et disparut totalement,
plongeant la pièce dans l'obscurité. Soledad accourut
avec des lampes à pétrole.

— Les pannes d'électricité sont fréquentes par ce
temps. Il se peut que nous soyons privés de confort
moderne pendant quelques jours. Nous allons également constituer des provisions d'eau, en cas de
coupures.

— Puisque nous revenons à une vie primitive,
pourrions-nous avoir du fromage grillé dans l'âtre
pour le dîner ? suggéra Helen.

— Certainement pas ! s'indigna Soledad. Je vais
préparer un vrai repas pour *Don* Luis qui aura très
faim lorsqu'il rentrera.

— Mais il ne va pas revenir ce soir ! s'exclama
Helen, horrifiée.

— Un message radio nous a avertis de son retour.
Le Maître a ordonné à Vergel de ne pas l'attendre à
l'aérodrome à cause de la tempête. Mais soyez sans
crainte, c'est un pilote émérite.

Cette affirmation ne convainquit pas Helen.

— Peut-être, convint-elle, mais il ne devrait pas

prendre l'avion dans ces circonstances ! Il met en danger la vie de ses passagers !

— Personne ne l'accompagne, fit remarquer Soledad. Par un si mauvais temps, il souhaite être chez lui.

Helen fut alors doublement en colère. Contre Luis d'abord qui était assez fou pour effectuer le voyage depuis le continent en plein cyclone ! Et contre elle-même qui était heureuse de son retour malgré les débordements de la nature !

— Le reste du potage de ce midi suffira pour le souper, parvint-elle à déclarer d'une voix posée.

— Comment, *Doña* Helena ? s'écria Soledad d'un air scandalisé. Est-ce ainsi que les épouses d'Amérique du Nord prennent soin de leurs maris ? Pas dans cette maison !

Avec un petit haussement d'épaules, Helen alla coucher Rafaela et monta se changer. Tout comme Soledad, songea-t-elle, elle désirait accueillir plus convenablement le maître des lieux. Les volets n'étouffaient plus désormais le hurlement du vent et le martèlement de la pluie. Helen se sentit devenir plus anxieuse qu'elle ne voulait se l'avouer.

Elle brossa ses cheveux et les laissa tomber librement sur ses épaules, avant d'enfiler une robe de lainage blanc. Cependant, quand elle se vit dans le miroir, elle changea d'avis. Les créations de Sebastian semblaient la transformer en une femme provocante qu'elle ne reconnaissait pas. La dernière chose qu'elle souhaitait, c'était paraître ensorcelante. Mais elle voulait plaire à Luis, même si, tenta-t-elle de se convaincre, son but était d'éviter un week-end aussi catastrophique que le précédent...

Elle noua ses cheveux sur sa nuque en un gros

chignon souple, et décida de troquer sa robe blanche
contre une jupe stricte et un corsage de soie gris
perle. Puis, après mûre réflexion, elle chaussa ses
huaraches extra-plates. Elle ne craignait rien à vouloir être détendue. Elle remit même ses anciennes
lunettes, plutôt qu'une des nouvelles paires, com-
mandées chez un opticien de luxe par Luis après la
visite de leurs invités allemands.

Il était déjà huit heures, l'heure du dîner, et Luis
n'était toujours pas là. Au-dehors, l'ouragan faisait
rage.

— Ne peut-on savoir si tout va vien pour *Don*
Luis ? questionna-t-elle en arpentant anxieusement la
bibliothèque.

— Je peux envoyer Vergel à l'aérodrome et...

— Non ! s'écria Helen. Quand a-t-il quitté le
continent ? Voici deux heures, n'est-ce pas ? Il ne
faut pas plus de cinquante-cinq minutes pour venir de
Guerrero Negro !

De plus en plus alarmée, Helen fixait l'horloge.

— Peut-être a-t-il manqué l'île... ce n'est qu'un
minuscule point au milieu de l'océan !

— Calmez-vous, *niña !* tenta de l'apaiser Soledad.
Il ne va pas tarder. Il utilisera les instruments de bord
et se posera.

— Tout peut arriver ! Pourquoi risque-t-il ainsi sa
vie ?

— Je vais vous apporter du thé bien fort, cela vous
fera du bien. Et puis nous grillerons un peu de
fromage...

— Comment pourrais-je manger ? gémit Helen,
au comble de l'angoisse.

Elle s'efforçait de se contrôler, afin de ne pas
affoler les autres domestiques. Cette île constituait

leur univers ; aucun d'entre eux n'avait conscience du réel danger que constituait un voyage aérien dans cette tempête. Ils ne pouvaient pas comprendre qu'un avion piloté par le Maître risquait de se perdre et d'être englouti par l'océan. Helen était glacée de terreur.

Le thé refroidissait dans son pot de grès, tandis que le fromage durcissait, figé, sur la petite assiette en porcelaine. Helen n'en pouvait plus d'attendre, alors elle envoya Zonia chercher son pantalon, son imperméable et ses bottes.

— Je vais descendre la colline et voir ce qui s'est passé, annonça-t-elle. N'ayez pas peur... je conduis bien mieux que Vergel.

— C'est de la folie, *Doña* Helena ! protesta Zonia. Vous allez vous tuer !

— Il faut que je sache ! insista Helen.

Zonia, en larmes, eut beau l'implorer de ne pas quitter la demeure, soutenue en cela par Soledad, Helen ne voulut rien entendre.

— Ouvrez la porte du hall, ordonna-t-elle. Je dois gagner le garage.

Mais la poussée du vent empêchait presque de manœuvrer le battant.

Elle eut à peine le temps de faire un pas dehors qu'une autre silhouette chancelante surgir du noir, l'obligeant à rentrer de nouveau.

— Le Maître ! hurla Zonia d'une voix perçante.

Trempé, couvert de boue et épuisé, Luis apaisa la maisonnée.

— Je suis venu à pied d'en bas. La route est jonchée d'arbres, dit-il.

On l'aida à se débarrasser de son pardessus ruisselant et, apprenant qu'il avait par le plus grand des hasards empêché Helen de quitter la maison, il devint blême.

— Avez-vous donc perdu la tête ? tonna-t-il. Je vous ai confié *Doña* Helena, Soledad ! Et vous lui permettiez de sortir !

— Rien ne l'aurait arrêtée, *Don* Luis ! répondit la gouvernante. Elle insistait pour se rendre à l'aérodrome voir où vous étiez ! Elle était morte d'inquiétude, la pauvre enfant !

— Vraiment ? fit Luis en posant sur Helen un regard indéchiffrable. Eh bien, soyez tous rassurés à présent... je suis là, sain et sauf.

Il huma avec délices les effluves qui s'échappaient de la cuisine.

— Je sens que Soledad nous a mijoté une de ses spécialités... dit-il. Donnez-moi le temps de me rendre présentable et nous dînerons.

Dès qu'il eut disparu à l'étage, les domestiques soupirèrent de soulagement. Sa colère à leur égard avait été fort modérée. Avant de retourner à leurs occupations, ils lancèrent à Helen quelques coups d'œil furtifs et lourds de reproche.

Helen, de son côté, était de nouveau en proie aux sentiments mitigés qui l'avaient assaillie en début de soirée. Elle était à la fois heureuse et irritée de l'équipée de Luis. Quand il redescendit, en pull de cachemire beige et pantalon clair, impeccable comme toujours, elle n'était guère disposée à se montrer aimable. Il était calme et détendu, comme s'il s'était reposé tout l'après-midi.

— Le dîner est servi, annonça Helen avec froideur. Excusez-moi si je ne vous tiens pas compagnie.

— Non, je ne vous excuserai pas.

Et, lui prenant le coude d'une main ferme, il

l'entraîna vers la salle à manger, la conduisit à sa place et lui avança un siège.

— J'ai déjà soupé, affirma-t-elle d'un air buté.

— Vous en aviez l'intention, m'a déclaré Soledad, puis vous avez attendu. Le couvert est mis pour deux.

— Elle n'a pas touché à ce que je lui ai apporté plus tôt, signala Soledad à Luis, tout en servant le potage. Depuis votre départ, dimanche dernier, elle ne s'est presque pas nourrie.

— Vais-je devoir vous faire manger, exactement comme vous donnez la becquée à Rafaela ? s'enquit-il, les yeux rieurs.

Helen s'empressa de saisir sa cuiller et d'avaler un peu de soupe.

— Ne réprimandez pas trop *Doña* Helena, intervint Soledad, en apportant un sauté de porc aux haricots rouges et aux noix, merveilleusement épicé. Quelle sorte d'épouse serait-elle donc si elle ne craignait pas pour la vie de son mari ?

— Très juste. Quelle sorte d'épouse serait-elle ? répéta Luis en fixant obstinément Helen de son regard brillant et assombri à la lumière des lampes à pétrole.

— Soledad exagère honteusement, riposta Helen.

— Se serait-elle méprise ? Etiez-vous déçue, en fait, de me revoir bien vivant ?

Helen haussa les épaules, refusant de répondre.

— Peut-être votre agitation provenait-elle d'un fol espoir : si mon avion s'était écrasé, vous auriez été libre de nouveau. Enfin !

— Jamais je ne souhaiterais la mort de quiconque ! s'indigna Helen.

— Pas même si elle vous transformait en veuve fortunée ?

— Que... que signifient ces propos ridicules ?

— Moi disparu, vous seriez très riche. Vous auriez alors tout loisir de quitter cette île et de mener l'existence de vos rêves.

— C'est ignoble de proférer de telles insanités ! Beaucoup de gens dépendent de vous et vous vous êtes peu soucié d'eux en vous exposant à de tels périls ! Le premier devoir d'un patron est de songer au bien-être de ses employés !

— Si je n'étais pas revenu, vous auriez été nommée présidente de *San Roque Entreprises.* Cette promotion ne vous aurait-elle pas convenu ? Vous qui aimez tant tout diriger !

Helen le regardait, les yeux agrandis par l'horreur. Comme si elle avait pu penser à tirer profit d'une tragédie ! Elle avait envie de pleurer et cria, la voix brisée par la colère :

— Vous ne vous êtes pas trompé ! Cette idée m'a traversé l'esprit. Etes-vous content ? Mais puisque vous n'avez pas eu d'accident avec votre avion de luxe, permettez-moi de me retirer ! Vous ne m'en tiendrez pas rigueur, je le sais. Ne m'avez-vous pas déclaré l'autre jour qu'un bon employeur doit comprendre quand son personnel a besoin de repos ?...

— Je vous en prie, répliqua Luis, sans se départir de son agaçant sourire. Mais, ajouta-t-il comme elle repoussait sa chaise, finissez d'abord votre assiette...

Helen obéit en silence. Lorsqu'elle eut terminé, Luis la considéra gravement, avant de décider :

— Sortez de table, si vous le désirez. J'ai l'intention de rester un peu au rez-de-chaussée. Ne vous tourmentez pas, je n'entrerai pas dans votre refuge, à moins, bien sûr, que vous ne m'y appeliez.

— Merci, murmura Helen.

Une lampe à pétrole à la main, elle gravit l'escalier à la hâte. Ce soir, plus que jamais, Luis la terrifiait. Elle avait été si près de se trahir, si près de lui révéler ses sentiments! Les rafales et le déluge qui s'étaient engouffrés dans la maison en même temps que lui l'avaient seuls empêchée de se jeter dans ses bras, en les poussant violemment tous les deux à l'intérieur du hall. Sinon, elle aurait laissé livre cours à ses larmes tant elle avait été soulagée de le voir apparaître, sain et sauf! Quelle folie d'éprouver une telle passion pour un homme dont elle avait toutes les raisons de souhaiter la disparition au fond de l'océan!

Oui, elle était insensée d'aimer un homme à qui elle n'inspirait rien, sauf... peut-être... une simple attirance physique! Même si elle poussait la déraison jusqu'à espérer davantage de sa part, le problème de Ron demeurait. Tant que la dette n'était pas remboursée, elle n'était pas libre. Il était donc capital de rester objective et de garder ses distances avec San Roque. Elle ne s'était jamais doutée combien un amour à sens unique pouvait être torturant!

Malgré sa solidité, la maison commença à émettre des bruits inquiétants sous l'effet de la tornade. Les structures grinçaient, la charpente gémissait et un martèlement sourd sur un des murs latéraux indiqua qu'une branche d'arbre venait de le heurter.

Entrant dans la chambre avec une seconde lampe, Soledad remarqua l'appréhension d'Helen.

— Rien ne pourra venir à bout de cette demeure, la rassura-t-elle. Elle a été bâtie voici plus de soixante-dix ans et cette tempête est une petite brise comparée aux ouragans que nous avons subis d'autres années.

— Elle semble pourtant s'être aggravée, c'est du

moins l'impression que l'on a à cet étage, observa Helen.

— C'est seulement parce que les vents soufflent de ce côté. S'ils vous gênent, vous pouvez aller dormir dans l'autre aile.

— Non, c'est inutile, si vous êtes sûre qu'on est en sécurité ici.

Helen parvenait à paraître plus calme qu'elle ne l'était en réalité.

— N'oubliez pas de remplir votre baignoire, on ne sait jamais, l'eau pourrait manquer demain et même les jours suivants, conseilla Soledad.

— Entendu. Le cyclone a-t-il effrayé Rafaela ?

— Non. Zonia dort dans sa chambre cette nuit, car il n'était pas prudent de rentrer chez elle ce soir. La pièce étant presque en sous-sol, Rafaela est aussi à l'abri dans son petit lit qu'un lapereau dans son terrier.

— Descendez près d'elle, Soledad, au cas où elle appellerait. Zonia risque de ne pas l'entendre si elle dort profondément. Nous avons tous besoin de sommeil et de repos, car demain matin, nous allons avoir un sérieux nettoyage à faire !

Soledad prépara le lit d'Helen tandis que cette dernière se brossait les cheveux. Puis elle choisit dans la penderie un ensemble de nuit extrêmement séduisant et ouvrit toute grande la porte de communication avec l'autre chambre. Helen s'efforça de ne pas remarquer toutes ces attentions.

— Merci, Soledad, ce sera tout, fit-elle avec fermeté. Bonne nuit.

Lorsque Luis était là, la gouvernante utilisait tous les moyens dont elle disposait pour rendre sa maîtresse tout à fait désirable. Elle allait même jusqu'à vaporiser de l'eau de Cologne dans les pièces quand elle croyait ne pas être vue.

Après le départ de Soledad, Helen referma la porte et revêtit sa robe de chambre. La gouvernante ne devait pas soupçonner ce qu'était réellement ce mariage, elle qui imaginait une union heureuse. Helen préférait entrer dans son jeu et ne pas la décevoir.

Décidément, elle était plus confortable dans son vieux peignoir que dans le déshabillé diaphane si soigneusement élu par Soledad ! Pieds nus, elle alla fouiller dans le débarras, oubliant totalement les mules élégantes en attente près du lit. Le tableau représentant Rafaela avait besoin de petites retouches, elle entreprit donc d'y travailler. Ainsi, elle penserait moins au déchaînement des éléments et parviendrait peut-être à chasser de son esprit le maître de Cedros.

La lumière n'était pas merveilleuse, mais elle suffisait. Cette île avait dû encore récemment s'éclairer ainsi en permanence, avant l'arrivée de l'électricité ; d'ailleurs bien des gens dans le monde se servaient toujours de lampes à huile, de bougies et autres flambeaux quand la nuit tombait. La fatigue se faisant de plus en plus sentir, Helen décida de ranger ses affaires. Elle alla déposer sa toile et ses couleurs dans le petit réduit et revint dans sa chambre.

Elle n'eut pas le temps d'atteindre son lit. Un choc assourdissant se produisit derrière les volets et la fenêtre vola en éclats. Des fragments de vitre s'abattirent sur Helen et la pièce résonna de bruits de verre brisé et des hurlements de la jeune femme terrifiée.

— Luis ! Au secours !

La porte de communication s'ouvrit brusquement

et Luis accourut. Il prit aussitôt Helen dans ses bras
pour l'éloigner des débris qui jonchaient le sol. Il
l'emporta très vite dans sa propre chambre et l'éten-
dit sur son lit.

— Ne bougez pas ! ordonna-t-il, en approchant sa
lampe pour examiner ses blessures de plus près.

Du sang coulait sur ses paupières, dans ses yeux et
l'aveuglait.

— Luis... je ne vois plus rien ! gémit-elle, affolée.

— Doucement... ne vous agitez pas, *querida
mia*... peut-être y a-t-il du verre... Non ! Dieu soit
loué ! s'écria-t-il après une soigneuse investigation.
Vous avez juste une petite coupure sur le cuir
chevelu, elle est franche et propre. Vous n'en garderez sûrement aucune cicatrice.

Il alla dans la salle de bains et en revint avec une
cuvette d'eau et une serviette. Il épongea doucement
le visage d'Helen en murmurant :

— Le saignement a presque cessé, *querida*. Vous
n'avez plus à vous inquiéter.

Comme elle voulait se lever, il la retint d'un geste
apaisant et plaça une compresse humide sur sa plaie,
à la racine des cheveux.

— Que s'est-il passé ? cria-t-elle.

— La tempête a arraché une énorme branche qui
a transpercé les volets à la manière d'un javelot. Les
panneaux de cèdre et les vitres ont été fracassés sous
le choc. Pourquoi n'étiez-vous pas au lit, *querida* ?
Vous pouviez vous faire tuer !

— J'étais en train de peindre, expliqua-t-elle
comme en s'excusant !

— Peindre ! Je vous interdis... commença-t-il, puis
se mettant à rire contre toute attente, poursuivit
doucement : non, bien sûr, je ne vous défends pas de

vous adonner à votre art. Mais que je ne vous retrouve plus à proximité d'une fenêtre les jours de cyclone !

A ce moment, un autre fragment d'arbre heurta violemment le mur. Helen sursauta et frissonna contre Luis. Il la serra plus fort et, caressant tendrement ses cheveux, murmura :

— *No tenga miedo, querida !* N'ayez pas peur !

Il se mit à lui embrasser les paupières, les tempes, sans cesser de lui chuchoter des paroles d'apaisement.

Helen sombrait de plus en plus dans un état délicieux ; elle n'avait qu'une volonté, qu'un désir demeurer ainsi blottie contre lui. Les effluves de son eau de toilette épicée parvenaient jusqu'à elle. Comme son corps musclé si proche du sien la troublait ! Quand il se pencha pour prendre ses lèvres, elle n'opposa aucune résistance et répondit à sa passion.

Toutes ses résolutions s'évanouirent, elle se livra entièrement à l'émoi qu'il suscitait en elle. Helen effleura la nuque de Luis de ses doigts tremblants, puis l'enlaça. Comme il était merveilleux de se rendre, constata-t-elle, stupéfaite. Elle sentit glisser sa robe de chambre sur ses épaules, libérée par les mains expertes de Luis. Et tout de suite après, il explora avec adoration sa poitrine dénudée.

Helen était parcourue de frissons et pourtant, son corps était brûlant. Ils étaient tous les deux étendus sur le lit de Luis à présent. Jamais, elle n'avait encore éprouvé, ni même imaginé, des sensations aussi exquises, songea-t-elle éblouie. D'un simple frôlement de ses lèvres ou de ses doigts, Luis savait si bien l'exalter, lui prodiguer une nouvelle vitalité !

Tout à coup, leur intimité fut plus complète encore, quand il se défit de son peignoir en velours. Helen paraissait calme, alors qu'un ouragan, plus fort encore que celui dont on entendait les hurlements au-dehors, faisait rage en elle. La tête lui tournait, tandis qu'elle explorait les épaules et le dos de Luis. Pourquoi avait-elle attendu toutes ces semaines avant d'oser découvrir cette ivresse ? Quel temps perdu ! Elle en aurait presque pleuré de dépit.

La jeune femme n'avait pas d'expérience, mais elle n'était pas naïve pour autant et comprit bien vite que le désir de Luis était aussi enflammé que le sien. Même dans ses rêves les plus fous, elle n'aurait cru vivre un jour un instant aussi grisant.

Gémissant, murmurant son nom, elle se donna à Luis avec une volupté qui fit basculer le monde et l'emporta vers des sommets de bonheur. Ah ! comme elle souhaitait le rendre heureux, lui qui en cette seconde unique était en train de lui offrir le paradis...

A son réveil, Helen ne sut d'abord pas où elle se trouvait. Tout était silencieux autour d'elle ; toutefois, les bruits des activités familières de la maison lui parvenaient. On avait déjà enlevé les volets. Une lumière grise et froide baignait la pièce, le vent était tombé et une pluie fine persistait sur l'île.

Luis n'était plus couché à ses côtés. Seul demeurait son parfum viril, aussi distinct et précis que le souvenir de sa présence. Comment avaient-ils pu dormir aussi confortablement dans un lit aussi étroit ? Helen ne parvenait pas à l'imaginer mais sa respiration s'accéléra quand elle se rappela l'éblouissante fusion de leurs deux corps. Elle avait connu l'extase et se sentait trahie... non par Luis, mais par elle-même et sa perfide faiblesse.

Elle ramena les couvertures jusqu'à son menton dans un dérisoire sursaut de pudeur, tout en sachant que la fougue de la nuit passée avait entièrement balayé sa réserve. Elle aperçut sa robe de chambre par terre, près du lit et entendit Soledad, dans la pièce voisine, pousser de petites exclamations en découvrant, atterrée, les débris de verre et de bois.

Lorsque la gouvernante apparut dans l'encadrement de la porte de communication, elle marqua une pause, sembla se calmer et déclara d'un air satisfait :

— *Bueno !* A quelque chose malheur est bon...

Avec sur le visage une fierté quasi maternelle, Soledad accueillit Luis qui sortait de la salle de bains, négligemment vêtu d'une simple serviette. Le tissu éponge blanc, noué autour de sa taille, contrastait avec sa peau bronzée.

En essayant de rester aussi calme que possible, Helen demanda :

— Soledad, passez-moi ma robe de chambre et mes mules, s'il vous plaît.

Et elle ajouta, de l'air le plus naturel du monde :

— Nous allons faire le tour de la maison et évaluer les dégâts, ce matin, nous prendrons donc le petit déjeuner en bas, dans la salle à manger.

Soledad obéit en souriant, puis sortit.

Luis franchit l'espace qui le séparait d'Helen à grands pas, mais elle se leva très vite et l'esquiva. Elle revêtit en hâte son peignoir, avant d'aller se placer derrière l'unique chaise.

L'expression heureuse qui avait éclairé les traits de Luis s'estompa. Il paraissait ne pas comprendre.

— Non ! lança Helen.

— Non ? répéta-t-il en repoussant vivement le siège et en saisissant Helen par la taille.

De son autre main il immobilisa sa nuque. Helen n'avait pas mal, mais elle dut garder la tête en arrière, incapable de se débattre.

— Je croyais que nous avions cessé de tergiverser, Helen ! Que signifie ceci ?

— Vous me tirez les cheveux, protesta-t-elle faiblement.

— Ce n'est pas dans mes intentions. Mais répondez-moi vite ! Vous n'êtes plus la même que cette nuit, dites-moi ce qui vous a changée !

— Le grand jour, la lumière, riposta-t-elle violemment. Je suis redevenue celle que j'étais hier à la même heure. Ces événements n'auraient pas dû se produire, Luis. Et ils ne se reproduiront plus !

— Mais bien sûr que cela devait arriver... c'était écrit depuis le premier instant de notre rencontre !

— Ne comprenez-vous pas, Luis ? Je ne peux pas être votre femme tant que cette dette n'est pas remboursée. Je ne suis pas libre. Je ne vais pas vous duper en me débarrassant ainsi de mes responsabilités.

— Oubliez ce maudit larcin ! J'efface tout !

— Non. Pour moi rien ne sera aboli tant que je ne vous aurai pas tout payé honnêtement ! Sinon, je me sentirais comme une sorte de... d'esclave de harem qu'on achète... Et cette situation me serait insupportable !

— Vous savez ce que je désire. Ce que je veux de vous, c'est ce que nous avons partagé ces dernières heures. Et cela seulement ! Comment, pour de simples motifs d'argent, pouvez-vous renier ce que nous avons vécu cette nuit ?

— Non, pas de cette façon, Luis !

Il la relâcha petit à petit.

— Est-ce possible ? souffla-t-il, incrédule.

Jamais son visage n'avait paru si dur à Helen. Elle lui avait demandé de la compréhension, mais elle obtenait seulement sa colère. Il jura dans sa langue, se dirigea vers l'autre pièce et l'inspecta du regard.

— Tout a été nettoyé et la prison que vous vous imposez est de nouveau prête à vous accueillir, fit-il, en anglais, avec une extrême froideur.

Helen craignait de passer devant lui. Pourtant il le fallait bien. Son appréhension n'était pas sans fondement, puisque Luis la retint en plaquant sa main sur son épaule.

— Helen, murmura-t-il doucement dans sa langue, si vous vous entêtez, je ne peux pas rester et souffrir. Ne me chassez pas ! Il m'est impossible, en revenant ici, en vous voyant, de ne pas vouloir, à tout moment, faire valoir mes droits !

— Essayez de comprendre, je vous en prie... chuchota-t-elle faiblement.

— Je ne suis qu'un homme.

— Luis... ne me rendez pas la tâche encore plus difficile...

— C'est votre frère le responsable, pas vous ! Cessez de porter sa faute sur vos épaules !

Helen le regardait en silence, les yeux implorants. Luis soupira et poursuivit, toujours aussi posément :

— A moins d'affaires urgentes à régler, je devrai rester absent tant que vous n'aurez pas retrouvé votre bon sens, Helen. Y êtes-vous disposée ?

— Non. Bien sûr que non ! Mais nous devons agir comme nous le pouvons.

Luis poussa un autre soupir, avant de reprendre :

— Je peux admettre cela. Mais vous m'avez

déclaré un jour que vous ne me pardonneriez jamais
si je vous séduisais de force. Si je demeure près de
vous, nous vivrons inévitablement comme mari et
femme. Vous risquez alors d'exacerber ma colère à
un point tel que toute indulgence de ma part vous
sera refusée.

— Il n'est pas nécessaire que vous quittiez
Cedros ; vous êtes chez vous ici.

— Je ne veux pas vivre un supplice près de vous si
vous n'êtes plus ma femme. Helen... je vous l'ai
expliqué très clairement : je désire une compagne
dans ma vie. Vous courez un risque énorme en me
chassant.

— Si vous avez l'intention d'en trouver une rapidement, je ne peux pas vous en empêcher ! lui lança-
t-elle.

Elle lui en voulait d'insinuer qu'elle était là simplement parce que c'était pratique, mais que n'importe
qui ferait l'affaire. Cette menace était une promesse,
elle le savait ; il allait repartir pour Mexico et y
rejoindre Yolanda.

— Faites ce que vous jugez nécessaire, Luis,
répondit Helen à voix basse.

Elle serrait les lèvres pour réprimer leur tremblement.

— De mon côté, j'agirai de même, continua-t-elle.
Comme les gens de cette île se plaisent à répéter :
tout est entre les mains de Dieu, n'est-ce pas ?

Quand elle pénétra dans sa chambre, Luis referma
la porte sur elle.

Une fois de plus, elle se retrouvait seule. Quand
elle descendrait, il aurait déjà quitté la maison. Le
souvenir de Luis qu'elle garderait pour toujours,
serait son visage sévère et durci par la rancune.

Après avoir évalué les dégâts subis par la grande demeure et dès que la route fut déblayée des arbres déracinés, Luis s'envola pour le continent.

16

Un vitrier vint réparer la fenêtre de la chambre d'Helen. Les domestiques ne ménagèrent pas leurs efforts pour enlever la boue et débarrasser le jardin et les allées des débris qui s'y étaient accumulés. Par bonheur, l'eau ne fut pas coupée et le courant électrique fut rapidement rétabli.

L'ouragan était déjà sur son déclin lorsqu'il avait frappé Cedros et les insulaires s'en réjouissaient. Bientôt une nouvelle se répandit à travers la ville : peu d'habitations avaient souffert de la tempête. Dans le Barrio X, cependant, certaines structures n'avaient pas résisté, pas plus que l'escalier de fortune qui reliait les maisons entre elles.

— Deux personnes seulement ont été tuées, c'est un miracle, annonça Zonia, atterrée. Il s'agit de la mère de Rafaela et de l'homme qui passait la nuit avec elle. C'était un marin étranger, en escale. Personne ne le connaissait ici. Quant à elle... à qui va-t-elle manquer ? Rafaela l'a déjà oubliée.

Mais Helen éprouvait de la pitié pour la disparue,

même si elle n'était pas venue une seule fois rendre visite à son enfant.

— Cette pauvre femme n'arrivait pas à affronter ses problèmes, ni ceux de Rafaela, observa Helen. Avait-elle de la famille ?

— Non, personne. A présent, vous n'avez plus à vous inquiéter, fit Zonia sur un ton enjoué. Rafaela est à vous.

Qu'en dirait Luis ? s'interrogea-t-elle. Sans doute était-il trop furieux contre elle pour s'intéresser au cas de l'orpheline.

Helen demanda à Zonia des nouvelles des siens ; car ils n'habitaient pas loin du Barrio X.

— Ils vont bien. Pendant le cyclone, ils n'étaient pas là. Estelita les avait tous emmenés chez Chuey où ils ont passé une nuit très tranquille.

— Peut-être la municipalité va-t-elle enfin se décider à agir à présent ; elle pourrait financer la construction de nouvelles maisons pour les sinistrés de cette nuit. En édifiant ces bâtiments sur un terrain plus sûr ; ils ne manquent pas à Cedros.

— Mais les gens n'iront pas ailleurs ! protesta Zonia. Ils ont leur fierté. Ils sont chez eux dans le barrio. Ce quartier existe depuis des années, il était là bien avant la naissance de ma grand-mère ! Ses habitants sont habitués aux ouragans. Ils vont rebâtir.

Comme elle lisait de la consternation dans les yeux d'Helen, Zonia ajouta d'une voix apaisante :

— La ville construira probablement un escalier neuf. Le Maître a déjà donné des instructions à ce sujet, je crois.

Zonia ne s'était pas trompée. Malgré la gêne qu'entraînait l'absence de marches sur ce site escarpé, la vie avait repris dans ce secteur de Cedros et les réparations allaient bon train. Des échafaudages se dressaient un peu partout et tout un stock de planches attendait qu'on s'en serve. Tout cela provenait de *San Roque Entreprises,* Helen en était sûre. Dès la fin de la semaine, tout était rentré dans l'ordre.

Helen veilla à ce que Conchita eût un enterrement convenable et assista au service religieux. Elle alluma un cierge d'action de grâces à l'église, reconnaissante que Rafaela eût échappé au drame.

Ce week-end-là, Luis ne revint pas à Cedros. Il ne lui écrivit pas même un mot. Elle ne vit pas non plus sa signature, car il ne lui fit parvenir aucun courrier d'affaires. Ses lettres personnelles avaient été, comme à l'accoutumée, ouvertes avant de lui être réexpédiées de la capitale. Les journaux de Mexico, cependant, apportèrent certains messages. Des photos de Luis et Yolanda ensemble figuraient en bonne place dans les colonnes mondaines ; chaque cliché semblait avoir pour but de briser le cœur d'Helen.

Les légendes étaient fort claires : « *Señor* Luis San Roque, président de *San Roque Entreprises, Señorita* Yolanda Bétancourt-Ibanez, avec son père, Paolo Bétancourt, conseiller juridique de la ville, ont assisté hier soir au spectacle... »

Torturée de chagrin, Helen froissa les quotidiens et les jeta dans la cheminée de son bureau, où elle les regarda brûler d'un air morose.

— Etes-vous souffrante, *Doña* Helena ? s'enquit Agustin Benevidez en entrant lui faire signer un contrat. Vous êtes pâle et vous paraissez avoir minci !

— J'ai seulement quelques... soucis, répondit-elle.

Agustin jeta un coup d'œil furtif au papier en train de se consumer, mais ne posa pas d'autre question.

Juanito se trouvait toujours à Tijuana. Les spécialistes de l'hôpital enseignaient à sa grand-mère les exercices qui aideraient le jeune garçon à consolider les muscles de son pied, opéré avec succès.

Soledad vaquait à ses occupations, l'air de plus en plus sombre et le regard lourd de reproche. On ne s'amusait plus dans la grande maison. L'île avait retrouvé sa routine d'antan, les journées se déroulaient toutes avec la monotonie d'avant l'époque où son cher *Don* Luis revenait passer le week-end chez lui. Noël, semblait-il, serait marqué par une simple petite fête pour Rafaela et peut-être aussi pour Juanito s'il venait dans sa famille pour les vacances.

Helen s'efforçait de ne pas penser à Luis. Pourtant, même dans la journée, alors que ses responsabilités l'accaparaient sans relâche, elle avait du mal à ne pas l'évoquer. Son nom figurait sur le papier à entête, son sigle sur chaque note de service. Son portrait, à côté de celui de *Don* Adelberto, était la première chose qu'elle voyait en pénétrant au siège de la compagnie chaque matin. Elle était seule responsable de sa solitude, tout le lui rappelait à longueur de journée où qu'elle tourne le regard.

Que pensait-il des lettres que lui adressait son partenaire d'échecs, *Don* Castle ? Ce dernier semblait, hélas, s'être très attaché à elle, par jeux interposés, sans avoir été le moins du monde encouragé. Heureusement, dans un sens, se dit-elle, Luis lui envoyait les journaux de Mexico, avec des photos révélatrices de ses activités, à savoir notamment son penchant pour la compagnie de Yolanda. Le naïf penchant que *Don* Castle avait pour elle servait tout de même à quelque chose : il préservait sa fierté. Et elle indiquait à Luis qu'elle ne manquait pas d'admirateurs…

Néanmoins, il était impossible de laisser ce correspondant rêver de la sorte ! Elle ne lui cachait pas son plaisir de jouer avec lui, mais elle mentionnait très fréquemment son mari, adversaire talentueux et redoutable.

— Aimeriez-vous vous mesurer à lui par lettre ? écrivit-elle un jour. La partie serait beaucoup plus intéressante pour vous avec lui qu'avec moi.

Elle avait sa petite idée en rédigeant ces lignes. D'abord, *Don* Castle reviendrait à la réalité en se rappelant qu'elle était mariée et fidèle ; en outre, une telle suggestion l'inciterait vraisemblablement à répondre qu'il préférait continuer avec elle. Voilà qui satisferait son amour-propre et… ne manquerait pas de préoccuper Luis.

Non, quelle situation impossible ! Elle déchira sa missive et essaya d'en écrire une autre, en s'efforçant d'être encore plus circonspecte et de décourager davantage M. Castle. Sans trop révéler d'elle-même à son époux qui censurait tout ce qu'elle adressait à l'extérieur. Si seulement il avait gardé le silence sur la personnalité de *Don* Castle ! Ah ! il devait bien rire de sa déconvenue…

Chamartin demanda une nouvelle fois à Helen de reconsidérer la vente du *Seigneur des dauphins*.

— J'ai deux offres à présent, écrivait-il, à des prix que vous pouvez difficilement refuser.

Elle répondit aussitôt. Non, elle ne se séparerait pas de ce tableau, mais elle allait en commencer un autre sur le même thème, en détrempe. Ce genre lui plaisait par sa clarté transparente, et lui permettrait de reproduire la scène originale avec encore plus d'intensité que l'aquarelle.

Elle prépara soigneusement son enduit, puis sépara les jaunes d'œufs des blancs, afin d'utiliser les premiers comme durcisseur des pigments. Ses créations selon ce procédé avaient plus de succès auprès des acheteurs que ses autres toiles. L'œuvre qu'elle entreprenait aujourd'hui trouverait donc facilement acquéreur. Etait-ce de l'avidité de sa part, se dit-elle, de voir le côté lucratif de son art ? Non, pas vraiment, se rassura-t-elle. Il lui fallait terminer de payer la dette de Ron.

Au début tout se passa bien. Elle se rappelait nettement la plage, l'eau miroitante se détachant sous le ciel limpide. Puis elle esquissa les silhouettes arquées des dauphins ; comme dans leur première représentation, Helen dessina parfaitement chaque détail de leurs mouvements. Mais, étrangement, sans le nageur, une impression de vide subsistait.

Sur le plan technique, la composition était correcte ; mais d'une certaine façon, quelque chose n'allait pas. Pas du tout !

Chaque soir, Helen y travaillait, puis finissait par abandonner, déçue. Il arriva un moment où elle effaça tout, pour reprendre complètement.

Sa seconde tentative ne s'avéra pas meilleure que la première, elle était aussi inachevée, aussi creuse. Un élément essentiel semblait en être absent. Peut-être le changement de procédé était-il à l'origine de ce phénomène. Toujours est-il que le tableau paraissait désespérément triste.

La seule solution était de vendre autant de toiles possibles, inspirées par d'autres sujets. Si elle parvenait à tout rembourser en l'espace de deux ans, peut-être lui resterait-il encore du temps pour... aimer!

Au bureau, Agustin Benevidez accomplissait des progrès spectaculaires. Depuis le début des cours, il était le meilleur élève d'Helen. Il était de ces gens qui assimilent promptement les idées nouvelles et acceptent de s'instruire en voyant plus loin que la tradition, contrairement à bon nombre d'habitants de l'île. Une occasion suffirait à l'arracher définitivement au cadre de la routine quotidienne.

Petit à petit, Helen lui confia davantage de responsabilités. Il trouva un bâtiment pour abriter les classes en pleine expansion et eut même la charge d'un cours. Il approuva avec enthousiasme l'acquisition de nouveau matériel. Le local où l'enseignement était prodigué hérita des anciennes machines à écrire et à calculer et reçut également un certain équipement tout neuf dont les élèves avaient besoin.

Après avoir obtenu un accord signé en provenance de Mexico, Agustin Benevidez fit passer des annonces, afin d'engager des professeurs d'allemand et de japonais, les deux autres langues très utiles dans les affaires. Chaque candidat retenu devrait posséder diverses compétences, de manière à offrir ses prestations dans plusieurs domaines.

Agustin se montrait si capable qu'Helen et Eugenio Ochoa se reposaient énormément sur lui.

— Que pensez-vous d'Estelita Sanchez? lui demanda Helen un jour.

— Voulez-vous parler de la sœur de Zonia Sanchez, la servante de la maison San Roque?

Helen hocha affirmativement la tête.

— Miss Sanchez est une excellente dactylo, répondit Agustin. Elle tape mieux à la machine que la plupart des employées actuelles. De plus elle a appris la sténo. Quant à son anglais... il est presque aussi bon que le mien. Mais elle n'est tout de même qu'une coiffeuse...

— Elle ne désire pas le rester et elle a étudié très rapidement sans espérer la moindre récompense de notre part. Elle mérite d'avoir sa chance. Je souhaite l'engager et la former pour en faire ma secrétaire.

— Mais... *Doña* Helena, ne vous ai-je pas donné satisfaction ? Pas autant qu'à *Don* Luis ? s'inquiéta Agustin.

— Je suis si contente de vous que j'ai demandé votre promotion ! Vous allez devenir sous-directeur de cette filiale. Il nous faudra deux secrétaires : une pour moi et l'autre pour vous. Vous allez si bien assumer vos nouvelles responsabilités que *Don* Luis ne regrettera pas de vous voir quitter votre poste antérieur.

Helen préparait déjà son propre départ lorsqu'elle se serait entièrement acquittée des dettes de son frère. Il était important de le prévoir à l'avance. Luis ne devrait alors rien avoir à lui reprocher sur le plan professionnel, même s'il n'en allait pas de même dans la vie privée. Il penserait du bien de l'employée, à défaut d'en penser de la femme... Cette constatation lui déchira le cœur.

— *Doña* Helena ! s'écria Benevidez, au comble de l'allégresse.

Mais son sens pratique reprenant très vite le dessus, il ne s'attarda pas sur ses manifestations de joie. Il songeait avant tout à la personne qu'il devait choisir pour l'aider dans sa tâche et pour être aussi au service du patron lorsqu'il se trouvait à Cedros.

— José Bello est l'un de ceux dont les progrès ont été les plus marquants... à part moi, fit-il. Il fait déjà partie du personnel.

— Oui, c'est lui que j'aurais suggéré. Dorénavant, Agustin, vos responsabilités seront accrues aussi en matière de formation professionnelle. Essayez d'encourager les autres hommes d'affaires à financer ce programme. *San Roque Entreprises* ne devraient pas avoir à supporter tous les frais, puisque ces cours profitent à toute l'économie de l'île.

— Peut-être devrions-nous demander une participation aux élèves de l'extérieur. Nous serions sûrs ainsi de les voir terminer les études qu'ils ont choisies. Certains inscrits du premier groupe n'ont pas continué, ce qui constitue une perte inutile.

— Je trouve votre idée tout à fait raisonnable, convint Helen. Elle peut se réaliser de façon à ne pas exclure les éléments sérieux, répondit Helen. A propos, Agustin, je viens d'engager un nouveau professeur, M. Teiko Akigawa. Il a lu votre annonce dans le journal de Yokosuka. Il enseignera le japonais bien sûr, mais aussi la programmation d'ordinateur et le traitement des mots. Voilà qui fera plaisir au *Señor* San Roque, car il a beaucoup insisté sur la nécessité de connaître la langue nippone.

— Pourrai-je profiter de la classe d'électronique, moi aussi ? s'enquit Agustin d'un air passionné.

— Evidemment ! répliqua Helen en éclatant de rire.

Benevidez se retira et Helen entreprit de dépouiller le courrier émanant de la maison mère à Mexico et aussi des diverses succursales réparties sur le continent.

Luis n'avait pas cessé de faire suivre ses lettres

personnelles, en dépit de la colère qu'elle avait provoquée en lui. Prenait-il toujours le temps de les lire ? Ou se contentait-il de les ouvrir, afin de lui montrer qu'elle était toujours sous contrat... ?

Elle envisagea un moment d'adresser des cartes de Noël à ses amis et relations d'antan. Luis devrait vérifier chacune d'entre elles ; ensuite, il lui faudrait décacheter chaque enveloppe et parcourir les réponses. Peut-être la tâche l'ennuierait-elle tant qu'il renoncerait pour la suite !

Mais Helen se réprimanda aussitôt. Qu'avait-elle besoin de chercher des moyens mesquins de l'irriter, quand elle souhaitait une chose en fait : qu'il lui accorde un peu d'attention ! Oui, mais à ses conditions à elle... Et elle se traita d'idiote !

Luis avait probablement confié à Felipe Estrada la charge du courrier d'Helen, lui qui s'occupait déjà de ses finances. Il paraissait l'avoir chassée de sa mémoire. Comme elle aurait aimé le haïr ! Mais elle parvenait seulement à se reprocher son propre entêtement.

La poste du lundi lui apporta, comme toujours, une missive nettement dactylographiée de *Don* Castle, avec un nouveau déplacement de pièces sur l'échiquier. Elle allait devoir cesser de jouer avec lui. Malgré les dires de Luis, elle considérait cet homme comme un véritable champion.

Elle déplia la feuille à l'en-tête de l'Hôtel Saint-Francis et lut la note de Castle :

« Votre talent semble avoir décliné. Voulez-vous continuer ? Je vous aime. D. C. »

Helen répondit sur-le-champ :

« Cher monsieur Castle,

Les choses sont un peu difficiles pour moi en ce

moment. J'ai beaucoup de responsabilités et de soucis. Je joue mal, je sais, mais vous êtes un excellent professeur. J'aimerais une partie utilisant la défense d'Alekhine, si vous voulez bien faire preuve de patience. Je ne peux vous envoyer de photo. Mon mari n'est pas d'accord. Bien amicalement.

Helen San Roque
(*Señora* Luis San Roque) »

Chamartin implorait encore la mise en vente du *Seigneur des Dauphins*. Les chiffres qu'il avançait étaient si importants désormais qu'Helen eut du mal à ne pas donner son accord. Si elle acceptait, elle pourrait envoyer la somme à Luis.

Non sans regret, elle écrivit un mot de refus : « Je vais vous expédier une détrempe du *Seigneur des dauphins* dès que j'aurai eu le temps de la terminer. Peut-être en obtiendrez-vous un aussi bon prix que pour l'aquarelle toujours en votre possession. Amitiés. Helen ».

Helen pria Estelita, par l'intermédiaire de l'interphone, de venir prendre les lettres.

Tandis que la jeune fille attendait, Helen finissait de signer les rapports dactylographiés ce matin même. Soudain, on frappa à la porte et Agustin Benevidez parut sur le seuil.

— L'avion de la société arrive, annonça-t-il. Le *Señor* Estrada nous a fait parvenir un câble demandant que vous alliez le rejoindre à l'aérodrome, *Doña* Helena.

— Le *Señor* San Roque l'accompagne-t-il ? interrogea Helen, le cœur battant.

— Non, *señora. Don* Luis se trouve en Argentine

pour de nouveaux contrats. *Don* Felipe doit avoir de sérieuses raisons de venir à Cedros, à mon avis.

— Avertissez Vergel. Il va me conduire immédiatement au terrain d'atterrissage.

Vergel se gara non loin des files de taxis rouges, toujours présents lorsqu'un avion se posait. Estrada sortit de l'appareil tout de suite, sans même une serviette ou un porte-documents à la main. Il arborait une expression soucieuse tout en serrant les mains d'Helen entre les siennes en signe d'amitié.

— La gouvernante de M. Forster nous a contactés, *Doña* Helena, annonça-t-il. Votre belle-mère est morte hier matin à la clinique.

— Oh ! pauvre Jessie ! s'écria Helen, profondément chagrinée.

Et elle n'allait même pas pouvoir rentrer chez elle consoler son père ! Il avait tant aimé cette femme, entrée bien tard dans sa vie ! Et Jessie, de son côté, avait su gagner le cœur et s'attirer le respect d'Helen.

— Elle est enfin délivrée et elle a trouvé le repos, murmura Helen à Felipe, en essayant de se réconforter par cette pensée. Nous attendions ce jour depuis des années… depuis l'accident, en fait. C'est une bénédiction, je vous assure.

— Nous sommes désolés de n'avoir pu vous prévenir plus tôt, *Doña* Helena. M. Forster n'a pas compris le message de la clinique. Il a cru à une imprudence et a imaginé son épouse simplement blessée. Mais il en a été si bouleversé qu'il a eu une crise cardiaque. Préoccupée par son état, Mme Parish, sa gouvernante, a tardé à nous transmettre la nouvelle du décès de votre belle-mère.

— Oh non ! Non… pas mon père… cria Helen au bord du malaise.

— *Don* Luis m'a envoyé ses instructions d'Argentine. Je dois vous ramener à Garnet Beach. Nous y serons très vite.

— Puis-je vraiment quitter Cedros ? En êtes-vous sûr ?

— *Don* Luis m'a ordonné de venir vous chercher, *Doña* Helena, insista Felipe. Je resterai près de vous, pour vous aider de mon mieux.

— Alors, je dois renvoyer Vergel au bureau... Non, il est préférable que j'y aille en personne.

Abattue par ces terribles événements, Helen parvenait mal à prendre la moindre décision. Une seule chose comptait : rentrer au plus vite auprès de M. Forster.

— Vergel va vous conduire à la maison et Soledad s'occupera de vos bagages, *Doña* Helena, suggéra Felipe. J'irai au bureau et ferai le nécessaire s'il y a lieu. Vous pourrez vous y arrêter en revenant de la villa. Nous avons le temps, car l'avion doit refaire le plein.

— Oui, vous avez raison, je suppose. C'est préférable ainsi. Je n'ai pas besoin d'emporter beaucoup de vêtements. J'en ai toujours dans ma chambre de jeune fille, là-bas.

Helen parlait d'une voix distraite. Felipe l'aida à prendre place dans la voiture et donna des ordres au chauffeur.

— *Don* Luis serait venu lui-même, reprit Felipe à l'intention d'Helen, mais cela vous aurait encore retardée, puisqu'il se trouve toujours en Argentine. Car nous avons dû le joindre à Buenos Aires, vous savez.

— Je comprends très bien, ne vous inquiétez pas.

Elle éprouvait de la reconnaissance pour Luis qui

avait eu la gentillesse de lui permettre ce voyage
occasionné par un cas de force majeure. Avait-il
réellement souhaité se trouver à ses côtés ? Comme
elle aurait aimé l'avoir près d'elle, quelles que fussent
les circonstances ! Elle avait besoin de sa force. La
seule chose qu'il aurait pu lui donner en ce moment.

Aidée de Soledad, Helen rassembla quelques
effets dans un petit sac. Ensuite, elle alla embrasser
Rafaela.

— Soledad, dit-elle, n'oubliez pas ses exercices
matin et soir. Vous savez comment procéder, n'est-ce
pas ? Je vous en prie, ne la négligez pas ! Parlez-lui le
plus possible ; un jour vous aurez la surprise de
l'entendre vous répondre...

— Mais je lui raconte des histoires, *Doña* Helena !
protesta Soledad.

— Conversez avec elle, afin de l'encourager à
s'exprimer. Nous ne devons absolument pas abandonner !

— Me croyez-vous incapable de veiller sur cette
niña ? bougonna Soledad. Moi qui ai élevé *Don* Luis
et d'innombrables enfants, dans la joie et dans la
peine ! Vous savez bien que je serai vigilante avec
Rafaela !

17

FELIPE Estrada loua une voiture à l'aéroport de Garnet Beach et ils se rendirent directement à l'hôpital de La Jolla où le père d'Helen avait été transporté.

L'établissement était situé en dehors de l'agglomération. Pour s'y rendre, en venant du terrain d'aviation, on ne traversait qu'une fraction de la ville natale d'Helen. Cette dernière fut frappée des changements intervenus au cours des six mois de son absence.

A l'ouest s'était édifié un grand centre commercial. Des maisons neuves s'élevaient sur les collines surplombant la mer. Et même à La Jolla, divers échafaudages et structures annonçaient l'apparition prochaine d'une autre aile de trois étages qui dépasserait le reste des bâtiments.

Dès qu'il aperçut Helen dans la salle d'attente des visiteurs, le médecin vint vers elle.

— M. Forster a eu une grave crise cardiaque, annonça-t-il sans préambule. Il va mieux, mais...

— Puis-je le voir ?

— Oui. Vous seule, toutefois, enfin, juste ses proches. Il est important de ne pas l'agiter. S'il veut parler, ne l'en empêchez pas, mais ne le questionnez pas et ne l'encouragez pas à continuer. Rassurez-le.

Le praticien se frotta pensivement le menton.

— Nous faisons tout ce que nous pouvons, madame San Roque, reprit-il. Il y a toujours de l'espoir. S'il n'a pas de nouvelle attaque pendant la semaine...

Il n'acheva pas sa phrase et Helen comprit qu'une chance très minime subsistait de sauver le malade.

Les yeux enfoncés dans les orbites, les doigts faiblement agrippés à la couverture de son petit lit, M. Forster n'entendit pas la porte s'ouvrir. Helen s'empara de sa main toute froide et essaya de lui communiquer sa chaleur.

— Bonjour, papa, je suis là, dit-elle doucement quand il releva les paupières. Mme Parish a téléphoné que tu désirais me voir, alors je suis venue tout de suite.

Il bougea les lèvres, regarda lentement autour de lui et parut déçu. Helen se pencha sur lui comme il chuchotait :

— Ron... ?

— Il ne va pas tarder, affirma-t-elle. Il sera bientôt ici.

— Je veux lui parler, Helen, demande-lui de passer.

— Si je peux le trouver, je l'amènerai, papa. Mais j'ignore où chercher.

M. Forster eut un geste vague pour défendre son fils.

— Ne te fatigue pas, conseilla-t-elle.

— Il faut, Helen ! Fais-lui savoir que je... j'ai besoin de le rencontrer et... qu'il a... qu'il a mal agi envers toi ! Il doit réparer. Pars à sa recherche, Helen... qu'il me rende visite ce soir !

— Si seulement je pouvais...

— Il ne veut pas... il... il a peur. Mais toi, Helen, tu peux le ramener à la maison. Tu es intelligente. Tu vas le faire rentrer chez nous... pour que j'aie une conversation avec lui...

Avec un effort considérable, M. Forster fouilla dans sa mémoire et fournit à sa fille une bribe d'adresse... celle d'un ami de Ron à travers lequel elle découvrirait peut-être sa trace à San Francisco.

— Ne te dispute pas avec lui, Helen, continua le malade d'une pauvre voix pitoyable. Il a passé des moments très durs...

— Oui, papa, je sais.

Il avait toujours excusé Ron. Un petit garçon orphelin de mère arrachait inévitablement des larmes, mais tout le monde semblait faire preuve d'indulgence pour les individus comme lui ! Il était temps d'y mettre un terme. Ron devait apprendre à compter sur lui-même à présent.

— Dors, papa, je vais essayer de trouver Ron et de le conduire vers toi.

M. Forster ferma les yeux, un sourire éclaira un instant son visage blême. Sans doute croyait-il qu'elle allait s'occuper de tout, comme d'habitude.

Dans le couloir, elle déclara, inquiète, à Felipe :

— Il a l'air si malade, Felipe ! Je ne pense pas qu'il en ait pour longtemps. Il désire voir mon frère.

— Alors nous devons le faire venir immédiatement.

— Felipe... commença-t-elle.

Elle s'en remettait à sa discrétion. Il n'allait pas,

espérait-elle, agir en représentant de Luis et exiger le
remboursement de la dette !

— Voyez-vous, continua-t-elle, Ronald craint
peut-être encore les représailles et... et la vengeance
de Luis.

— Pourquoi *Don* Luis adopterait-il une telle attitude ? s'exclama Felipe, stupéfait. Ronald a rendu les
fonds qu'il avait puisés dans la caisse. Pourquoi Luis
chercherait-il à se venger ? C'est un homme d'affaires, pas un bandit !

— Ronald, dites-vous... s'est acquitté de... ce
qu'il devait ?

— Mais vous le saviez sûrement ! Tout se passait à
travers un intermédiaire, m'a confié Luis. Je croyais
qu'il s'agissait de vous...

— Oh !

Ron pouvait donc venir à Garnet Beach en toute
sécurité, semblait-il. Elle devait se fier à Felipe.

Elle lui fournit les détails entendus de la bouche de
son père.

— Je vous en prie, Felipe, le pressa-t-elle, il faut
joindre Ron tout de suite, s'il ne vient pas maintenant, ce sera trop tard, je le crains.

En pensant à Luis, des larmes de reconnaissance
embuèrent ses yeux. Il avait, malgré tout, préservé sa
réputation vis-à-vis de ses collaborateurs. Elle souhaitait sa présence en ce moment, pour le remercier
d'avoir été aussi bon, aussi généreux, alors qu'on
l'avait trompé et qu'il avait toutes les raisons de
vouloir châtier.

Quand elle vit Ron, Helen comprit combien leur
père lui était cher. Il était insouciant et amoral,

cependant il aimait ce vieil homme qui l'avait élevé avec une inébranlable tendresse.

Ron adressa un regard glacial à Felipe qui murmura une formule de politesse avant de s'éclipser. Toutefois, il n'alla pas au-delà du hall, restant à bonne distance d'Helen qui pouvait avoir besoin de lui.

— Tu savais bien que je viendrais en cas d'urgence, fit Ron un peu mal à l'aise. Tu n'as pas eu peur, j'espère.

— Non, répondit-elle, les paupières humides. Papa est en train de mourir.

Quand ils pénétrèrent dans sa chambre, le malade arbora un sourire de bonheur. Il leur prit les mains et chuchota :

— J'ai été bien seul sans vous, mes enfants, et sans Jessie ! Je suis désolé pour tout. J'ai été injuste envers vous, mais j'ai essayé...

Incapable de parler davantage, il ne lâcha toutefois pas prise et s'en alla, ainsi, paisiblement, à la tombée du jour, rejoindre sa chère Jessie. Aussi loin que remontaient ses souvenirs, Helen n'avait jamais vu Ron baisser la tête et pleurer. Elle l'entoura de ses bras et le serra contre elle, très fort.

Ils regagnèrent ensemble la petite maison où ils avaient grandi. Mme Parish veilla à leur confort.

Helen remarqua des détails qui lui avaient échappés les premiers jours après son retour à Garnet Beach. Les peintures avaient été refaites, tant à l'intérieur qu'à l'extérieur. Une moquette remplaçait les vieux tapis usés qu'elle avait rêvé de changer pendant des années. Le grillage qui n'avait pas empêché les enfants de piller le verger avait été enlevé ; à sa place, une véritable clôture donnait à la demeure une allure accueillante et sûre.

— Remerciez Ronald pour toutes ces améliorations, déclara Mme Parish avec un large sourire. Elles sont dues à son initiative. Votre père a toujours pensé que vous étiez un bon garçon, Ronald, c'était très généreux de votre part d'envoyer de l'argent pour rajeunir cet endroit.

Helen fixait un regard surpris sur Ron qui paraissait extrêmement gêné.

— Ecoute... finit-il par expliquer à sa sœur. Ce n'est pas moi... Ce... ces quatre murs ne valent pas la peine qu'on les rénove... Papa devait avoir quelques économies.

— Si jamais il lui arrivait un malheur, votre père m'avait chargée de vous remettre ces papiers, Helen.

Mme Parish apportait la cassette fermée à clé qui avait servi de coffre-fort à M. Forster. A l'intérieur, son livret de famille voisinait avec son testament, ses polices d'assurance, les extraits de naissance et les documents d'adoption de Ron et d'Helen.

Helen tendit le tout à Felipe pour examen.

— Les frais d'hôpital de votre père étaient presque entièrement couverts, mais son assurance-vie est amputée d'une grosse somme, un emprunt, annonça Felipe au bout de quelques minutes.

— Peut-être est-ce ainsi que les travaux ont été effectués sur la maison, avança Helen.

— Eh bien, intervint Ron en essayant de garder un air naturel. Il m'est venu en aide. C'était un cadeau, m'a-t-il assuré. J'ai un papier, vous verrez...

Helen ne put s'empêcher de réfléchir à voix haute :

— Je me demande bien où il a trouvé l'argent nécessaire à toutes ces restaurations...

— *Don* Luis m'avait prié de veiller à ce qu'il ne manque de rien, déclara Felipe.

La générosité de Luis, une fois de plus. Helen avait honte. Luis s'était substitué à eux pour toutes ces tâches, sans jamais lui en souffler mot, afin qu'elle ne se sente pas encore plus redevable qu'elle ne l'était !

— L'assurance est très modeste, poursuivit Felipe. Les autres notes concernent l'enterrement et le cimetière. Et voici le testament de votre père.

Il était simple. Des dispositions y étaient prises, bien entendu, pour pourvoir aux besoins de Jessie. Mais, si cette dernière le précédait dans la mort, M. Forster léguait tout ce qui lui restait à sa fille Helen ; exception faite de sa montre en or et de ses décorations de l'armée qu'il donnait à Ron.

Si seulement elle avait pu appuyer sa tête sur l'épaule de San Roque en cet instant, songea Helen.

— Je ne comprends pas du tout ces dernières volontés, déclara-t-elle aux deux hommes. Papa affirmait toujours qu'il avait l'intention de partager ses biens en deux parts égales. Or, ce n'est pas le cas. Pourquoi ? Il a rédigé ce document voici seulement un an !

Elle posa la main sur le bras de son frère.

— Il prenait de l'âge, murmura-t-elle. Ce terrain doit avoir une réelle valeur aujourd'hui. Je suis sûre qu'un hectare doit bien se vendre aux alentours de soixante-dix mille dollars dans ce quartier à l'heure actuelle. Nous pouvons certainement ramener les choses à plus d'équité.

— Ce testament est parfait, intervint Ron. Le prix de l'hectare est plutôt de cent mille dollars... sauf de l'autre côté de la colline. Là, la vue sur la mer augmente considérablement ce chiffre !

— Nous allons tout diviser en deux, Ron ! Papa voudrait qu'il en soit ainsi.

— Peut-être. Tu n'as pas l'air dans le besoin, en tout cas, si j'en juge par ta toilette... elle est vraiment ravissante. Tu étais certainement plus à l'aise financièrement parlant que tu ne l'as avoué à notre père ces derniers mois.

— Tu n'ignores pas où allait mon argent, Ron !

Helen se mordit les lèvres. Elle ne voulait pas discuter la faute de Ron devant Felipe.

— Pas tout, j'en suis sûr, riposta Ron en lui décochant un regard critique. Tu as véritablement un physique de mannequin, à présent, ajouta-t-il.

— Ta remarque n'a rien à voir avec ce qui nous préoccupe, Ron, lui reprocha Helen.

— Ah ! elle le reconnaissait bien là, avec ses éternels faux-fuyants ! Cette constatation l'attrista.

Ron, quant à lui, l'observait d'un air circonspect. Elle imaginait facilement ses pensées. Etait-ce bien là sa sœur, devait-il se demander, celle qu'il avait toujours connue ? Certes, mais elle avait changé. Lui aussi, semblait-il. Dans une certaine mesure, il paraissait plus mûr.

— Très bien, Helen, fit-il avec fermeté. J'ai compris. Bon, alors, en ce qui concerne la propriété...

Elle n'en crut pas ses oreilles, mais se plongea de nouveau dans la discussion interrompue.

— Papa nous traitait toujours à égalité, toi et moi, nous partagions tout dans notre enfance. Ce testament doit être une erreur, à mon sens ; vois-tu, Papa avait beaucoup vieilli... Pourquoi ne pas garder la maison et le jardin et chercher un acquéreur pour le reste ? Nous pourrions diviser le produit de cette vente en deux et soustraire de ta part le montant de

ta dette envers Luis. Et enfin, nous oublierons cet
épisode... pour toujours, termina-t-elle.

— J'ai une meilleure idée. Demande à Felipe
d'appeler une de ces compagnies qui déplacent les
maisons. Quand elle aura quitté la propriété, toi tu la
garderas, moi je prendrai le terrain, suggéra Ron.

— Tu as besoin d'un toit, Ron. Tu sais bien...

— Ne comprends-tu pas, Helen ? lança-t-il brutalement. Papa ne ta pas légué l'habitation et la terre.
Il ne pouvait pas. Cela ne lui appartenait pas !

Elle le fixait, incrédule, ce qui augmenta l'impatience de Ron.

— Rappelle-toi... remonte six années en arrière,
quand tu étais encore étudiante... après l'accident...

— Oui... ?

— Papa disait que tu devrais interrompre tes
études, pourtant tu as continué. Te souviens-tu ?

— Mais oui...

Cette époque difficile resterait gravée dans sa
mémoire.

— Papa et Jessie déclarèrent qu'après tout je
pouvais préparer mon diplôme, poursuivit Helen.
C'est ce que j'ai fait et papa a insisté pour m'envoyer
à l'université...

— C'est exact. Eh bien... l'argent, c'était le mien.

— Le tien ? répéta Helen en pleine confusion.
Mais...

— Mes affaires marchaient bien alors. J'ai donc
donné de l'argent à notre père. Enfin, « donner »
n'est pas le terme propre. Disons que j'ai investi.
Père m'a signé un papier comme quoi la propriété
m'appartenait. Il m'a demandé de conserver la
maison en viager, mais le terrain, l'habitation, tout
ici... est à moi.

— Je ne saisis pas...

— Depuis six ans, papa n'avait plus rien à décider en ce qui concerne ces biens fonciers. J'en suis le propriétaire. Je lui ai permis de continuer à vivre ici, donc il était à ma charge, si tu veux. Mais à présent, tu peux emporter l'habitation, si le cœur t'en dit. Mais entre nous, elle n'en vaut pas la peine, je crois. Les promoteurs n'en voudront pas.

— Felipe ? appela Helen d'un ton implorant.

Ron sortit des documents de la poche intérieure de son veston et les tendit tranquillement à Felipe. Celui-ci les examina consciencieusement et déclara à Helen avec du regret dans la voix :

— Je suis navré, Helen. Tout ce qu'affirme votre frère est la vérité. L'ensemble de la propriété semble lui appartenir.

Décidément, les chocs se succédaient ! Pourtant, elle n'aurait pas dû s'étonner, Ron était tellement un être à surprises ! C'était très clair : il avait profité des malheurs de M. Forster à une certaine époque de sa vie, en prévision du bénéfice qu'il tirerait d'un terrain déjà en pleine expansion économique alors. Leur père avait accepté le marché, afin de permettre à Helen d'achever ses études.

— Papa n'avait pas le sens des affaires, observa Ron, en haussant les épaules. Il ne l'avait jamais eu.

— Mais il y a six ans tout ceci valait déjà beaucoup plus que mes frais de scolarité ! protesta Helen.

— Certainement. Mais voilà où l'on reconnaît l'homme astucieux. Père et moi nous avons tous les deux misé sur le prix qu'atteindrait un jour ce site. Tu as eu ta part d'héritage un peu plus tôt ; moi, j'ai dû attendre. Mais maintenant je suis dans l'immobilier et chaque dollar compte. C'est ainsi. Je suis actuelle-

ment sur une affaire que la vente de ce domaine va
me permettre de réaliser.

Chagrinée, dégoûtée aussi, Helen interrogea :

— Comment as-tu pu prêter trois mille dollars à
ton père en échange de biens qui valaient cent fois
plus ?

— Je lui ai seulement donné deux mille cinq cents
dollars, observa Ron d'un air suffisant.

— Comment as-tu pu duper une personne qui
t'aimait, qui avait confiance en toi ?

— Je ne l'ai pas trompé. Il a très bien compris ce
qui se passait.

— Tu t'es mal conduit là, je trouve, insista-t-elle.
Mais puisque j'ai remboursé ta dette mexicaine à
soixante-mille dollars près, me verseras-tu ce reliquat
quand tu auras vendu la propriété ? Et je pourrai
enfin clore ce chapitre !

— Tu es plus fine que je n'aurais cru, Helen !
s'écria Ron, l'œil brillant. Tu pourrais me donner des
leçons en matière d'affaires un peu troubles... Veux-
tu dire que tu as gagné autant d'argent en quelques
mois ?

— La vente du cottage de tante Edna m'a rapporté une assez belle somme, répondit-elle sans
hésiter avec son honnêteté habituelle.

— Ah... tu as hérité des biens de tante Edna !
Alors tu ne peux pas te plaindre que père m'ait légué
les siens !

— Tu fausses tout jusqu'à ce que j'aie la migraine,
se lamenta-t-elle en pressant ses tempes de ses deux
mains. Je ne te harcèle pas pour ce que j'ai déjà
payé... je demande le solde. Je t'en prie !

— Tu t'es bien débrouillée jusqu'ici ; continue,
riposta-t-il froidement. San Roque est bien le goujat

que j'ai toujours imaginé, s'il te réclame cette bagatelle. Ses moyens lui permettent de t'offrir un cadeau dix fois supérieur, sans que ses finances aient à en souffrir !

— Ne comprends-tu pas, Ron ? Ma vie dépend de l'éclaircissement de cette situation !

Non, Ron n'avait pas encore atteint l'âge adulte, constata-t-elle avec tristesse.

— Ne prends pas ces accents désespérés ! maugréa-t-il, irrité.

— Je t'en supplie...

— Adresse tes prières ailleurs ! J'ai mes propres problèmes. Quant à l'argent, tu es bien mieux pourvue que moi ! Je risque d'avoir de sérieux problèmes si je ne règle pas mes affaires le plus tôt possible. Tu vois, tu n'es pas à plaindre, loin de là, comparée à certains...

— Tout ceci est si puéril, murmura Helen. Dans moins de six mois tu seras de nouveau aux abois ; comme toujours. N'apprendras-tu jamais, Ron ? Si seulement tu pouvais travailler honnêtement et y mettre la même énergie que tu utilises pour t'attirer des ennuis !

— Pas de sermon ! cria-t-il. Tu moralisais déjà quand tu étais enfant ! ajouta-t-il allègrement.

Par bonheur, Felipe Estrada et Mme Parish bavardaient dans la cour ; cette scène pénible entre le frère et la sœur se déroulait donc sans témoins !

— Je me félicite que papa ne puisse pas nous entendre, déclara Helen à mi-voix. Mais s'il était parmi nous, il te demanderait de t'acquitter du reste de ta dette. Nous devons être loyaux l'un envers l'autre, Ron.

— Je regrette...

Et il paraissait sincère, en effet.

— Quand il s'agit d'argent, continua-t-il, je n'ai pas le choix. Aucun.

— Que se passera-t-il une autre fois ? Quand je ne serai pas là ? Quand tu n'auras plus de solution de secours ?

— Justement, Helen ! s'écria-t-il gaiement. Je ne prendrai plus de risques ! Parole d'honneur !

Il s'approcha d'Helen, se hissa légèrement sur la pointe des pieds et lui déposa un baiser furtif sur le front.

— Au revoir ! dit-il. Je m'en vais, afin de monnayer tout ceci au plus vite...

Comme hébétée, Helen le regarda s'éloigner. Elle venait de subir trop de chocs successifs pour éprouver du chagrin ou de la colère. Dès le départ de Ron, Felipe revint, toujours aussi courtois.

— J'ai pensé que je pourrais me rendre utile... suggéra-t-il avec gentillesse.

Helen rassembla ses esprits et son courage.

— Pas en ce qui concerne la propriété, Felipe. Il semble... Eh bien, Ron va la vendre. Mais il me faut mettre une annonce dans le journal local afin de trouver acquéreur pour la maison. Et puis, je vais devoir placer tout son contenu dans un garde-meubles...

Tout comme les modestes biens de sa tante Edna, ceux de Jessie n'avaient pas grande valeur. Ils constituaient plus un fardeau sentimental qu'un héritage ! Mais Jessie n'aurait pas aimé voir la table en merisier qu'elle affectionnait tant, utilisée par des inconnus. Son service en porcelaine ne servait qu'à Noël ou pour les fêtes de famille.

— Il sera à toi un jour, avait souvent répété Jessie à Helen. Et à ton tour tu le légueras à tes enfants...

Si elle en avait jamais, songea Helen. Cette possibilité lui paraissait peu vraisemblable...

18

D E toutes les galeries qui bordaient le Balboa Park à San Diego, celle de Chamartin était à coup sûr la plus élégante. Construite en pierre grise et blanche, ornée de colonnes, elle n'était pas très éloignée du plus grand musée de la ville et entretenait une importante clientèle internationale. L'endroit s'enorgueillissait des meilleures œuvres de peintres contemporains, tels que Wieghorst, Kingman, Pollock...

Helen rougit en apercevant ses propres créations en si prestigieuse compagnie. Seules trois petites aquarelles demeuraient accrochées, à présent, à part le *Seigneur des dauphins,* exposé en bonne place sous des projecteurs. Un bristol, bien en évidence dans un angle de la toile, indiquait qu'elle n'était pas à vendre.

L'impact de ce tableau la stupéfia. Et l'encadrement n'était pas en cause. Certaines peintures modestes étaient mises en valeur par un beau cadre, mais celle-ci n'en avait pas besoin pour accentuer tout son relief. Helen la considéra avec une vive émotion qui dépassait de loin le trouble ressenti au moment de sa réalisation.

Son émoi était si intense qu'Helen sentit ses jambes se dérober sous elle. Elle progressait comme artiste, sa technique lui procurait des joies croissantes, on la félicitait, et pourtant, il lui semblait avoir sous les yeux ce qu'elle avait accompli de plus beau. Jamais elle ne peindrait mieux qu'elle ne l'avait fait ce jour-là, elle en était fermement convaincue.

— Cette représentation comporte une force irrésistible, commenta Felipe près d'elle. Elle n'émane pas des dauphins que l'on voit tout l'été à Punta Temeraria. Mais de l'homme qui nage au milieu d'eux... Merveilleuse imagination ! Il y a tant d'émotion là-dedans ! Comme dans un rêve. Ce n'est pas ordinaire.

Savait-il qu'il s'agissait de San Roque ? Helen fixa le tableau, sans répondre.

— On raconte bien des histoires, reprit Felipe. Les dauphins accompagneraient, dit-on, les Grecs de l'Antiquité lors de leurs périples en mer. Ils aidaient les marins naufragés à regagner le rivage. Est-ce ce qui vous a inspirée ?

— Non, répliqua-t-elle sans explication.

— Mais, bien sûr, nous n'avons pas affaire ici à un navigateur échoué ; plutôt à un baigneur qui s'amuse en compagnie des animaux. C'est une réalisation attachante qui produit un effet insolite chez celui qui la contemple.

— Voyons si nous pouvons trouver le propriétaire de cette galerie, se hâta de déclarer Helen.

Chamartin accueillit Helen avec un plaisir sincère. Il s'adressa avec également beaucoup de chaleur à Felipe.

— Je suis venue pour le *Seigneur des dauphins*,

annonça Helen sans trop de préambules. A votre avis, puis-je vendre le même sujet en détrempe à ce client qui offre le meilleur prix pour l'aquarelle ?

— Je ne peux vous répondre sans d'abord me renseigner. Mais la détrempe est peut-être votre meilleure technique. L'acheteur voudra probablement voir avant d'acquérir, mais je vais contacter son mandataire.

— J'ai du mal à comprendre les raisons d'une somme aussi fabuleuse, avoua-t-elle un peu gênée. J'ai l'impression de le voler... ou la voler. Si vous saviez le peu de temps que nécessite une toile : un petit après-midi !

— Ce n'est pas cela qui détermine sa valeur marchande. La plupart des artistes de la terre pourraient utiliser une fabrique entière de couleurs sans parvenir jamais à produire un tel chef-d'œuvre. Ne vous excusez pas ! Je connais la valeur des tableaux et celui-ci en possède une immense... Mais l'offre qui en est faite, je vous l'accorde, est tout à fait inhabituelle pour un créateur aussi peu connu que vous.

— C'est précisément la question que je désirais vous poser. Qui souhaite acquérir à prix d'or la toile d'une inconnue ou presque ?

— Le mandataire est japonais... Fumiko Watobi. Ses compatriotes et les Arabes achètent à peu près tout ce qu'ils voient de nos jours. L'argent, pour eux, n'est pas un problème.

— Je sais. J'ai travaillé avec des gens de Tokyo à Cedros. Je vous en prie, appelez ce M. Watobi... et demandez-lui si la détrempe conviendrait tout aussi bien.

Chamartin téléphona donc à l'agent qui promit de le contacter plus tard après avoir parlé à son patron.

— Je vous garde tous les deux à déjeuner et je vais vous montrer la ville, proposa Chamartin à Helen et à Felipe. Son appel est prévu pour quatre heures de l'après-midi.

Après un agréable repas et une promenade dans San Diego, ils revinrent à la galerie. Lorsqu'il eut Watobi à l'appareil, Chamartin l'écouta attentivement, puis rapporta la réponse de l'acheteur :

— Seule l'aquarelle l'intéresse.

Helen soupira.

— Dites-lui...

Elle hésita, puis s'arma de courage pour continuer :

— Pourquoi est-il prêt à verser une telle somme ?

Chamartin interrogea son correspondant, puis transmit fidèlement sa réaction :

— C'est une filiale de la conserverie de thon de San Diego qui souhaite devenir propriétaire de ce tableau. Il figurera sur les boîtes et sur les affiches publicitaires envoyées partout dans le monde. Voulez-vous que je dise non ? ajouta Chamartin, une main sur l'écouteur.

Helen était singulièrement partagée entre l'envie de protester, outragée, et d'éclater de rire. Voilà... son œuvre bien-aimée, celle qui comptait tant pour elle, serait soumise à une telle exploitation commerciale que personne n'imaginerait sa vocation première : une œuvre artistique sérieuse ! Sa naïveté l'amusait. Comment avait-elle pu croire qu'une personne s'était intéressée à son aquarelle pour sa beauté, tout simplement ?

Son débat intérieur dura quelques secondes ; elle

savait cependant que sa décision était déjà prise au moment où elle avait franchi le seuil de la galerie.

— Annoncez à M. Watobi que je vends, fit-elle enfin. A condition que l'acheteur m'en donne soixante-quinze mille dollars.

— C'est de la folie, Helen ! s'insurgea Chamartin, couvrant toujours l'appareil. Vous brûlez d'envie de donner une réponse négative !

— J'aimerais bien. Mais j'ai besoin d'argent et c'est mon dernier mot, s'il veut y mettre le prix.

Le marché se conclut en dix minutes et Chamartin, au comble de la stupeur, s'exclama :

— Vous avez obtenu gain de cause, Helen ! Une fois déduits mes vingt pour cent, il vous reste soixante mille dollars. Le chèque arrivera ici demain matin.

— Nous allons l'attendre. Je veux le rapporter à Cedros, répondit Helen.

— Dans ce cas, ne cherchez pas d'hôtel, intervint Sally Chamartin. Vous allez loger chez nous... tous les deux.

— Je ne voudrais pas vous déranger et...

— Pas question d'habiter en ville quand nous possédons une si grande maison ! persista Sally.

Plus tard, chez lui, Chamartin déboucha une bouteille de champagne pour fêter l'événement.

— Quels sont vos sentiments, Helen, à l'idée de voir votre chef-d'œuvre reproduit à des millions d'exemplaires sur des boîtes en fer-blanc ? questionna-t-il.

Helen s'efforça de sourire.

— Je lui aurais peut-être souhaité un cadre plus romantique, répondit-elle. Mais après tout, pourquoi les conserves de thon manqueraient-elles d'esthétique ? L'industriel qui en a fait l'acquisition doit savoir ce qui convient à son produit ; mieux, sans doute, que je ne connais, moi, ce qui est bon pour un amateur d'art.

Elle essaya de ne plus penser à ce que cette aquarelle représentait pour elle, pour se concentrer uniquement sur les soixante mille dollars qu'elle allait obtenir. Ajoutés aux cinq mille que lui rapporterait la vente de la maison, ils lui permettraient de couvrir le solde dû à Luis. Son fardeau s'allégeait enfin ! Elle allait redevenir elle-même, capable d'affronter Luis sans obstacle.

A présent, elle pouvait regagner Cedros, ouvrir ses bras à Luis et lui déclarer :

— Je suis libre maintenant ! Libre de vous dire que je vous aime ! Que je vous ai aimé avant même d'apprendre qui vous étiez ! Et je peux être vôtre exactement comme vous le désirerez !

Etait-ce trop tard ? S'était-elle bercée d'illusions ? Jamais il ne lui avait avoué son amour. Dès qu'ils se reverraient, elle saurait...

— Felipe, demanda-t-elle à Estrada dès qu'ils furent seuls un instant, pouvez-vous contacter Luis et lui annoncer notre retour pour demain ? Faites-lui aussi savoir que j'apporte la somme restant à lui devoir. J'aimerais la lui remettre à la maison San Roque... avec un certain... cérémonial. C'est ma façon à moi de fêter l'événement. D'autres brûlent leurs anciens contrats d'hypothèque... Enfin... encore faut-il qu'il se rende à Cedros, ajouta-t-elle.

— Vous pouvez lui parler directement, *Doña* Helena, répliqua Felipe. *Don* Luis est à Mexico en ce moment.

— Non, fit-elle, timide tout à coup. Transmettez-lui seulement mon message.

Ses incertitudes refirent brusquement surface. Pour Luis elle n'était que la sœur de Ron sans rien de particulier, si ce n'est un peu de talent pour les choses administratives et l'organisation de bureau. Des qualifications qui ne suffisaient pas à lui inspirer de l'amour, à désirer faire d'elle son épouse au sens complet du terme. Elle n'avait aucune raison de croire que Luis éprouvait un quelconque sentiment d'affection pour elle. Cependant, elle ne pouvait s'empêcher d'espérer...

Elle se rappelait une ancienne camarade d'université qui avait établi assez sérieusement la liste de toutes les qualités qu'elle entendait trouver chez son futur mari.

— Il doit être riche, commençait-elle, élégant... plus grand que moi bien sûr... Ses connaissances doivent être innombrables, et aller des bons vins aux meilleures tables, en passant par l'art, la littérature, le théâtre, la politique, les affaires. Ah oui ! les affaires... il doit y briller ! Je le veux très intelligent, connaissant tout le monde et connu de tous, respecté aussi. Et puis doté d'une force physique exceptionnelle ; très séduisant. Bref, je le veux absolument incomparable ! Mais il n'a pas besoin d'être beau, enfin, pas classiquement, si tu préfères...

Une autre étudiante qui assistait à la conversation s'était alors esclaffée, puis avait déclaré avec une immense sagesse pour son jeune âge :

— Judy Ann, d'où te vient cette idée qu'un homme pareil puisse désirer l'une de nous, ici présente ? Il va jeter son dévolu sur une héritière dont le père ou la mère appartient à l'une des

meilleures familles. Sa femme devra être superbe,
elle aura nécessairement fréquenté un collège suisse,
pratiqué la chasse à courre et appellera la plupart des
célébrités du moment par leur prénom. Elle sera
extraordinairement attirante, fabuleusement riche et
mènera une existence dorée. Qui d'entre nous
répond à cette description… ?

Terriblement malheureuse, Helen songea qu'elle
était partie perdante vis-à-vis de Luis San Roque.

Que se passe-t-il quand la jeune femme imparfaite
tombe amoureuse de l'homme parfait ? Elle en garde
un cœur brisé ou une réputation de femme intéressée
par la fortune, voire d'aventurière !

— Mais je l'aime, murmura-t-elle pour elle-même
à mi-voix. J'espère qu'un miracle va se produire !
Quand j'aurai tout remboursé, nous verrons ce qui
arrivera…

19

LORSQUE l'avion amorça sa descente, Helen put voir les taxis rouges s'éloignant du terrain d'atterrissage. Comme toujours, ils avaient été fidèles au rendez-vous quotidien de l'appareil de la ligne régulière.

La voiture de la société, avec très vraisemblablement Vergel au volant, approchait, venant de la ville. Dans son sillage, deux ou trois véhicules de louage, dont les chauffeurs espéraient sans doute transporter des bagages, peut-être même des passagers supplémentaires.

Aujourd'hui, Vergel n'était pas venu seul.

Agustin Benevidez s'avança, comme Helen et Felipe descendaient la passerelle. D'un air très important, il distribua des ordres avec la même compétence dont Eugenio Ochoa avait fait preuve naguère dans le même secteur d'activités.

Il prit Helen à part et la remercia chaleureusement.

— Comment vous témoigner ma gratitude, *Doña* Helena ? s'écria-t-il avec effusion. Comment vous remercier pour votre appui ? Je savais bien que le

Maître récompenserait ma loyauté et mes capacités quand il me verrait à l'œuvre ! Grâce à vous il s'en est rendu compte et je vous en suis extrêmement reconnaissant ! Vous aviez raison aussi à propos d'Estelita Sanchez et de José Bello : ils travaillent admirablement bien, tous les deux.

Il parlait très vite et ne cessa pas son monologue durant tout le trajet jusqu'à Cedros.

— Qui aurait deviné, voilà six mois, quand vous êtes arrivée, qu'aujourd'hui je dirigerais la filiale ! Ce matin je n'ai pas pu empêcher ma femme de venir faire reluire la plaque de cuivre portant mon nom et flambant neuf sur la porte du bureau directorial ! Elle m'encourage à continuer les cours d'anglais et à étudier la langue japonaise de manière plus approfondie. Je dois être à même, me dit-elle, de m'exprimer couramment dans les deux. Moi je préfère l'anglais, bien entendu, car on le parle tout de suite au-delà de la frontière nord du Mexique, mais il est important d'être compétent si l'on veut poursuivre une carrière dans les affaires. Une carrière réussie.

— J'ignorais votre nomination ! intervint Felipe. Vous ne m'en avez pas parlé, ajouta-t-il à l'adresse d'Helen.

— Il m'a fallu penser à tant d'autres choses, lui rappela-t-elle.

Ainsi on l'avait remplacée ! Luis lui avait promis un avancement, mais la promotion de Benevidez devait avoir une autre raison. Une vague appréhension s'empara d'elle ; en même temps, elle s'efforça de ne pas tirer de conclusions hâtives de tous ces changements.

— Comment les cours se déroulent-ils dans le nouveau bâtiment ? s'enquit-elle calmement.

— Ah ! répondit Agustin Benevidez. Il y a deux professeurs en plus et un nouvel administrateur. Il intimide tout le monde, car c'est quelqu'un de très important. Au dernier étage de l'immeuble, nous avons installé les élèves venus du continent. Chaque jour, les avions nous apportent du matériel de travail, ce que la bureautique comporte de plus avancé.

— Agustin... l'interrompit soudain Helen. Je ne suis pas tout à fait à jour avec les détails des arrangements récents parce que j'ai été très occupée à San Diego. Expliquez-moi qui est ce responsable de la formation engagé par *Don* Luis.

Agustin ne se fit pas prier, trop heureux de raconter qu'il s'agissait d'un avocat, professeur à l'université de Guadalajara, spécialiste de droit international et qui avait dirigé une école du même genre à Mexico.

— Bientôt, conclut Benevidez, cette île sera peuplée de gens instruits, comme les grandes villes !

Craignant de découvrir ce qu'allait être sa nouvelle situation, Helen suggéra :

— La filiale a connu tant de modifications depuis votre dernière visite, Felipe, je me demande si vous n'aimeriez pas vous arrêter au bureau avec Agustin. Je vais rentrer directement à la maison et enverrai Vergel vous chercher plus tard.

— Entendu, acquiesça Felipe, résigné. Agustin trouvera sûrement de quoi m'occuper !

— Il va vous épuiser ! promit-elle. Il va vous montrer la moindre lettre, chaque dossier...

Lorsque la voiture déposa les deux hommes sur le quai, devant le siège de la société, Helen les salua avec un sourire dont l'insouciance et la gaieté n'étaient que pure apparence. Elle était heureuse de se retrouver seule un moment, en attendant ce qu'on lui réservait peut-être comme surprise à la maison San Roque...

Etait-elle toujours rentable pour la compagnie ? Agustin occupait son ancien poste et le programme de formation avait été confié à une personne venue de l'extérieur. Avait-elle réalisé l'œuvre de sa vie pour la voir s'achever ici ?

Quelle tristesse de perdre son emploi trois jours avant Noël, quand elle venait d'enterrer son père et d'avoir été déçue par son frère ! Mais ce qui la chagrinait plus encore, c'était l'éventualité d'un divorce auquel elle allait devoir bientôt se préparer.

Une fois qu'elle aurait remis à Luis le chèque qui la libérait, elle ne pouvait plus espérer obtenir une fonction chez *San Roque Entreprises.* En effet, tant la maison mère que la filiale de Cedros n'offraient de place correspondant à ses qualifications. D'ailleurs, elle n'avait guère envie de poser sa candidature ! En outre, elle craignait bien d'avoir compromis à tout jamais ses chances de bonheur avec Luis.

Que pouvait-il y avoir de pire que d'être licenciée et sans un centime à huit mille kilomètres de chez soi ?

Elle pourrait aussi, songea-t-elle, toujours devoir les deux cent soixante-trois mille dollars du début, sans avoir de quoi les rembourser ! Et sans possibilité de recourir à de sérieuses aptitudes professionnelles.

Eh bien, se dit-elle, elle allait devoir désormais compter sur ses talents. Même si elle ne vendait plus une toile, si ses succès de l'été avaient été pure aubaine, nul doute que Chamartin l'emploierait dans sa galerie. D'une façon ou d'une autre, elle se

débrouillerait... le plus important étant de s'être
débarrassée de cette maudite dette !

Mais Helen s'était attachée à Cedros et elle aurait
une peine immense d'en partir. Elle éprouvait une
vive affection pour ses élèves et pour tous ceux avec
qui elle avait travaillé. Elle avait beaucoup de
tendresse pour Soledad et aimait Rafaela très fort.
Tout le monde lui manquerait tant ! Surtout Luis qui
lui inspirait un amour presque effrayant à force
d'intensité. Il allait lui falloir supporter de vivre une
tragédie, elle en avait bien conscience. Le problème
était de savoir par où commencer...

Tandis que Vergel s'engageait dans les derniers
virages sur la route menant à la maison, Helen sentit
les larmes picoter ses paupières et sa vue se brouilla.
Elle les refoula farouchement. Après tout, depuis le
début, elle connaissait l'issue logique de cette
affaire ! L'aventure touchait à son terme, en se
précipitant. Ils devaient y faire face... elle et Luis.

Soledad ouvrit la porte et, ne pouvant se contenir,
prit Helen dans ses bras, en sanglotant de bonheur.

— *Niña !* Vous êtes de retour ! *Gracias a Dios !*

— Vous aussi vous m'avez manqué, Soledad ! fit
Helen en serrant la gouvernante dans ses bras, la
joue appuyée contre ses cheveux gris.

— *Don* Luis se trouve dans la bibliothèque, lui
annonça Soledad en l'entraînant, après l'avoir débarrassée de son petit bagage.

— Laissez mon sac dans le hall. J'ai quelque chose
pour Rafaela dedans.

A quoi bon le transporter à l'étage pour l'en
redescendre presque aussitôt si elle allait être ren-
voyée ? songea-t-elle.

Avant d'entrer dans la pièce, elle prit une profonde inspiration. Elle se rappelait la première fois qu'elle avait vu Luis dans cette maison. Comme elle avait été interloquée alors par les propos qu'il lui avait tenus ! Rien, cette fois, ne pourrait la surprendre à ce point. Elle s'était préparée à entendre le pire...

Aujourd'hui, comme ce jour-là, Luis paraissait sombre et menaçant. Il était assis derrière l'imposant bureau. Il ne se leva pas à son arrivée.

— Eh bien... vous voici enfin revenue, jeta-t-il.

— J'apprécie votre marque de confiance en m'ayant autorisée à quitter l'île malgré notre contrat, observa-t-elle d'une voix posée, mais en trouvant ces mots difficiles à exprimer.

Il la considéra en silence, comme elle s'approchait.

— Je vous ai apporté le solde, annonça-t-elle, en déposant le chèque devant lui. Cette somme est supérieure à ce que je vous dois encore, Luis. Vous me réglerez la différence à votre convenance une fois que l'ordinateur aura accompli son travail d'enregistrement.

Elle devait paraître horriblement raide et compassée ! Mais elle espérait tant conserver quelque dignité maintenant qu'elle avait perdu tout le reste.

Luis jeta un coup d'œil rapide au papier devant lui, puis le repoussa légèrement.

— Agustin est-il allé vous accueillir ainsi que je l'en avais prié ? s'enquit-il.

— Oui. Sa promotion l'enchante, fit-elle en ajoutant avec un accent de sincérité : il a énormément de conscience professionnelle, aussi se montrera-t-il hautement efficace dans son nouvel emploi, j'en suis convaincue.

Ses joues qui se colorèrent sournoisement la trahi-

rent-elles ? Elle parvint à soutenir son regard, cependant, lorsqu'il lui demanda :

— Etes-vous satisfaite de l'administrateur que j'ai
sélectionné pour les cours de formation ?

— Je ne le connais pas, mais Agustin que son
intuition ne trompe pas, en est très content.

Elle détestait cette attente insupportable ! N'était-
il pas suffisant de lui annoncer qu'elle était licenciée ?

— Mon contrat est arrivé à son terme, de toute
évidence, remarqua-t-elle sur le même ton tranquille.
Agustin me remplaçant dans un secteur qui était
placé sous ma responsabilité et une personne recru-
tée à l'extérieur s'occupant de mes autres tâches, j'en
déduis que j'ai cessé d'être utile à *San Roque
Entreprises*.

— Vous avez accompli un excellent travail dans la
mesure que le permettaient les limites culturelles.
Vous comprenez bien que cela ne pouvait pas durer,
n'est-ce pas ?

Helen hocha la tête, puis reprit :

— J'espère que vous me fournirez des références
convenables si jamais j'en avais besoin.

— Vous n'en aurez pas la nécessité. Votre peinture vous a donné un nom.

— Ce qui signifie que je vais quitter Cedros.

C'était une affirmation, pas une question.

— Personne ne vous en empêchera, si tel est votre
vœu. Vous avez votre place sur cette île...

— Je ne veux pas qu'un emploi soit créé exprès
pour moi, l'interrompit-elle d'un air guindé. Puisque
j'ai été remplacée, je vais partir dès que possible. Je
ne voudrais pas déranger. Mais... j'aimerais régler la
question de Rafaela.

— Que voulez-vous dire ?

— J'ai une grande affection pour elle. Je voudrais m'occuper d'elle, veiller à ce qu'elle se développe autant que possible. Je souhaite l'emmener avec moi, l'adopter. Des dispositions peuvent-elles être prises en ce sens ?

— Non.

— Pourquoi ?

Le refus catégorique de Luis l'interloqua.

— Mais elle n'a plus de famille ! renchérit Helen. Sa mère est morte. Moi je l'aime et je…

— Au Mexique nous n'apprécions pas l'attitude des étrangers bien intentionnés qui viennent chercher nos enfants comme s'il s'agissait de produits d'exportation ! De plus, Rafaela est née dans cette île. Cedros est son univers. Tout le monde dans cette maison éprouve de l'attachement pour elle et veille sur elle. Non, vous ne pouvez pas vous en aller avec elle.

Helen était livide à présent, ses lèvres tremblaient. Ainsi, on allait même la priver de cette tendresse ! Elle savait toutefois que Luis avait raison. Comme elle avait été présomptueuse de penser pouvoir enlever Rafaela à son milieu naturel ! Mais en affirmant sa volonté de n'accorder aucune concession, Luis avait rendu sa blessure encore plus douloureuse.

Helen craignait de fondre en larmes. Courageusement, elle tenta de refouler ses sanglots.

— J'aimerais garder certaines affaires personnelles, dit-elle enfin en essayant de ne pas perdre son calme. Surtout mon matériel de peinture.

— Et vos vêtements. Ils ont été confectionnés sur mesure et n'iraient à personne d'autre.

— Ces toilettes sont fort belles et j'ai eu beaucoup

de plaisir à les porter, mais il s'agissait, n'oubliez pas, de simples uniformes. Il me faudrait les acheter pour les conserver et je n'en ai pas les moyens. Peut-être… vais-je en choisir quelques-unes dont la valeur équivaudra à peu près à la différence entre le solde de la dette et le montant du chèque…

— Vous êtes vraiment obnubilée par les questions d'argent ! s'écria-t-il, irrité. Vous avez l'esprit si contrariant que vous refusez de recevoir quoi que ce soit dans la vie. Si vous ne distribuez pas vous-même les faveurs, avec parcimonie, vous devenez de glace ! C'est franchement désagréable et déplacé.

Mais il accepta sa requête d'un geste indifférent, en ajoutant :

— A votre guise. Ce que vous déciderez me convient. Genaro peut emballer votre grand tableau représentant les dauphins, si vous voulez, celui qui se trouve dans le petit débarras contigu à votre chambre.

— Oui, si ce n'est pas trop demander, répondit-elle poliment. Mes couleurs sont juste à côté. Pourriez-vous le prier de les descendre en même temps ?

— Vous êtes très douée, Helen. Peut-être achèterai-je une de vos œuvres un jour, comme investissement. Mais certainement pas celle que nous évoquions à l'instant.

— Non ? Pourquoi ?

— Elle me semble plutôt vide. Non, à la réflexion, elle ne me plaît pas du tout.

— Elle n'est pas terminée, se défendit Helen. De toute manière, elle n'est pas à vendre. Je veux la conserver.

— C'est bizarre !

Luis lui décocha un regard pensif.

— Qu'entendez-vous par là ? s'étonna Helen.

— Il est clair que vous vous êtes souvenue de
Punta Temeraria. Mais n'avez-vous pas une toile
semblable à la galerie de San Diego ? Je me rappelle
un échange de lettres entre M. Chamartin et vous. Je
trouve étrange que vous désiriez garder deux créations sur le même sujet.

— Celle de San Diego a été vendue.

— Ah oui ? J'avais pourtant l'impression que vous
y étiez farouchement opposée !

— J'avais besoin de cette somme. Le chèque sur
votre bureau provient pour la plus grande partie de
cette aquarelle. Felipe ne vous l'a-t-il pas dit ?
Généralement, il vous tient au courant de tout.

— Il m'a rapporté qu'on vous avait acheté un
tableau, mais sans me décrire ce qu'il représentait.
Son unique commentaire a porté sur la beauté de
l'œuvre. A en juger par ce petit papier de banque,
l'offre était fabuleuse pour une artiste aussi peu
connue que vous.

— Une... une société de pêche japonaise l'a
acquise pour la publicité d'un de ses produits... le
thon en boîte, avoua Helen.

— Ah ! Et vous qui en faisiez tant de cas ! Il va
circuler dans le monde entier, à présent, sur du fer
blanc !... N'est-ce pas ?

— Inutile de présenter les faits de cette manière !
Il s'agit d'une industrie honnête... en outre, l'art
commercial n'est pas méprisable !

— Certes, non. Ce qui me stupéfie c'est votre
besoin, apparemment insatiable, de tout monnayer !
Vous vous êtes séparée d'une réalisation qui signifiait
quelque chose pour vous. Un tel comportement me
paraît plein de froideur et dénué d'émotion. Vous

aviez beau clamer combien cette toile vous était chère, vous n'avez pas hésité à prostituer votre talent pour le prix fort. Pour vous, toutes les raisons sont bonnes de donner la priorité à l'argent !

Helen le fixa sans rien dire. Quelle voix glaciale ! Et puis, qu'aurait-elle pu répliquer ? Mon Dieu, comme ses propos lui faisaient mal ! Une phrase lui brûlait les lèvres :

— J'ai agi ainsi pour abattre la barrière qui se dressait entre nous... !

Elle ne la prononça pas. Elle n'avait pu qu'édifier un mur encore plus haut...

— Puis-je m'en aller ? parvint-elle enfin à murmurer. Dès que l'avion s'envolera de Cedros cet après-midi, vous serez enfin débarrassé d'Helen Forster ! Vous occuperez-vous de tous les autres détails, par l'intermédiaire de votre avocat ?

— Oui, de tout, répondit-il.

Ouvrant alors un tiroir du bureau, il ajouta :

— Peut-être désirez-vous emporter ceci.

Il lui tendit une liasse de relevés de banque et la procuration qu'elle avait signée à la fin du mois d'août.

— Merci, fit-elle avec raideur.

Incapable de demeurer dans cette pièce un instant de plus sans risquer de perdre sa dignité, elle se hâta vers la porte. D'une seconde à l'autre, les larmes allaient jaillir et à aucun prix elle ne souhaitait exhiber sa détresse devant Luis !

Dans le hall, elle croisa Soledad qui portait Rafaela dans ses bras. Le visage illuminé de joie, la fillette se débattit pour être prise par Helen.

— L...lena ! balbutia-t-elle d'une petite voix rauque. Lena ! continua-t-elle d'un air triomphant.

Helen recula de saisissement.

— Elle a répété votre nom sans trêve depuis votre départ, annonça Soledad, vraiment euphorique devant l'exploit de l'enfant. Nuit et jour, elle vous a appelée ! Elle possède aussi d'autres mots. Ils ne sont pas encore faciles à comprendre... mais elle parle !

Les yeux embués, éperdue de bonheur, Helen s'empara de Rafaela, la serra très fort contre elle en criant presque :

— *Niña ! Diga ! Don* Luis ! Allez, dis : *Don* Luis !

— L... lu... is ! obéit docilement la petite fille, avec un sourire épanoui.

— Oh, Rafaela, Rafaela ! Que tu es mignonne ! Tu es merveilleuse ! s'écria Helen dont les larmes coulaient sans retenue à présent.

Elle tendit de nouveau la fillette à Soledad, sans gaieté de cœur et se pencha vers son sac.

— C'est pour toi, ma chérie...

Elle lui donna la poupée rapportée de Garnet Beach.

— Rappelle-toi, je t'ai souvent parlé de ma Belle Annie. Je l'ai eue quand j'avais ton âge et maintenant elle t'appartient. Tu dois apprendre à prononcer son nom... Anabella. Moi je l'ai toujours beaucoup aimée, et toi tu l'aimeras à ton tour.

Puis Helen embrassa Rafaela, en promettant :

— Je reviendrai te voir un peu plus tard, mon cœur. Mais en ce moment, « Lena » a beaucoup à faire...

Elle repoussa presque la gouvernante et l'enfant, afin de ne pas s'effondrer tout à fait.

Tandis que Soledad ramenait Rafaela vers sa chambre, Helen essuya furtivement ses joues et gravit l'escalier d'un pas rapide, mais mal assuré.

Elle alla directement chercher son matériel de peinture, en entrant dans sa chambre. Otant le linge qui protégeait la détrempe aux dauphins sur le chevalet, elle examina son travail à la lumière du salon.

Comme toujours, Luis avait raison, se dit-elle. L'ensemble était vide. La technique était irréprochable ; le souvenir sans faille et la composition très correcte sur le plan artistique. Mais il n'y avait pas d'âme dans tout cela ; émotivement, c'était plat. Cela se résumait à un bon exercice, un point c'est tout.

Helen savait à présent pourquoi Luis était absent de ce second tableau. Elle ne voulait pas risquer d'exprimer ce qu'elle avait ressenti en exécutant le premier. Elle avait voulu cacher à Luis ce qu'il lui inspirait, afin de sauvegarder sa fierté...

— Oh, et puis zut ! gronda-t-elle.

Jamais il ne figurerait sur cette toile ! Et personne ne l'achèterait, pas même une conserverie de poisson ! Elle éclata en sanglots et laissa son chagrin, son immense désarroi la submerger.

Quand Helen se calma un peu, elle se mit à empiler ses effets personnels que Soledad ou Genaro rangerait dans ses valises. Ensuite, elle s'assit par terre et pleura de nouveau.

Elle était venue dans ce pays pour un été, avec une chance inouïe. Ah oui, inouï était bien le mot ! Elle y laissait son cœur pour toujours, elle était sans travail, sans maison et elle ne reverrait plus jamais Luis !

En cherchant fébrilement un mouchoir, elle fit tomber les relevés de banque de la table. Elle les ramassa et les contempla distraitement, en essuyant ses yeux avec un pan de son chemisier. La dernière enveloppe n'avait pas été ouverte. Qui sait quel démon l'incita donc à la décacheter !

Le feuillet indiquait ses opérations du dix-huit novembre au dix-huit décembre. Elle le parcourut d'abord sans trop y accorder d'attention, puis elle s'immobilisa, intriguée. Seuls les dépôts y figuraient.

Son salaire avait été versé ; ainsi que l'argent provenant de la vente de la maison de sa tante Edna ; et aussi celui des tableaux. Aucun retrait n'était mentionné, ni la rémunération de Mme Parish ni les frais de clinique.

Son ancien solde atteignait une somme considérable et son compte affichait actuellement un crédit encore supérieur, du fait de ce qui y avait été payé au cours du mois.

Ses larmes se tarirent lorsqu'elle tenta de déceler l'erreur qui avait dû se glisser. Elle n'en crut pas ses yeux : aucun chèque n'avait été débité, aucun non plus n'avait été crédité. Quant aux frais de banque, ils étaient nuls.

Helen saisit ses lunettes, les essuya et les remit bien vite. Sourcils froncés, elle parcourut rapidement les autres bordereaux : rien n'avait changé depuis l'été, depuis ses dernières propres transactions. De toute évidence, il y avait une gigantesque erreur quelque part ! Elle allait devoir descendre en parler à Luis...

Voilà exactement ce dont elle avait besoin, songea-t-elle : une méprise colossale qui durait depuis six mois !

Elle traversa la chambre à coucher en direction de la porte donnant sur le couloir. Mais elle s'arrêta à mi-chemin. En entrant, trop absorbée par sa peine, elle ne pensait qu'à une chose : récupérer ses couleurs et son tableau inachevé. Elle s'était rendue aussitôt dans le petit salon et n'avait donc pas remarqué le mur situé au sud. Comment cela avait-il été possible ? Pétrifiée, elle s'immobilisa.

Dans la galerie Chamartin, le *Seigneur des dauphins* l'avait impressionnée par son intensité. Mais ici, elle le decouvrait encadré et placé pour la première fois dans une atmosphère qui lui convenait. Elle ne s'était donc pas leurrée : quelqu'un avait réellement offert une somme exorbitante pour l'exotisme et l'originalité de cette œuvre.

L'aquarelle ressortait si bien ici ! Elle dégageait pleinement la vitalité et l'ivresse qu'Helen avait éprouvées en le peignant. Il symbolisait la passion née en elle au moment où Luis lui était apparu dans l'eau et sur la plage.

A force de fixer la toile, Helen vacilla. Les papiers de la banque s'éparpillèrent sur le sol. Elle se pencha lentement pour les ramasser, comme dans un rêve.

Comme un puzzle se mettant miraculeusement en place, tout prit forme soudain dans son esprit.

La conserverie japonaise ? Il était très facile à Luis de prier un de ses actionnaires nippons de lui servir d'intermédiaire. Depuis le début il avait deviné l'intérêt de ce tableau et il avait voulu satisfaire sa curiosité.

Et tout cet argent autour duquel elle avait fait tant d'histoires ! Elle avait prouvé qu'elle entendait bien rembourser la dette. Il avait poussé les choses un peu loin afin de la garder à Cedros mais il se souciait fort peu de récupérer ses fonds.

Peu lui avait importé de perdre son dû. Mais pas de la perdre elle ! Avait-elle eu de l'importance pour lui tout ce temps ?

Elle osait à peine y croire. Non, cela ne pouvait pas avoir cette flagrante simplicité ! Une fois de plus, son imagination lui jouait un tour, tant elle désirait avoir découvert la vérité.

Helen s'assit sur le lit, les yeux rivés sur l'aquarelle. Et ses larmes coulèrent de plus belle. Comme elle était sotte... comme elle avait été sotte pendant tous ces mois ! Soudain, la porte de communication s'ouvrit, Luis entra, repoussa le battant derrière lui. Il la regardait fixement.

— Avez-vous vraiment cru que je vous laisserais partir ? demanda-t-il.

— Je ne sais pas ! sanglota-t-elle, tandis que ses pleurs redoublaient.

— Jamais, *querida !*

Quand les bras de Luis se refermèrent sur elle, quand ses lèvres déposèrent des baisers sur ses joues baignées de larmes, Helen comprit à quel point elle avait été stupide.

Elle s'écarta légèrement de lui au bout de quelques secondes.

— Combien de mes toiles avez-vous achetées, Luis ? interrogea-t-elle. Afin que je me prenne pour une artiste à succès...

— A part celle-ci que vous avez si souvent refusé de vendre, je n'en ai acquis que trois.

— Seulement ?

— Mais elles étaient d'une exceptionnelle qualité ! s'écria-t-il, défendant farouchement ses achats. Elles convenaient parfaitement à nos bureaux. Le prix qu'en demandait la galerie était raisonnable, alors pourquoi n'en aurais-je pas fait l'acquisition ? Elles représentaient les hangars de Punta Temeraria et le quai de Cedros... elles étaient donc tout à fait appropriées pour figurer en bonne place dans les locaux de la société. En outre, leur auteur n'était autre que l'épouse du président. Et beaucoup de mes collègues ont acheté des peintures moins réussies dans le même but !

Il l'embrassa de nouveau, puis la taquina :

— Ah ! Cette aquarelle m'a tout de même coûté très cher ! Mais j'étais bien déterminé à la posséder !

— Un Japonais...

— En fait, il y en avait un sur les rangs. Pendant un certain temps nous avons fait monter les enchères... à qui serait le plus offrant...

— Si je comprends bien, vous vous êtes moqué de moi sans vergogne ! Mais cela m'est égal !

— *Amada mia,* jamais je n'ai ri de vous ! protesta Luis.

Il caressait sa joue avec tendresse.

— Croyez-moi, insista-t-il. Jamais ! J'ai éprouvé de l'amour, de la passion, de l'admiration... de la colère aussi ! Ah ! et comme je me suis senti frustré ! J'ai connu toutes les émotions qu'un homme peut ressentir quand il a le malheur d'être amoureux d'une femme telle que vous !

— Le malheur ?

— Vous savez très bien ce que je veux dire. Avons-nous enfin cessé de nous jouer la comédie ?

— Vous ne m'avez jamais avoué que vous m'aimiez...

— M'auriez-vous écouté ?

— J'étais trop occupée à me convaincre de mon infortune. Pensez donc : aimer un homme qui ne m'aimait pas, ne m'aimerait jamais ! Mais je vous adore, Luis ! Et c'est incurable !

Helen leva le visage vers lui, quêtant un autre

baiser auquel elle pouvait à présent s'abandonner tout entière.

— Ce fut beaucoup plus tard qu'elle demanda :

— Et Ron ? Et la somme qu'il a détournée ?

— En ce qui concerne *San Roque Entreprises,* sa dette a été remboursée. Chaque versement était consigné dans le registre par Estrada lorsqu'il le recevait. Quelle différence pour moi si mon argent se trouve sur un compte ou sur un autre ? Mais j'avoue être davantage furieux qu'il ait pu vous voler, vous ! Estrada m'a tout raconté au téléphone, depuis San Diego. Avant cela, le côté aventure de votre frère n'était pas pour me déplaire... puisqu'il vous avait amenée à moi.

— Luis ! Que voulez-vous dire ?

— *Querida,* répondit-il doucement, en frôlant son cou de sa bouche, les méfaits de Ron m'ont apporté le bonheur.

— Le bonheur... ?

— Ma chérie... la dernière chose que j'espérais voir apparaître, en sortant de l'eau à Punta Temeraria, c'était une splendide déesse aux cheveux roux qui m'attendait ! Moi qui étais venu me détendre dans l'océan et oublier la frénésie du monde des affaires... J'ai su aussitôt qui vous étiez. Et dès cet instant j'étais décidé à tout mettre en œuvre pour vous garder. Quel don du Ciel que votre frère choisisse alors de s'éclipser sans vous ! J'avais là, non seulement, l'occasion, mais aussi le motif.

— Voulez-vous me faire entendre que... Notre mariage n'a-t-il donc jamais été un moyen légal de me retenir ici jusqu'à paiement intégral de la dette ? N'avez-vous jamais eu l'intention de le faire annuler ? s'enquit Helen, abasourdie.

— Dieu garde, non ! Notre union devait vous lier à moi pour toujours. Je ne plaisante pas avec cette institution, voyez-vous ; je suis plutôt démodé à ce propos.

— Et Yolanda ?

— Ah ! s'exclama-t-il avec un sourire espiègle, en enroulant une mèche de cheveux d'Helen autour de son doigt. Que voulez-vous savoir ? Etiez-vous jalouse ? Si j'avais été amoureux de Yolanda, je l'aurais épousée depuis longtemps... n'y avez-vous jamais pensé ?

— Quand vous avez envoyé ces journaux de Mexico avec leurs insoutenables photos...

Helen enfouit son visage dans l'épaule de Luis.

— J'étais las de me montrer patient, je vous l'ai dit, *querida esposa.* J'ai imaginé de vous effrayer un petit peu et peut-être de vous ramener à la raison...

Il mordilla tendrement le lobe de son oreille, comme elle le serrait plus fort dans ses bras.

— C'était cruel de votre part de lui laisser de l'espoir, en vain, lui reprocha-t-elle gentiment.

— Si vous aviez été là, vous auriez vu sa cour d'admirateurs ! L'un d'eux était d'ailleurs son ami en titre. Les clichés résultaient d'une complicité entre les photographes et moi... Dans un but de vengeance sans malice, ma chérie... afin de vous rendre aussi malheureuse que je l'étais. Nous accomplissons des actes si étranges par désespoir, vous le savez...

— Jamais plus... non, jamais plus je ne vous donnerai de raisons de vouloir assouvir une vengeance !

— Quoi qu'il en soit, mon stratagème semble avoir abouti à l'effet voulu ! Mais il me fallait encore déployer d'autres astuces. Alors, j'ai décidé de vous priver d'emploi. Ainsi, me disais-je, vous auriez le temps de peindre. Pour mettre un terme à cette farce, j'aurais acheté toutes vos œuvres, à n'importe quel prix ! C'est grâce à cette aquarelle que nous sommes sortis de l'impasse.

— Des étiquettes pour boîtes de thon ! murmura-t-elle en riant.

— La première fois que j'ai vu ce tableau, à la galerie où je m'étais rendu pour savoir ce qui vous poussait à le sauvegarder, j'ai compris que nous partagions les mêmes sentiments... et j'en fus heureux.

Il déposa des baisers furtifs sur ses cheveux, ses paupières. Puis il eut de nouveau son regard taquin.

— J'ai un autre aveu... fit-il.

— Vous êtes *Don* Castle, chuchota Helen.

C'était au tour de Luis de paraître surpris.

— Depuis combien de temps le savez-vous ? interroga-t-il.

— C'est récent, admit-elle. Quand je me trouvais à San Diego, j'ai essayé de l'appeler. Je désirais lui demander conseil au sujet de livres... écrits par les grands maîtres d'échecs. Je souhaitais les acheter et vous les offrir pour Noël... Personne à son hôtel ne le connaissait. Alors j'ai fait des recoupements, notamment en fonction du nom Castle, c'est la tour sur l'échiquier et c'est aussi une des significations possibles de Roque en espagnol... Mais je n'ai pas eu le temps d'y réfléchir plus... pas avant aujourd'hui. Et j'ai même totalement oublié ce détail pendant quelques jours... Je croyais vraiment que vous me chassiez... ajouta-t-elle en frissonnant.

— Mon ange, je ne suis ni votre père ni votre frère, mais votre époux et votre amant pour toujours.

Jamais je ne vous renverrai ou vous abandonnerai !
Nunca màs ! Peut-être me faudra-t-il une vie entière
pour vous en fournir la preuve. Mais je vous la
donnerai en échange de tout votre amour. Vous
savez combien je suis patient, n'est-ce pas ?

— Oh, Luis... Luis !

C'était si bon d'être dans ses bras, de laisser éclater
sa joie ! Et puis ses caresses étaient si douces, si
passionnées aussi !

— Je vais devenir comme Magdalena, gémit-elle
d'une voix altérée. Je ne supporterai pas d'être
séparée de mon mari même une seule nuit !

— Vous n'aurez pas à souffrir de mon absence.
Nous allons voyager ensemble. Je confierai peut-être
certaines responsabilités à d'autres et j'aurai ainsi
plus de temps pour nous ici, à Cedros. Nous irons
nous baigner, nous explorerons chaque crique, chaque petite baie. C'est vous que j'aime, ma chérie, pas
San Roque Entreprises !

Par la fenêtre ouverte, le tintement du carillon de
midi emplit la pièce. Comme il résonnait allègrement
au-dessus des toits de Cedros, Luis demanda :

— Devrions-nous voler au secours de Felipe toujours dans le bureau d'Agustin ?

A son intonation, il était évident qu'il n'avait
aucun désir de quitter sa femme.

— Non, chéri, souffla Helen, il sera bien temps
d'aller le chercher après la sieste ! Nous avons tant de
temps à rattraper tous les deux...

Elle noua ses bras autour du cou de Luis et lui
offrit ses lèvres.

LE SAVIEZ-VOUS?

Le **Mexique**, situé au sud-ouest des Etats-Unis, forme la majeure partie de l'isthme reliant l'Amérique du Nord à l'Amérique du Sud.

Poétiquement surnommé le "pays des grandes solitudes", le Mexique est l'une des plus grandes régions désertiques du globe—témoin de cette aridité, le cactus, verdure épineuse de ces immenses étendues sèches et rocailleuses.

Pourtant, dans le sud du pays, au-delà des "sierras"—les montagnes—la végétation tropicale foisonne, recouvrant les temples silencieux de lianes. C'est le Yucatan, autrefois berceau de civilisations indiennes avancées—les Aztèques, les Mayas.

Saviez-vous que nous devons aux Mayas l'invention du calendrier? Fondée sur des mythes et des croyances religieuses complexes, cette brillante civilisation pré-colombienne adoratrice du soleil, avait un savoir mathématique et astronomique exceptionnel. Elle ne résista malheureusement pas à l'invasion destructrice des Espagnols au 16è siècle.

Pour Helen et Luis, sur la petite île isolée de Cedros, leur amour était à l'image du Mexique: aride et solitaire au premier abord, il allait ensuite révéler des trésors incomparables...

HARLEQUIN SEDUCTION

Egalement, ce mois-ci . . .

AU PAYS DE SHANGRI-LA

Beryl n'avait certainement pas l'intention de
remplacer son frère malade dans l'expédition qui
devait partir à l'assaut de l'Everest. Elle avait
simplement été chargée d'apporter le matériel
nécessaire à sa place—mais, une fois à destination,
elle ne peut plus faire marche arrière : il lui faut suivre
l'expédition jusqu'au campement de base, aux côtés
de Rock Rawlings, un géant au charme magnétique !

Pire encore, il la fait passer pour sa fiancée afin d'éviter
tout commérage au sein de l'équipe ! Etait-il
indispensable de pousser le jeu aussi loin ? Pourtant
Beryl n'a pas le choix—dans l'équipe, c'est Rock qui
commande et tout le monde le respecte, même elle—
car la force qui émanait de lui bouleversait tous
ses sens...

A PARAITRE

HARLEQUIN SEDUCTION vous
réserve des histoires d'amour aux
intrigues encore plus captivantes! En
voici quelques titres évocateurs:

HANTÉE PAR UN VISAGE,   Leah Crane

MÉLANCOLIE D'AUTOMNE,   Jessica Jeffries

A L'OMBRE DES SAULES,   Elizabeth Glenn

JUSQU'AU BOUT DE L'AVENTURE,
                                Judith Duncan

Des histoires d'amour sensuelles et captivantes

LES JARDINS DE ZERZURA,
Margaret Gayle

Alix attend beaucoup des fouilles archéologiques qu'elle entreprend dans le désert marocain: elle espère rétablir la réputation de ses parents. Mais elle doit se méfier de Charles de Saint-Loup, qui l'accompagne, un homme aussi dur, dangereux et séduisant que le Sahara...

QUE RESTE-T-IL DE NOTRE REVE?
Jocelyn Griffin

Depuis le début, Lauren avait des doutes sur sa relation avec le richissime Morgan Hamilton. Pourquoi s'intéresse-t-il à elle? Mais elle écoute son cœur, et elle l'épouse. Le soir de leurs noces, elle retrouve Morgan dans les bras de sa maîtresse!

Harlequin Tentation

De nouveaux romans sensuels, chaleureux, excitants, où l'amour triomphe des contraintes, des dilemmes, et vient réchauffer votre cœur comme une caresse...

Dites oui à l'amour, à l'infinie tendresse d'un sourire partagé, à la secrète complicité de deux corps vibrant l'un contre l'autre.

Harlequin Tentation, 3 nouveaux titres par mois! Vous les trouverez dès aujourd'hui chez votre dépositaire.

Harlequin Tentation, **on n'y résiste pas!**

TENT-1

Le sweepstake
VOGUE L'AMOUR
d'Harlequin

Des prix de rêve à gagner !

- Une croisière romantique d'une semaine pour deux personnes à St-Thomas, San Juan et Puerto Plata, plus 500 $ d'argent de poche. **AIR CANADA** ✹ **TOURAM**

- 1 000 $ de coupons d'achat dans des boutiques exclusives de vêtements et d'accessoires du *Complexe Desjardins* à Montréal.

- Un week-end enchanteur pour deux personnes à l'hôtel **MERIDIEN** de Montréal.

- 25 abonnements gratuits à une collection de romans Harlequin... des heures de rêve !

Ne manquez pas le bateau !

Envoyez 1 coupon ou un fac-similé dessiné à la main et non reproduit mécaniquement avant le 16 novembre 1984 et vous avez 1 chance de gagner. Plus vous participez, plus vous avez de chances que votre rêve devienne réalité !

COUPON DE PARTICIPATION AU SWEEPSTAKE "VOGUE L'AMOUR" D'HARLEQUIN

Nom_____

Adresse_____

N° de tél. _____

Pour avoir une chance de gagner, envoyez ce coupon à: Sweepstake "VOGUE L'AMOUR" d'Harlequin, B.P. 20, Succursale H, Montréal, (Québec) H3G 2K5.

SW-2

Découpez et retournez à: Service des livres Harlequin
P.O. Box 2800, Postal Station A
5170 Yonge St., Willowdale, Ont. M2N 5T5

Éternelle jeunesse du roman d'amour!

On a l'âge de son esprit, dit-on. Avez-vous jamais songé à vérifier ce dicton?

Des romancières célèbres telles que Violet Winspear, Anne Weale, Essie Summers, Elizabeth Hunter… s'inspirant du vrai roman d'amour traditionnel, mettent en scène pour votre plus grand plaisir héros et héroïnes attachants, dans des cadres romantiques qui vous transporteront dans un monde nouveau, hors de la grisaille du quotidien. En partageant leurs aventures passionnantes, vous oublierez soucis et chagrins, vous revivrez les émotions, les joies…la splendeur…de l'amour vrai.

Six romans par mois… chez vous… sans frais supplémentaires… et les quatre premiers sont gratuits!

Vous pouvez maintenant recevoir, sans sortir de chez vous, les six nouveaux titres HARLEQUIN ROMANTIQUE que nous publions chaque mois.

Et n'oubliez pas que les 6 vous sont proposés au bas prix de $1.75 chacun, sans aucun frais de port ou de manutention.

Et cela ne vous engage à rien: vous pouvez annuler votre abonnement n'importe quand, pour quelque raison que ce soit.

Pour vous assurer de ne pas manquer un seul de vos romans préférés, remplissez et postez dès aujourd'hui le coupon-réponse sur la page suivante.

Rien n'est plus pratique qu'un abonnement *Harlequin Romantique*

1. Vous recevrez les 4 premiers livres en CADEAU puis 6 nouveaux titres chaque mois, dès leur parution. Vous ne risquez donc pas de manquer un seul volume Harlequin Romantique.

2. Vous ne payez que $1.75 par volume, sans les moindres frais de port ou de manutention.

3. Chaque volume est livré par la poste, sans que vous ayez à vous déranger.

4. Vous pouvez annuler votre abonnement à tout moment, pour quelque raison que ce soit...nous ne vous poserons pas de questions, et nous respecterons votre décision.

5. Chaque livre Harlequin Romantique est écrit par une romancière célèbre: vous ne risquez donc pas d'être déçue.

6. Il vous suffit de remplir le coupon-réponse ci-dessous. Vous recevrez une facture par la suite.

Bon d'abonnement

Envoyez à: **HARLEQUIN ROMANTIQUE**
P.O. Box 2800, Postal Station A
5170 Yonge St., Willowdale, Ont. M2N 5T5

OUI, veuillez m'abonner dès maintenant à HARLEQUIN ROMANTIQUE et faites-moi parvenir les 4 premiers livres gratuits. Par la suite, chaque volume me sera proposé au bas prix de $1.75, (soit un total de $10.50 par mois), sans frais de port ou de manutention.

Il est entendu que je pourrai annuler mon abonnement à tout moment, pour quelque raison que ce soit et garder les 4 livres-cadeaux sans aucune obligation. Nos prix peuvent être modifiés sans préavis.

NOM	(EN MAJUSCULES S.V.P.)

ADRESSE	APP.

VILLE	PROVINCE	CODE POSTAL

Offre valable jusqu'au 31 mars 1985

376–BPQ–4ACS